叢書・ウニベルシタス 253

言語の牢獄

構造主義とロシア・フォルマリズム

フレドリック・ジェイムソン
川口喬一 訳

法政大学出版局

Fredric Jameson

THE PRISON-HOUSE OF LANGUAGE: A Critical Account of
Structuralism and Russian Formalism

言語の牢獄の中で思考することを拒否するのであれば、われわれは思考そのものを停止しなければならない。というのは、われわれに限界と見えているものが本当に限界であるのかどうかを問うてみること、われわれにできるのはせいぜいそこまでで、それを越えることはできないからだ。

——ニーチェ

言語の牢獄／目次

はしがき

思考の歴史は思考モデルの歴史でもある。古典力学、有機体、自然淘汰、原子核ないし電子フィールド、コンピューター——これらはいずれも、はじめはわれわれの自然界理解を組織化するために用いられ、つぎに、人間の実態を解明するために利用されるに至った物、ないし体系なのである。

どのモデルの寿命も、かなり予測可能なリズムを持っている。第一に、新しい概念は多量の新しいエネルギーを放出し、多数の新しい知覚と発見をうながし、新しい問題を含んだ一つの全領域を視界に浮かびあがらせ、それが今度は、一定量の新しい作業や研究を作り出す。こうした第一段階を通じて、モデルそのものは変わることがなく、概して、新しい宇宙観が得られ、それが目録に作製されるために、一つの媒体として働く。

一つのモデルの晩年には、比較的多くの時間が、モデルそのものの再修正、その研究対象そのものへ持ち帰ったうえでの見直し、などに使われなければならない。ここでは研究は実用よりは理論へと向けられ、それ自身の前提（モデルそのものの構造）を見直し、モデルの欠点のために増大したと思われる間違った問題やディレンマに神経を集中することになる。たとえばエーテルとか、集団無意識などといったモデルを見るがよい。

ついにそのモデルは新しいモデルと交換される。この画期的出来事のことを、本書で扱う思想家のある人びとは、一種の（突然）変異と呼んでいる。（これ自体、一つのモデルをまったく別な学問分野に対してメタファー的に適用したすばらしい一例である。）確かに、このような交替は、絶対的断絶、絶対的終わり、先例のないあることの始まりである。たとえそれが、一個の革命的実験とか、一個の決定的作品の出版といったような明確な年代をかならずしも確定できない場合でも。そしてまた、新しいモデルは意識的に準備されるわけでもないだろう。ちょうどそれは、古いパラダイムに不満な人びとが、思いめぐらしたあとで、まったくでたらめに新しいパラダイムをでっちあげるなどということがないのと同じことである。

まさにそういう歴史をたどったのが有機体モデル、あっという間にロマン派哲学と一九世紀の科学思考を炸裂させてしまった原型としての有機体概念なのであった。有機体概念の利点は、その中で通時態と共時態との両領域が生きた統合をなす、あるいはむしろ、いまだ分離していないということである。というのは、通時態（つまり有機体における漸次的変化の観察）こそが、観察者の注意を共時的構造（変化・進化を経て、いまや有機体そのものの生命の中でたがいの同時的共存として理解することのできる機関の集合）へと導くのである。〈機能〉といったような概念はそれゆえ、まさに二つの次元の交差するところに見られるのであって、そうした概念によって、歴史というものが、独立した一個の理解様式としての権利を主張することができる。

しかし結局は、有機体モデルは実体論的思考に依存するところがあまりに大きい。もしその研究対象が自律的存在としてあらかじめ与えられていない場合は、どうしても、方法論的目的のために勝手に虚構の対象を作りあげてしまう。このことは社会や文化についてのさまざまな有機体理論に見られるとおりである。このような実体論的思考へのさまざまな反動、「フィールド」あるいは関係性についてのさまざまなイメージのうちで、何よりも徹底しているのは、基本的モデルとしての言語そのものを提唱する立場であって、これほどに徹底したものはこれまでになかった。

モデルとしての言語！ あらゆることをいま一度言語学によって考え直すこと！ いままでに誰もこんなことを思いつかなかったということのほうがむしろ驚くべきことではないのか。というのは、意識と社会生活のあらゆる要素のうちで、言語だけは比類のない存在論的優先性、いまだ未決定のタイプの優先性を与えられているのではないか。あるいはここで異論が出るかもしれない。構造主義が行なっていることをこのように説明することは、構造主義というものは哲学史がむかしから抱えている問題意識を反復するだけであり、われわれにはもはや関心のない前マルクス主義的、いやむしろ前ヘーゲル的概念のディレンマに逆戻りすることを自認することになる、と。しかしこのことは、のちに本論で論じるように、構造主義の具体的日常作業に対してよりは、むしろ構造主義の究極的矛盾に対して、一層あてはまる。前者つまり構造主義の内容——言語の機構と身分——は、新しい素材群を提供し、それによって古いさまざまな問題に新たな、思いもよらぬ局面から光を当てることになる。だから、構造主義をイデオロギーの立場から「拒否」することは、今日の言語学的発見をわれわれの哲学的体系に統合するという務めをわざわざ拒否することになる。私自身の気持としては、真の構造主義批判とは、徹底して構造主義とともに歩み、その反対側から、まったく異なった、理論的にもっと納得のいく物の見方へと突き抜けることにあると思っている。

だからといって、構造主義の出発点そのもの——言語モデルの優先性——が、われわれがやがて論じるはずの概念的ディレンマにまるで無関係だというのではない。というのは、そのような出発点は、ユニークではあっても、恣意的であることに変わりはないのであって、そこから生じる思考体系も、みずからを成り立たせている前提を、何らかの形で、結局は再検査し、問題視するという痛ましい事態をまぬがれえないからである。

どうしてもここで、ソクラテス以前の哲学における二律背反を思い出したくなるのであるが、それは、世界を成り立たせている構成要素――たとえば水とか火――だけを抜き出すことを求め、結局は、水とか火そのものの構成は別なタイプのものでなければならないことを見出すというようなものであった。確かに、今日われわれが、あらゆるものは究極的には歴史的であるとか、経済的であるとか、性的であるとか、あるいはそれこそ〈言語的〉であるとか言うとき、われわれが言いたいのは、現象というものはその本質において、そのような原材料から出来ているのではなく、むしろ、それぞれ個々の方法によって、現象を分析することが可能なのだということである。

しかし、結果として類比可能な逆説も生じうる。言うならば、他の何よりも、文学に対して言語的方法を適用するのが最もふさわしいことになる。文学そのものが言語的構造体であるからだ。しかし旧来の文体論、シュピッツァーとかアウエルバッハ*の文体論、もっと最近ではJ=P・リシャール*の文体論などは、作品そのものの言葉としてのテクスチャーにはるかに密着した形で行なわれて来た。そこで究極的に達する結論は、文学作品を言語的体系として見ようとすることは、実際には〈メタファー〉を適用することである、というものであった。

このような弁証法的反転は、体系の外側の境界にも見られるだろう。私はここでたとえば、構造的意味論の研究対象を〈意味=効果〉として説明するグレマス*のことを考えている。彼の方法は、あらゆる意味をわれわれの対象として受け取ってしまえば、われわれはもはや意味作用としてそれらを語ることができず、それらすべてが、その内容にかかわりなく、形式的にはたがいに共通しあうということを判断するためには、われわれは意味の領域の外側にどうにかして位置を占めなければならないことを主張しているかのようである。内容としての表現は、形式としての印象を要求することになり、思惟作用の構造を説明するのに、思考するということはどんな「感じのものか」を説明することによって行なわなければならなくなる。

言語モデルないしメタファーを使うことのもっと高い正当性は、私の考えでは、別のところに求められなければならない。科学的妥当性や科学技術の進歩のための主張とか反主張の枠を越えたところに求められなければならない。それは今日のいわゆる先進国における社会生活の具体的性格の中にあり、先進国こそが、自然を抹殺された世界がどういうものであるか、メッセージと情報にあふれた世界、そして日用品の複雑なネットワークが記号体系の原型そのものにさえ思える世界がどういうものであるかを如実に示している。というわけで、方法としての言語学と、今日のわれわれの文化そのものとしての体系化され現実から遊離した悪夢との間には、奥深い共鳴がある。

本書は新しい言語学的学問分野の社会学的分析を目的とするものではない。本書はまた、問題の学問の展開を歴史的にエピソードふうに語ろうというのでもない。そのような概説なら、フォルマリストについてなら、英語圏の読者にはヴィクトル・エルリッヒ*の決定的な『ロシア・フォルマリズム』(ハーグ、一九五五)があって、これは第一次大戦中の聖ペテルブルグとモスクワにおける言語学者と文学研究者との出会いという発端から、明らかにポレミックなジェスチャーとしての一九二九年の宿命的な消滅に至るまでの、フォルマリズムの運命をたどっている。

これに匹敵するものは構造主義に関しては存在しない。「大衆運動」としての構造主義の勃興は、便宜的に言えば、一九五五年のレヴィ＝ストロースの『悲しき熱帯』の出版から始まり、それがある種の頂点に達するのが（一九六〇年の『テル・ケル』の創刊とか一九六二年のレヴィ＝ストロースの『野生の思考』の出版のような重要な道標に続いて）、一九六六から六七年にかけての二つの出版物、ラカンのもはや伝説的な『エクリ』とデリダの三つの主要なテクストの出版であった。「構造主義」という用語に関する限り、私はこの語を言語体系のメタファーないしモデルに基づいた最も厳密で最も限定的な意味で理解している。だからこの語はジャン・ピアジェ*やリュシアン・ゴルドマン*などには使わない。二人とも自分たち独自の体系のためにそれを利用しているからである。構造主義はまたアメリカの社会学のある種の学派の使い方とも何の関係もない。しかしながら、ここでつけ加えておきたいのは、私は本書では、ユーリー・M・ロトマンとタルチュ大学の彼の同僚たちによって展開されたソヴィエト構造主義のきわめて豊かな材料を扱うことは故意にしなかったということである。

本書の計画は、これらの動向についての導入的概論、そして同時にこれらの基本的方法論についての批判ともなることにあるが、当然、党派人《パルチザン》からばかりでなく、敵対者からも攻撃を受ける可能性はある（つまり〈構造主義〉のパルチザンと敵対者ということであるが、はたしていまだにフォルマリズムに敵対者がいるものやら、いまだにパルチザンがいるものやら、よくはわからない）。しかしながら、本書は細部についての判断を目的とするものではないし、また、本書が扱う著作について何らかの意見を、賛成にしろ反対にしろ、表明しようというのでもない。そうではなくて、本書の狙いはむしろ、フォルマリズムと構造主義とを総体として捉えたときの、コリングウッド*流に言えば「絶対的前提要件」を、暴露することにある。そうすれば、それらの絶対的要件がおのずから語ってくれるであろうし、この種のあらゆる究極的前提がそうであるように、認めるか拒否するかを決定するには、問題はあまりに基本的でありすぎるのである。

私が気がついたこともまた、共時的思考が生んだ遠近法と歪曲とに本質的に基づいているので、べつに驚くべき発見などということにはならないであろう。もっとも、共時的体系のもたらす結果がこのように詳細に計量されたことはいままでになかったとは思っている。

私はここで、本書の冒頭にあたって、私の構造主義批評を限定して、読者がいずれお読みになるように、ある種の構造主義者が主張して来た真の歴史と通時的思考との区別を私自身のものとしたいという誘惑に駆られる。本書での私の趣意、一貫した関心は、ソシュール言語学の共時的方法と、時間と歴史そのものの現実との間の可能な関係を明確にすることである。このような関係が最も逆説的に現われるのは、フォルマリズムと構造主義の最も具体的・永続的業績が積まれてきた文学的分析の領域をおいて他になかった。シクロフスキーとプロップからレヴィ=ストロースとグレマスに至る物語構造の分析がそうである。言うまでもないが、逆説的なのは、精神がそれによって時間上の変化と出来事を見るところの形式そのものについて、共時的方法がかくも豊かで暗示的な見方を生み出したということにある。

もし、これ以上先までさらに進むことができるとしたらどうであろう。理性の時代のフォルマリストたちは、(それはかならずしもスターリニズムの圧力とばかりも言えないのであるが)、他の分野で運命を切り開くことができないときは、歴史小説とか映画といったような、伝統的と呼ぶのがためらわれるような種類の文学変種を扱う文学史家へと発展していった。フォルマリストの考えた変異としての文学史は、いずれ読者もおわかりになるとおり、哲学的に不満足なものであると同時に、想像力を激しく刺激する。

構造主義について言えば、たとえばレヴィ＝ストロースのような思想家が、われわれの歴史観にある種のインパクトを与えなかったと主張できる者がいるだろうか。彼のおかげで、自然の状態や社会契約についての時代遅れと思われていたルソーの省察のすべてが、もう一度陽の目を見るに至ったのであるし、彼のおかげで、息のつまるような人工的な文明の只中で、文化の起源そのものへの瞑想がもう一度戻って来たのである。だから以下の本文の中でわれわれが提示するのは、もし構造主義というものになんらかの究極的・特権的研究分野があるとすれば、それは新しい厳密な形でなされた概念史の領域であるかもしれないということである。

これを要約して、共時的体系は時間的現象を適切な概念的方法で扱うことはできないと言ったとしても、それは別に、われわれが共時的体系をくぐり抜けたあとで、通時性そのものは謎に包まれているなどと偉そうなことを言いたいのではない。われわれは時間性を自明なことと受け取ってきた。あらゆるものが歴史的であるとき、歴史の概念そのものが内容を持たないものに思えてしまうのである。たぶんこれこそがまさに、言語モデルの基本的な初歩的価値なのであって、それによって改めてわれわれは時間の種子に魅せられることができるということなのであろう。

カリフォルニア州ラ・ホーヤにて
一九七二年三月

I　言語モデル

意味か言語か。論理学か言語学か。このような宿命的な二者択一が今日のイギリスの哲学と大陸の哲学、分析言語派ないし共通言語派と、ごく最近になって構造主義と呼ばれるに至ったものとの間の、巨大な落差を説明する。起源は結果そのものと同様に象徴的である。それゆえ、はじめにとりあえず、二種類の著作を並置してみるのがよい。フェルディナン・ド・ソシュールの『一般言語学講義』、一連の講義ノートを集成して著者の死の三年後、一九一六年に出版。それに対してたとえば、英米の伝統の典型的産物であるC・K・オグデンとI・A・リチャーズ共著の『意味の意味』、初版が一九二三年。

この二作は、それぞれ絶大な影響力を持つ著作であるが、それぞれの影響力は一つの文化圏にのみ限定され、そのことが文化圏についてきわめて暗示的に多くのことを語ってくれる。両者の中に二つの相互に排除しあう思考様式を見、分析的理解と弁証法的理解との対立としてそれらに言及することは、魅力的ではあるが、あまり正確ではないだろう。もっと適切なのは、両者の相違を説明するには、彼らの研究対象にはじめから存在するある種の曖昧さによること、言語そのものの独得の構造によるほうがよいだろう。独得の構造というのは、言語の二面性、ソシュールが有名なイメージを用いてつぎのように述べた二面性のことである。ソシュールによれば、言語とは、「一枚の紙にたとえられる。思考が表側、音が裏側である。片側を切ることはかならず裏側も切ることになる。同じように、言語の場合も、音を思考から切り離すことはできないし、思考を音から切り離すこともできない。(1)」

しかしそれぞれの側は出発点である。異なった哲学にとってばかりでなく、まったく異なった学問にとってもそうである。もしわれわれが本書において、言語学が、科学として、文学と哲学の領域からいったん独立を宣言しておきながら、一つのモデルとして、活力あるメタファーとして文学と哲学の領域に戻って来たことを扱わねばならないとすれば、言語学が科学という威光を帯びて戻って来たこともまた確かなのである。一方また、記号論理学という言語学の哲学的代案もまた、ヘーゲルの死後の体系的哲学思想の廃墟のなかで、言語学の方法論的自律性を征服している。

英米式の研究法はもちろんイギリスの経験主義の長い伝統に哲学的・イデオロギー的根源を持ち、そのことがある意味で経験主義を長生きさせている。同様に、ソシュールの独創性を評価するには、彼が言語学を始めたときの言語学の状況をある程度予備的に心得ていなければ困難であり、そうでなければ、彼が変えたことが何であったかを十分に知ることはできない。

他の学問の場合同様、言語学の場合も、ロマン派運動、つまり中産階級の優先性が、あらゆる顕著な問題ならびに解決を新しい歴史的観点から徹底的に評価し直すための信号であった。言語学の場合、永遠不変の規範的法則として古典的思想を優先させることが、結果として、言語というものを論理学(それをコード化したものが文法であるとされる)とぴったり一致させることになっていた。そこでロマン派の時代は文法のかわりに文献学《フィロロジー》を持って来た。そしてその特徴は、偉大な歴史的発見の突然の増殖ぶり(グリムの法則、* ボップのインド・ヨーロッパ祖語の再構成、* 特にドイツの学者によるロマンス語およびゲルマン語文献学の偉大な学派の精妙化)、新《ネオ》・文法家《グラマリアン》たち、*特にヘルマン・パウルなどがこれらの発見を言語法則として究極的なコード化を計ったことなどにあり、ソシュールが最初の研究に取りかかった当時、言語学の知的風土の主流を占めていたのは、パウルらの思想であった。

1

ドグマの精妙化は血流の涸渇と一致するとしてよいだろう。いずれにしろ、ソシュールの革新はまず第一に新《ネオ》・文法家《グラマリアン》たちの教義への反動として理解されてよい。というのは、変化と進化、共通基語の再構成と語族およびその内部的起源認定などは、結局は、「言語学において歴史的でないものは科学的ではない(2)」というパウルの確信へと行きつくのであった。それに対して、ソシュールの共時態と通時態の分離、歴史的研究と構造的研究の分離は、それと同じように絶対的で、同じく独断的な価値判断であるような方法論的前提要件を含んでいる——「あるものが意味を持つ度合に応じて、それは共時的であることがわかるであろう(3)」。

しかしソシュールの出発点は単なる反動以上のものである。それは同時に知的エネルギーの解放でもある。というのは、通時態と共時態とのこのような区別によって(これらの用語は、彼以前にも地質学の他の語義で知られていたけれども、この形でこれらの用語を発明したのは彼であったらしい)、彼は二つの相互排除的な理解形式の存在をも論証することができる。歴史言語学は、この観点からは、その研究対象として個々の変化、孤立したばらばらの事実だけを扱っていたことになり、その法則ですらどちらかと言えば局部的、偶然的、いわば科学的ではあっても意味のないものである。ソシュールの独創的なところは、全体的体系としての言語はどの瞬間においても完璧であり、それ以前の瞬間においてその中の何が変化していようともこの事実に変わりはないことを主張したことであった。これはつまり、ソシュールの提唱した時間モデルは、時間の中をつぎつぎに生起する一連の完全な体系であるということ、彼にとっての言語とは、各瞬間ごとに内在するすべての意味の可能性を持った永遠の現在であるということになる。

ソシュールの認知はいわば実在的認知である。誰だって通時態という〈事実〉、音声にはそれ自身の歴史があり、意味が変化するということを否定する者はいない。話者にとってのみ、言語の歴史のいかなる瞬間にも、一つの意味、現在の意味だけが存在する。言葉に記憶はないのだ。こうした言語観は、ジャン・ポーランが一冊の小さな傑作で示したように、語源学を利用することによって、否定されるよりはむしろ確認される。というのは、語源学は、日常生活で用いられる限りでは、科学的事実として考えられるよりはむしろ修辞的形式、論理的結果を引き出す助けとしての歴史的因果関係の不正利用として考えられねばならない(「この語自体がそのことをわれわれに伝えている。etymology＝etumos logos すなわち純正な意味。このようにして語源学は自己を宣伝し、われわれをそれ自体の第一原理へと送り返す[4]」)。

以上のことをもっと別な方法で、共時態の存在論的基盤と通時態の存在論的基盤とはたがいにまるで異なるものであることを論証することによって、表現することができる。共時態のそれは母国語話者の直接的生活経験にある。それに対して通時態のそれは一種の知的構築物を土台にする。つまり、生きた時間のある瞬間と別の瞬間とを、その外側にいる者、それゆえ生きた連続性のかわりに純粋に知的な連続性を代入することのできる者が比較した結果を土台にするのである。要するに、われわれはたとえば etymology と etumos logos とは同じであると言うとき、それがいったい何を意味するかを問うことができるのである。

誰にとって同じなのか。この同一性、何世代もの個人的生活と数えきれない具体的発音を貫く同一性は、いったいどういう原理に基づいてなりたっているのか。この問いがもし不当に唐突であるように思えるとすれば、それはわれわれがいまだにあらゆる種類の実証主義的前提要件に囚われているからなのだ。なぜなら、観察者の立場はいまだに当然のことと受けとられていて、誰もそこに問題があるとは考えていないからだ。

というわけでソシュールの第一原理は反歴史的原理である。その意味を理解するには、彼の生涯の中でこの原理の発見がどういう役割を果たしたかを見るのが最もよいだろう。いわばソシュールは革命家になる気がなくて革命家になってしまったのである。彼の革新的業績は、本能的に同時代から足を踏みはずす者の仕事ではない。青年時代に支配的であった思考様式にはじめからなじめず、不満に思っていた、そういう者の作業でもない。むしろそれは、死後出版された著作が一つの攻撃として対峙しているところの、まさに通時的、新《ネオ》・文法学派《グラマリアン》的教義そのものの教育と普及に全生涯かかわってきた者の作業なのであった。生前の彼の主著である『インド・ヨーロッパ諸語における母音の原初体系に関する覚え書』は、当時の彼の名を高め、一八七九年、二二歳のときの著作であるが、これは新《ネオ》・文法学派《グラマリアン》の頂点をなす業績の一つで、通時的原則に基づく推論によって、すでにコード化された「法則」に対する「例外」とそれまで考えられていたある種の音声パターンに隠された規則性を論証しようとするものであった。したがってつぎのように推測することが許されるだろう――彼が共時態と通時態との分離という鍵概念に到達したのは、あるいはもっと積極的な言い方をすれば、彼が〈体系〉という概念を展開したのは、彼がますますみずからの歴史体験そのものに満足できなくなり、そこで可能だと思っていたような思考と説明に不満になった。そしてその不満は、一般法則が欠如しているからというよりはまさにそれが多すぎること、精神にとってそれらの法則がじつは空洞にすぎないことから来ている。要するに、音声変化のあらゆる表を前にして、ソシュールが、現象に対して外在的である原因と、ともかく内在的である原因との区別に徐々に深入りしていったことが理解できるのである。そしてこの区別は体系という観念そのものを定義するものとして有効であるかもしれない。問題なのは、精神にとって満足できる意味ある説明としての、法則という概念そのものなのだ。確かに、通時的変化のパターンは規則的であり、予測可能な反復パターンとして定式化できる。ソシュール自身上掲の顕著な例でそれを行なっている。しかし単なる経験的な規則性というこうした事実は言語体系として何の意味も持たない。なぜならそれは言語そのもの以外の原因、地理的障壁とか移住とか人口移動などから生じるからだ。法則はしたがって、一つの連続項（言語パターン）からもう一つの連続項（地理的法則とか人口移動とか）への跳躍を表象すると言ってよい。

この分離をもっと明確に例証するには、歴史そのものから例を持って来るのがよいだろう。私が考えているのは、たとえば、プロテスタントのオランダとカトリックのベルギーとの間の宗教的・文化的分離についての古典的解釈を修正したピーター・ゲイルの仕事である。(5) 問題なのは確かに、境界線を引くことが避けられないということであるが、しかし、歴史的な問題については、周知の通り、「避けられない」という言い方は、何らかの決定論的前提要件の記号としてではなく、歴史的理解そのものという観点からは与えられた出来事がまったく理解可能であるということの記号として理解することができる。初期の歴史家にとって、この分離はともかく「避けられない」ものであった。というのは、そこには双方の住民間の基本的文化的相違が反映されていたからだ。北の人間にとっては、プロテスタントの住民が宗教的な理由からスペイン人に抵抗したのであり、南の人間にとっては、王に対するカトリックの反逆はそれほど非妥協的ではなく、鎮圧が容易であった。のちに、ピレンヌ*とその学派が出て、われわれはこの同じテーゼについての別の見方を示されるわけであるが、しかしながらその言葉遣いには、初期の定式化において明らかに目立っていたプロテスタントへの同情よりは、親フランス的共感が反映している。はるか中世までさかのぼるフランドルにおける真に自律的な文化の伝統についてのピレンヌの教義は、同様に概括的結論を結果として生む。つまり、最終的な国境は二つの領域間にすでに存在する深い分割線の延長にすぎないという結論である。

オランダとベルギーの歴史におけるこうした非常事態に際して、さまざまなテーゼが提出されてきたわけであるが、そこから生じる直接的な政治的・論証的目標を示すのに、ゲイルはほとんど困難を感じていない。彼自身の解決は、予想通り、還元的・暴露的なものである。彼は誰でもが先刻承知のことを指摘することによって、それまでの理論を退けることができる。つまり、南にも北にも、どちらかにプロテスタントが集中しているわけではないこと、さらに、現在の宗教的・国家的境界はともに地理的境界、すなわちプロテスタントの軍隊が定着し、パルマの軍隊が侵入するだけの力を持たなかった北の大河川領域のはじまる地域と一致することを指摘するのである。こうした自然の障害に条件づけられた停戦ラインがあれば、西側で急速に進行した文化的和平、現在のベルギーないしオランダの相対的な宗教的同質性などはさして驚くべき事柄ではない。

私がこのような具体例を持ち出したのは、これに見られる歴史的テーゼに何らかのコメントを加えようというのではなく、異なったタイプの歴史的説明が精神に及ぼすさまざまな効果を強調したかったからである。ゲイルの理論は、私に言わせれば、歴史の歴史としては通時的には満足できるものである。それまでの歴史的立場を提示して、それをつぎつぎに退けていくことによって準備される、彼の歴史の謎の解明ぶりには、それなりに、精神の偉大な優雅さというものがある。しかしそれ自体、共時的には、どこか納得できないところもある。彼の論点は、歴史を理解する究極の根拠を人間行為そのものの外側、つまり非人間的環境の偶然的な出来事に置くこと、原因‐結果の外部的歴史の連鎖の究極的条件を地質学、地理学的地形の配置という無情な物理的事実に求めるということにある。この最後の条件にはもちろんそれ自身の歴史がある（地球の発達における初期の段階での大河川の起源、デルタの形成、そこに堆積した土壌の化学的組成など）のであるが、しかしその歴史は、一連の純粋に人間的な出来事、より巨大で、まさに不釣合いの規模で展開するまったく違った一連の出来事とは何の関係もないものである。私としては、連鎖のタイプという概念そのもの、内的原因と外的原因の区別といったような、読者から見れば、未分析の前提要件をこっそりと議論の中にすべりこませるやり方は、じつはゲイルの理論にもともと内在している、と言いたいくらいである。というのは、彼の議論をしめくくる手口のみごとさは、まさにこうした因果関係の人間的形式から非人間的形式への移行によってえられるものなのである。

　私はもちろん、ゲイルの理論がここで論駁しようとしているような種類の観念論的歴史、そしてまた、共通の概念的枠組の中で、人間的行為とか地質的変動といった不均衡のいろいろな現実を統合することを予測するような、観念論的歴史に帰ろうなどと言うのではない。しかしながら、大河川の存在という事実は、近隣の人びとにはけっして偶然的なものとは感じられなかったということ、そしてまた、ここでいま論じている外在的影響力という形で、このことが新たな偶然的事項として彼らのもとに帰ってくるよりはるか以前に、それは一つの意味形式として、それぞれの文化の中にすでに統合されていたに相違ないということも、ここで指摘しておく価値がある。偶発性とか「偶然《アザール》」とかいう概念そのものによって改めて思い出すのは、ソシュール革命と同じ時期に「純粋詩」の理論があり、美学的領域の中でも、詩的言語そのものから外在的なもの、偶然的なものの最後の痕跡を除去しようという戦いがあったということである。ソシュールの言語学的解決の価値を如実に描き出すのに最もよいのは、史料編集にとってさえ、ゲイルの解決とか、ゲイルが攻撃したメタ・ヒストリーの解決などと並んで、もう一つの解決が考えられるということを指摘することであろう。それは一種の構造的歴史、オランダとフランドルの関係が一定数の対立項(カトリック対プロテスタント、フランドル対ワロン)のコンテクスト内で研究でき、それゆえ一連の順列あるいは決定的関係の中で組合わせ・結合が可能であるような、構造的歴史であるだろう。このような観点からは、それまでの組合わせは、ある与えられた継起の中でのそれ以前のサイコロの投擲《ふり》と同じようにほとんど関連性を持たないだろう。

いずれにしろ、ソシュールがみずからの理論を念入りに仕上げているとき、彼の心の中で働いていたにちがいないのは、さまざまな説明体系の根本的非和合性に対する類似した感情であった。もちろんこれでもまだ消極的な言い方にしかならない。そしてその意味では、ソシュールの思考は実証主義に対するその当時の数多くの反動の一つにしかすぎない。まさに体系についての彼の概念そのものが、一九世紀後半の宗教復活、ベルグソンやクローチェ、そこから発展した言語学運動などに見られる観念論的、人間主義的、反科学的反逆とソシュールとを区別するものなのである。彼の立場はフッサールの立場と多くの類縁関係を持つ。というのは、フッサールと同じくソシュールは、科学的、数量的思考のほかにも、もう一つの同様に貴重な人間主義的、質的思考が存在するということを指摘するだけでは満足しなかった。彼はこのような思考の構造を方法論的なやり方でコード化し、それによってあらゆる種類の新しく具体的な調査を可能にしようとしたのである。

ソシュールの旧言語学への不満は、最も本質的には、方法論的、用語的な不満であった。生前のソシュールが比較的無名であったことを考えてみると、また、わずかばかりの出版された著作を調べ、彼の残した草稿の死後の歴史をある程度知ると、ソシュールの沈黙にはどこか祖型的なものがあると感じないではいられない。それは、かのランボーのジェスチャーが象徴的であるような、伝説的な、堂々たる発言放棄と同じものであるが、それはまた、現代の初期にさまざまな衣装とさまざまな形でくりかえしくりかえし反復されたものでもある。たとえば、ヴィトゲンシュタインの寡黙、*ヴァレリーが長い間詩を放棄して数学を選んだこと、カフカの遺言、*ホーフマンスタール*の「チャンドス卿の手紙」などである。これらすべてが、言語そのものにおける一種の地質学的変化、新しい思考パターンへの変遷期における漸進的退廃の証拠となり、相続した用語とか前代から受けついだ文法や統辞論でさえそのことからまぬがれない。「語リエヌコトニツイテハ沈黙シナクテハナラナイ」。しかし有名なこの文も、ともかくも語りえているという意味で、みずからの中に逆説を蔵している。だからこそわれわれはこれらの沈黙について知っていることを学ぶのであって、それは、意味を欠いてしまった公式の芸術形式を通してではなく、副次的、一時的な媒体、思い出とか会話の断片、手紙とか断章などを通してである。事実、アントワーヌ・メイエ*への手紙の中に、ソシュール特有の不安がつぎのように書き残されている——

しかし私はあらゆることにうんざりし、言語学的事実に関連して常識的なことを十行ですら書くことがどうにも難しいのにうんざりしています。これほど長い間、そうした事実を論理的に分類し、それらを調べるためのさまざまな観点を分類することに精を出して来たいまになって、言語学者が一つ一つの作業を適切なカテゴリーに還元するとき彼がじつはいったい何をしているのかを教えてやるために必要になるであろう莫大な苦労のことがますますわかるようになりました。そして同時に、言語学において結局なしうるあらゆることの少なからぬ虚栄を教えてやることもです。

結局のところ、言語の絵画的側面だけがいまだに私の興味をとらえます。ある言語がある特定の起源を持った特定の人びとに属する限りにおいて、他のすべての言語と違ったものとなるのはなぜかということ、つまり言語のほとんど民族誌的側面です。そしてまさに私はもはやそうした種類の研究、ある特定の環境から特定の事実を評価するということに平気で身を捧げることができません。

現在の用語法のまったくの無能ぶり、改革の必要、そして言語とはどういう種類の対象であるかを教えること――このようなことが歴史的研究からえられるあらゆる喜びを何度も何度も私から奪ってしまうのです。これらの一般言語学的な考察にかかずらわることを自分にやめさせようといくら願っても無駄なのです。

こうした自分の気持とは裏腹に、結局私は一冊の本を書くでしょうが、その中で私は、今日の言語学で使われている用語のうちで、私にとって何らかの意味を持つ用語は一つもないことを、情熱も熱意もなしに語ることになるでしょう。その仕事が終わったあとでやっと、やりかけた仕事をもう一度続けることができるのではないかと思います[6]。

ソシュールが目撃した変遷、そして上に触れたその他の言語的欠陥の偉大な瞬間によって劇的なものとなった変遷は、実体論的な思考方法から相対的思考方法への移動、他のどの分野よりもまず言語学において急激な変遷であったと言ってよい。言語学における用語論的困難の原因は、これらの用語が実在ないし客体（「語」、「文」）を命名しようとするのに対して、言語学はそのような実在の不在を特徴とする科学であるという事実からくる、これこそがソシュールの発見なのであった――

別のところでは、物とか客体とかがあらかじめ与えられていて、それをさまざまな視点から自由に考察することができる。ここでは、まず最初に視点があって、それが正であったり誤であったりする。しかしはじめには視点の他には何もない。その助けを借りてそのあとで客体を創造するのである。これらの創造は、視点が正しい場合にはたまたま現実と対応し、場合によっては対応しないこともある。しかしいずれの場合でも、何も、いかなる客体も、いかなる時にも、それ自体で存在しているものとして与えられることはない。最も物質的なたぐいの事実、たとえば一連の母音といった場合のように、それ自体独立して最も明白に明確さを持っていると見えるものだってそうなのだ。(7)

というわけで、研究対象としての言語の特性のゆえに、ソシュールは新しい方向へ踏み出すことになった。ここでもまた、言語学のディレンマというのは科学全般のもっと大きな危機の一部にすぎないことは言うまでもない。たとえば物理学の場合、光の波理論と粒子理論の交替が実在としての原子の概念にある程度の疑問を呈するようになっていたわけだが、物理学で言う「フィールド」という考え方は、じつはソシュールの体系概念と似ていなくもないのである。これらすべての領域において、科学的研究はすでに認知の限界に来ている。対象はもはやそれ自身の物理的構造によって一つ一つ切り離せるような物とか有機体ではなく、いろいろに分離・分類できるものでもない。ソシュールの「体系」概念の意味するところは、この新しい軌道のない非物理的現実においては、内容が形式であること、モデルの許す範囲内でしか物を見ることはできないこと、方法論的出発点は研究対象を単に顕示するだけでなく、実際にそれを創造すること、などである。

個人的ないし心理学的観点から見れば、このような方法論的認知は実存主義に反映されていて、実存主義のライトモチーフである本質に対する実存の優先というのは、同じことを別な言い方で言っているにすぎず、生きた現実はわれわれの行なう「選択」、あるいはわれわれの解釈のよりどころとなる本質などの働きによって変わるということを言っているにすぎない。換言すれば、生きた現実はわれわれが世界を見、世界を生きる手段としての「モデル」の機能によって変わるのである。もっと大きな規模で言えば、明らかにこの種の思考は人間研究に対して最も深刻な意味あいを持つ。たとえば、歴史とか社会学とか、研究対象が言語そのものとほとんど同じく流動的で定義しにくい学問の場合がそうである。ソシュールはもちろんこのことをよく知っていた――「ある科学が直接的に認知可能な具体的単位を持たないとき、当然そのような単位はその科学に対して真に本質的ではないことになる。たとえば歴史の場合、基本的単位は何か。個人か時代か国家か。誰にもわからない。そんなことがわかったといってどうなるものか。歴史研究はこのことについての最終的決定がなくてもなしうるのである。」(8)

したがって、単位とか実在とか実体のかわりに、価値とか関係とかが代置される――「ということは、言語には差異のみがあるということを意味するにすぎない。それどころか、差異といえば通常すでに確定されたものの間の何らかのポジティヴな辞項を前提とする。しかし言語にはポジティヴな辞項を持たない差異のみがある。[9]」ソシュールはここで経済学のメタファーを使って価値を考えている。経済学では、ある任意の通貨単位は、それが金貨であれ銀貨であれ、アシニア紙幣*であれ木製ニッケル*であれ、同じ機能を持つ、言いかえれば、使用される実体の実証的性質は、体系内の機能ほどには重要ではないのである。

ある意味では、価値と実体とのこのような区別は、精神／肉体の対立、精神と物質との間の反定立と似た力を持つ。ソシュール言語学の利点の一つは、純粋音声と意味ある音声とを方法論的に分離することを可能にするという点にある。前者はたとえばわれわれがまったく知らない言語の発話者によって発せられる有節発音であり、後者はソシュールが聴覚イメージと呼ぶもの、われわれがその言語をあまりよく知らないときでもある言語がおのずから持つことが理解できるパターンの種類、またある外国語の単語を、その意味をまだ知らないのに認知し、たぶん視覚化して固定し、その語を綴ることを可能にするもののことである。この両者の区別はすでにポーランドの二人の言語学者が先に考えていたことであった。クルシェフスキーとボドゥアン・ド・クルトネ（後者はのちにペテルスブルグ・フォルマリストたちの教師になる）[10]とは、二つのまったく異なった種類の科学の必要を予測した。一つは純粋な物理性としての音声の調査研究（音声学《フォネティックス》）であり、もう一つは意味パターンの探求を基礎にしたもの（「音韻論《フォノロジー》」ないし音素論《フォネミックス》）であった。両者の区別については後述する。ここではただつぎのことだけを言っておく。ここには通時態と共時態との反定立が新しいレベルでまた戻って来ている。というのは、音声学は主として通時的変化を扱い、それに対して音素論は共時的体系を調べるという作業を行なうものであるからだ。

このようにして、哲学の問題としては、われわれは一方における変化と物質、それに対する意味と非時間性というものを奇妙にも同一視してしまうことになる。ここで注意すべきことは、最も適切な哲学的類似は昔ながらの単純至極な精神／肉体という問題との類似などではなく、またしても、もっと新しい現象学的思考、つまり物質がフッサールの言う「質料（hylé）」になり、その最もめざましい存在論的表現がサルトルの即自《アン・ソワ》と対自《プール・ソワ》、事実性と超越との反定立に見られるような考え方である。

しかし体系概念の基本的問題は、純粋に物質的実体を抽象したあとでも依然として残る。もし通常の意味での実体がもはや存在しないのだとすれば、関係はいかにして機能するか、価値は何からなり、何の中に存するか。肝要なのは、ソシュールにとって究極の原子単位、体系の基本要素は、ともかくも自己定義的であるということである。それらは、最終的にどういうものであるにしろ、それ自体が意味の基本単位なのであるから、それをさらに越えて、一つの階級のメンバーとして機能するためのもっと抽象的な定義を作りあげることは、論理的に不可能なのである。このことをソシュールはみごとな言い方でつぎのように述べている――「単位の特徴は単位そのものと一体である。あらゆる記号論的体系におけるのと同様、言語においても、一つの記号を区別するものはその記号を構成しているものである。[11] 差異はそれが価値と単位そのものとを創造するのと同じようにして特性（あるいは特徴）を創造する。」オグデンとリチャーズはこの点についてはじつに明快で、「この説明の欠点は……解釈の過程が当然その記号の中に含まれてしまうことである！[12]」と不満を述べている。

以上述べたことの意味を実際的に言えば、ある任意の言語において ng が明白な特徴であっても、別な言語では、かりにそれが実際に生じる場合でもそれは何の機能的価値を持たず、その意味では言語的プロセスの個々の構成要素について一般化することは不可能である、という単純なことになる。要するにコンテクストがすべて、結局のところ明白な特徴があるかないかを決定するのは母国語話者の気持次第ということである。

もう一つの意味では、もちろん、われわれはこれらの現象を抽象的・一般的な用語で論じ続ける。証拠が必要ならばそれは「一般言語学」という事業そのものの中にある。要するに起こったことは、抽象化の様式が変わったということなのである。昔の実体論的思考においては、抽象概念とは基本的には実体を示すための名前（つまり「名詞」）であったのが、新しい抽象概念はまさに意味過程そのものを目的とし、精神が記号を識別するさまを記述し、「同一性」と「差異」という二語で要約される。そしてこの二語は、昔の文語的カテゴリーとはまったく違った概念レベルを明らかに反映する。（ここで一つ注意しておきたいことがある。それは、ソシュールの中に、たとえば「音素」という語のように、比較的実体的なカテゴリーが生き残っている場合には、そこの場所でじつにさまざまな種類の論争や誤った問題が生じやすいということである。）

こうしたことすべて――体系概念、同一性と差異を認知するものとしての言語観――はそのようなわけで、共時態と通時態とのそもそもの区別の中に内在している。したがって、ソシュールの信奉者の多くは、このような最初の区別はこの二つの用語が一見して暗示するほどに、それほど顕著なものでも、それほど絶対的なものでもない、ということを証明することによって妥協しようとしてきたわけであるが、そんなことはソシュールの思考にはじつは何の役にも立たない。率直に実情を言えば、両方を選ぶことはできないということなのである。そもそも最初の反定立の持っている救いがたい厳格さと非妥協性こそが、将来の発展にとって最も暗示的であったのであるし、そのことを基にその後の教義は作られたのである。言葉を換えて言えば、通時態と共時態の分離から出発したからには、もう一度それを元に戻すことはできないのである。もしその対立が長い目で見て誤ったものであるとか、誤解を招くものであるということがわかった場合、それを除去するための唯一の道は、全体の議論をもっと高い弁証法的次元に押しあげ、新しい出発点を選び、そこに生じる問題を新しい観点から鋳直すことである。

　しかしながら、ソシュールのモデルではいかなる通時的発展も不可能であると結論するのは間違いであろう。この意味で、ロマン・ヤコブソンが「歴史的音韻論の原理[13]」の中でこのディレンマに与えた解決法を検討してみるのが有益である。ヤコブソンがそこで指摘しているのは、通時的変化（つまりある音声の喪失）は共時的体系の不安定を生み、それがつぎに新しい実情へ適応するように修正されなければならないということである。以前にはたとえばa、b、c、dといった実際の存在物がたがいにさまざまな組合わせで結びついていたものが、今度は、これらの組合わせのすべてが残りのa、b、dの間に再分配されねばならない。このような継起的な、修正された共時的体系が、ヨースト・トリエルの辞書編集法的研究の基礎として利用され、その中でも最も有名なのがつぎの例である。一三世紀中期、高地ドイツ語において、Kunt／List の対立（いずれも Wisheit という一般的カテゴリーの中にはいる）が Wizzen という概念に取って代わられ、それが List のかわりになるが、それはもはや Wisheit の一部ではなくなる。その結果、いままでは、昔の二項反定立のかわりに三項がたがいに鼎立し、二個群《ダイアド》が三個群《トライアド》になる[14]。

　しかしこのような歴史的変化のモデルは確かに豊かで魅力的であるけれども、やはり概念的には全面的に満足すべきものではない。「もし体系内の平衡関係の乱れが、ある変異に先立つものとすれば」とヤコブソンは言う、「そしてもしこの変異の結果、非平衡関係が取り除かれるのであれば、それならば、変異の機能を発見するのに何の困難もない。その任務は平衡関係をもう一度作りあげることだということになる。しかしながら、変異が体系内のある地点に平衡関係をもう一度作りあげたとき、別の地点でそれが破られ、新しい変異の必要をうながすだろう。こうして、安定をうるための変異の連鎖運動が生まれる……」(15)。ここで問題なのは、「変異」という語が二つの異なった意味に使われていること、言うならば、一つの変異ではなく、二つの異なった変異がここで扱われているということである。第一の変異は、最初の通時的変化そのもの(「体系内の平衡関係の乱れ」)であり、第二の変異は、その変化を吸収するために体系が改変される様式(どうやらヤコブソンが「変異」という用語を取って置いたのはこの改変に使うためであるらしい)。したがって、明らかにこの解決は、問題を先延ばしにし、別なレベルにすり変えることにしかならない。なるほど、最初の音韻変化は、歴史的出来事、移住などによって、あるいは、さまざまな種類の生理言語学的法則によって、それ自体理解することが確かに可能ではある。しかし、先のオランダ史の例におけるように、このような説明は別の異なった因果律を借用しているだけで、究極的な変化の根拠は依然として音素体系の外側、通時態と純粋に音声的なものにあり、純粋に共時的(ヤコブソンの言う「目的論的」)関係からはやはり無意味になる。このように、ソシュールに内在する通時的モデル、変異の理論は、歴史的変化の複雑で暗示的な姿を呈示して見せることは可能ではあるが、結局それは、一個の体系の中で通時態と共時態を再統合させるという基本的問題を解決することはできない。事実、「変異」という語自体が、古い進化モデルからの借用であって、それは、ソシュール的モデルが外側の極限にまで押しやられたときにますます露呈する矛盾の一兆候ともなる。

この矛盾がソシュール自身の中にすでに存在するということは、彼の最も有名なイメージの一つであるチェス・ゲームとしての言語を綿密に検討することによって判断できる。最初の詳細な比較(16)は、「体系」という考え方を例証するのに、そのものずばり、それをチェス・ゲームになぞらえているところにある。一般にゲームそのものは、そのルールを含めて、共時的体系である。それがペルシア起源であること、あるいは失われた象牙の駒をチェッカーの駒で代用すること——このようなさまざまな外的出来事は、どれも共時性に何の影響も与えない。ルールそのものが修正されたときだけ、われわれは体系内の真の共時的出来事に遭遇する。しかし二度目の具体例では(17)、盤上の駒の連続的配置、連続的な移動が、まさに言語の漸進的変化のさまざまな共時的モーメントになぞらえられる。あきらかにこの類比は、連続的な共時的状態を一種の意味ある連続体にするという理由で、歴史的には満足すべきものではあるが、ソシュール的思考の精神にはまるで合致しない。というのは、チェス・ゲームでは、ルールは常に一定であるのに、言語の漸進的変化においては、まさにルールそのものが変化するのである。ソシュール自身このことはよくわかっていて、自分が作ったこの類比に結局当惑している——「チェス・ゲームがあらゆる点で言語ゲームに似るためには、無意識な、あるいは無知なチェス・プレーヤーを想定しなければならなくなる」。われわれはこの文を逆転させてつぎのように言うことができる。まさにこのように述べられた類比の意味するところは、言語における通時的変化は、音声史に内在する何らかの力によってなされるところの、よくはわからないがとにかく意味ある、それ自体として「目的論的な」移動であるということなのだ、と。

2

共時態と通時態の区別は、ソシュールの教義がそもそも存在を始めることを可能にするためのものにすぎない。確かにそれは、それが純粋対立、いかなる種類の統合にも還元することのできない一組の絶対的相対物に基づいているという意味で、無歴史的・非弁証法的なものである。しかし、一旦そこを出発点として、共時的体系そのものの中にはいりこんでしまえば、事態はそこではまったく違っていることに気づく。そこでは、主たる対立は、ラングとパロールとの対立、つまり、ある任意の瞬間における言語的可能性ないし潜在性の集合体と、個々の発話行為、これらの潜在性の中のあるものを個々に部分的に実現させることとの対立である。この区別についてのオグデンとリチャーズのコメントをここで検討してみるのがよい。二つの思考様式の相違がこれほどみごとに例証されている例は他にはないからである——

ド・ソシュールはこの地点で立ち止まって自分が何を求めているのか、あるいはそのようなものが存在する理由がいったいあるのかどうかを自問することをしていない。そのかわりに彼は、あらゆる科学の始まりにおなじみの流儀に従って先へ進み、適当なもの、「ラ・ラング」、つまりスピーチに対するザ・ランゲージなるものをでっちあげる……。ラ・ラングというような精妙な作り物は、なるほど、ホワイトヘッド博士の名前を連想させる方法に似た、「集中的乱心法」でも使えばできないでもないであろうが、若い学問のための指導原理としては荒唐無稽にすぎる。さらに、調査可能な領域の外側にある言語的存在物を勝手に作りあげるこの仕掛けは、このあとに続く記号理論にも致命的に働

いている。(18)

この種の文章が明らかにするのは、オグデンとリチャーズがソシュールに反対していた点が、まさにソシュールの思考の弁証法的特性であるということである。英米の経験主義の欠陥は、たとえそれが一個の物質、ヴィトゲンシュタインの言う意味での「出来事」、語、文、あるいは「意味」であっても、問題のその対象を他のあらゆる対象から切り離そうとする頑迷な意志にある。(19)(この思考様式はロックまでさかのぼるのであるが、私の考えではこの思考様式は究極的には政治的発想から出ている。だから、ルカーチが思考の合理化・普遍化のために『歴史と階級意識』でやったようなやり方をすれば、そのような思考の特徴を呈示することはさして困難ではない。なにしろその特徴というのが、目をそむけること、切片とか孤立した対象とかを優先させることにあり、それによって、もっと大きな総体とか全体を観察しないで済み、もしどうしてもそれを見なければならないときは、それを見る精神が結局は不愉快な社会的・政治的結論へと追いやられる事態に至るのである。)

ソシュールのいう対立は、その中に部分と全体との緊張を含み、そのそれぞれがたがいに相手があってはじめて存立する関係にあるという意味で、弁証法的である。実体論的というよりは相対的であるため、経験的思考によって予測可能な、一個の自立構造的と思われる要素(たとえば「陳述」)の孤立化を直接の攻撃目標とする。しかしソシュールの「架空の構築物」を弁護することだって、弁証法的たらざるをえない。なぜなら、明らかに、最初の論理的問題は、ソシュールの用語法ではなく、ことの本質そのものに根ざしているのである。言語がこのように特有の存在であること、どこでもすべてが同時に現前することなく、どこでも客体や実体の形を取ることなく、それなのにわれわれの思考のあらゆる瞬間、あらゆる発話行為の中にその存在が認知される、言語がまさにそうであるからこそ、それを指す語そのものが、物理的客体を表象する名詞のような適切さで機能することができないのである。（このことと社会概念との平行関係は当然すぐに思いつく。社会概念に含まれる二律背反が、そのもの自体の矛盾から来るのであって、ある内在的な概念化不能から来るものではないことは、すでにアドルノ*が証明したことである。[20] いずれにしろ、この平行関係自体、ソシュールのモデルが今度は他の学問にあのように暗示的に思われてきた理由の一つである。）

この対立にはもう一つの意味がある。それはオグデンとリチャーズも把握していなかったと思われる意味で、非常に重要な方法論的意味合いを持つものである。この新しい対立は、同じ条件を用い、同じ基本的現実の別な次元に帰せられるものではあるけれども、第一の対立とは違っている。そしてこのような用語法的不確定性は、しばしば、ソシュールの思考上のためらいとか、校合された講座や講義がさまざまな段階で行なわれたこととか、死後発表されたこの教義が未完成で、完全な体系をなすに至っていないこととかに帰せられてきたけれども、私としてはむしろ、彼の業績全体の相対的性格のせいにしたいと思う。すでに見たように、言語の基本的単位——語、文、記号、音素、連辞（シンタグマ）——は、ある任意の具体例における関係の把握に比べれば、はるかに重要度は少ない。だからといって、ソシュールの思想がまるでエンプソン*のいう曖昧の一つのように、立証不可能なものに溶解してしまうというのではない。むしろ、その精密さが保持できるのはせいぜい目下精査中の特定のコンテクストにおいてだけであるということである。この意味で、彼の仕事の持つ未完成的性格は偶然的なものとは思われない。彼は伝統的ないかなる意味でも仕事を完成させることができなかった。他にも類似点は多々あるが、この意味で、個人的人柄の謙虚さとか、自分でやろうとした仕事の領域の広大さなどで、彼はマラルメに似ている。

部分と全体との関係は古い論理モデル、つまり有機体モデルを反映し、それはもはや、言語の持つ特性によって措定される新しい種類の問題を解決する役には立たない。したがって、新しい形の対立は、言語そのものの中のさまざまな異質の体系を一つ一つ解きほぐすことをその機能とすることになる。たとえば、個々の発話行為としてのパロールは、それがつねに、そして必然的に、不完全なものであるというだけではなくて、それが個々の差異、個々の人格とスタイルの場であるという限りにおいて、ソシュールの言語学にとって筋違いのものである。しかしながら、パロールとラングとの関係を組織体の一員とその全体、物理的出来事と物理的法則との関係として見ることは、ソシュールの意図がまさにそれに取って代わることにあったはずの、かの新《ネオ》・文法家《グラマリアン》たちの実証主義的モデルを再導入することになるだろう。

このディレンマに対する彼の解決法はなかなか巧妙である。それは、「パロールの回路」として、二人の話者の関係として、具体的発話構造を考慮に入れているという意味で、状況的、あるいは現象学的解決と呼びうるものである。われわれはこの回路のことを普段忘れている。というのも、常識から判断すればどうしても、ラングとパロールの関係はわれわれの中、個々の意識の中にあるものであって、それは私がたまたま発した直接文と、文章を構成する私の力、言語的諸形式一般の内部化された私の貯蔵量との関係であるということになる。しかしパロールの回路を別な場所で切断し、方法論的にもっと示唆的なモデルを創り出すことは可能である。これがソシュールの独創的なところであって、彼は話者のパロールと、その話者を理解する人物のラングとを切り離したのである。彼にとって、パロールは能動的、ラングは受動的な言葉の次元であり、ソヴィエトの言語学者スミルニツキーがすでに気づいていたように[21]、彼にとって、ラングとは話す力というよりは言葉を理解する力である。このようにして、純粋に調音的な事柄のすべて、局地的アクセントにかかわる問題のすべて、誤発音、個人的スタイルなどは、新しい考察の対象から一挙に抹消され、それ自体が別な学問、パロールの学問のための問題ということになってしまう。ラングの研究が具体的研究であることに変わりはない。なぜなら、ラング研究はある任意の母国語話者の理解における限界と特徴的形式を調査することによってなされるのであるから。しかし、ある特定の対象（たとえば個々の文）――ラング研究がその実験的明示のための物理的法則として有効であるような特定の対象――が存在することによってラング研究が複雑になるといったような事態はもはや生じない[22]。

＊

この新しいモデルの理論的有利性を計るには、デュルケームの社会学の中でこのモデルの原点になったと思われるものを、これと較べてみればよい[23]。デュルケームが社会的事実の表象的性質を主張していることが、ソシュールの記号概念と非常によく似ているというだけではない（このことについてはすぐあとで検証する）。個人的・個別的なものを客観的・社会的なものから区別しようとするデュルケームの思考の推力がまさに、われわれがこれまで調べてきたラングとパロールのソシュール的区別と矛盾なく一致するのである。ただデュルケームは、自分の研究の方法論的基盤を確保するために、ちょうど個人的意識が個人的表象の根底にあるように、集団的表象の根底にある、ある種の集団的無意識というものの存在を措定しないわけにいかなかった。明らかにこのような仮説的観念は、ある種の有機的集合体の存在を暗示するという意味で、すでに見たようなオグデン＝リチャーズがソシュールに対して行なったような批判を受けても仕方がない。しかし、気をつけて欲しいのは、デュルケームが想像上の集合体を頼みとしなければならなかったのに対して、ソシュールの対象であるパロールの回路の場合には、方法論的仮説としてさえ、そのような実体論的幻想とは無縁なのである。オグデン＝リチャーズの反論は、ソシュールの場合にはあてはまらない。というのは、彼のモデルの構築そのものが、いかなる「集団的精神」[24]の考慮をも排除するものであって、まったく異なった、無関係の方向へと注意を向けるものであるからだ。私の考えでは、ソシュール的モデルが、デュルケームのモデルに較べて社会学者にとって一層有用になったのは、この理由にもよるのである。なにしろ社会学者は、デュルケームの誤った立論をソシュールのモデルによって避けることができるのであるから。

もう一つ別の投影、文学の中に見られる投影と照らしあわせることによって、ソシュールのモデルの独創性を計ってみることが有益である。文学の場合、ヤコブソンとボガトゥイリョフの「芸術的創造の特殊なタイプとしてのフォークロア」におけるような、パロールの回路という考え方を適用することは、興味深いことに、サルトルの『文学とは何か？』における公的なるものの役割分析とはかなり違った結果を生み出す。サルトルにとって、パロールの回路の別な条件である公的なるものは、作家自身の中に内在し、彼自身の孤独の行為としての素材の選択、文体的公式化などから論理的に帰着する。これは別に心理学的な同定作用ではない。あるいはむしろ、サルトルの分析はそのような心理作用を排除するレベルで起こっている。というのは、これは単につぎの事実を示すにすぎない。つまり、ある種の素材選択をすることによって、ある種の事物をながながと提示し、別の事物については、あたかもそれが聴衆にとって先刻承知のことであるかのように、最も概略的な言及をするだけにすぎないとしても、このことはそれ自体として読者を選択しているということであって、この場合読者とは、ある種の社会的特徴、ある種の親密な関係、あるタイプの知識を所有する集団のことである。サルトルの具体例は黒人文学である。これは明らかに、集団内の人びとに話しかける場合と、大部分の間接的言及、聞きなれない多くの事柄をまず最初に説明しなければならない白人に話しかける場合とでは、文体も音調も異なることになる。このように、サルトルのモデルは比較的個人主義的、カント的である。つまり、外部の集団ないし社会に対する個人の関係は、個人自身の態度や考え方が一種の普遍性をなす度合を内部的に分析することによって決定されるのである。

それに対して、ヤコブソンとボガトゥイリョフは、個人的創造と個人的文体と、それに対する集団的・無名的対象物としての民話との関係の研究において、ソシュール的モデルに従っている。確かに、民話のすべては個人から発している。ちょうどそれはあらゆる音声変化が個人から発しているのと同じことである。しかし、まず最初に必要なはずのこの発明（話のでっちあげ）という事実は、なぜか民話文学では最も本質的特徴とはならないものなのである。というのは、物語というのは、それが口伝えによって拡散し、明らかに口頭の伝播に依存している場合でも、それを保存し、伝える聞き手によって受け入れられない限り、民話にはならない。だから、民話にとっての決定的瞬間というのは、パロールの瞬間、パロールの発明ないし創造の瞬間（たとえば中産階級の芸術におけるように）ではなく、ラングの瞬間なのであり、その起源がいかに個人主義的であろうとも、その本質はつねに無名的・集団的であることになる。つまり、ヤコブソンの用語法で言えば、民話の個別性とは余剰な特長にほかならず、無名性こそがその顕著な特長なのである。

しかしながら、このような新しいラングとパロールの区別がいかに示唆的であろうと、それにもかかわらず部分と全体との関係はやはりいろいろな形でくりかえし問題になる。たとえばそれが個々の文についての私の理解と、私の理解力全般との関係といった形で現われるにすぎない場合でも。言葉を換えて言えば、ラングが一つの体系へと組織化されるときの具体的な仕組みをもっと深く調べることがここで必要になる。

3

これらの組織化の本質を知る第一の手がかりは、オグデン＝リチャーズの用語法とソシュールの同様の用語とをもう一度対照させることでえられるだろう。前者は、意味論学者として、表徴《シンボル》としての語を扱っているのに対して、後者は記号《シーニュ》の体系としての言語を定義することを狙いとしている。このようなソシュール的用語が、単に言語学者だけでなく、他の投影（投企）に対しても与えた甚大な影響を理解するのは、門外漢にはすぐにはできないかもしれない。しかしながら、もう一度言えば、革新の特性を明確に知ることは、それによって変革されるものを背景にしてはじめて可能になるのである。

ソシュールの記号の定義はつぎのとおりである――「言語的記号は物と名を結びつけるのではなく、概念と聴覚的イメージとを結びつけ(25)」、後者の用語はそこで、「シニフィエ」と「シニフィアン」、意味されるものと意味するものという新しい二つの用語に置き換えられる。そしてさらに、記号はまったく恣意的なもので、その意味は全面的に社会的習慣と約束に依存しており、それ自体としてはなんの「自然的」適合性も持たないということが主張される(26)。

このようにして、記号概念を構築することがそのまま、いわば、それが取って代わろうとしたところのさまざまな初期の理論をさかのぼって通覧することになる。まず第一にそれは、あらゆる理論の中で最も古風な言語理論をみごとに打破してしまう。それはいまでもときどき詩人たちが復活させることのある理論で、言葉と物との間には切っても切れないつながりがある、つまり言語とは名称と命名のことだという考え方である。しかし言語というもののまったく恣意的性格が明確になってしまえば、そのような内在的関係はもはやまるで問題にならない。詩的な観点から見てそれよりはるかに有益なのは、マラルメによるこの古い教義の逆転のほうである。マラルメにとって詩とは、古いアダム的名称を回復させる試みとしてではなく、むしろこのような言語の恣意的特性への反動として、また、その起源においてまったく「動機づけられていない」ところのものを「動機づける」試みとして、はじめて生成するものなのである。

人間の言語は一つではなく、至高の言語を欠いているゆえに、不完全である。そもそも思考とは、ペンと紙などを使わずに、つぶやきすら発せずに、いまだ声にならない不死の言葉《パロール》を書くことであるから、地上には雑多な言語しか存在しないということは、思考の真実そのものをみごとに体現する語を発することのできる者は誰もいないということを意味する。これは自然の厳密なる掟なのであって、(われわれは諦めの微笑をもってそれに従わなければならない)、われわれはみずからを神と同一視するなんらの理由もない。とはいえ、美学上の問題としては、誠に残念なことに、わたしの感覚では、人間の声という楽器に本来備わっているはずのタッチ、声に備わった輝きとたたずまいとを十分に使って、実際の言語が対象を表現することはしていないのである。そうした輝きとたたずまいとは、人間の声の中にもあり、さまざまな国語にもあり、ときには一つの国語の中にもあるのに、半透明の音色をもった ombre(影)という語と較べれば、ténèbres(闇)という語はあまり暗くは感じられない。

jour（昼）という語に暗い音色が与えられ、nuit（夜）という語に明るい音色が皮肉にも正反体に与えられているのを見るのは誠に残念でならない。光を表わす語は輝かしく、その反対の場合は暗くなるべきなのに。しかしかりにそのような単純な明暗の交錯が可能だとすれば——そのときこそ詩などは存在しないことになるだろう。なぜなら、詩は言語の欠陥を哲学的に償い、それをみごとに補助するものであるから。(27)

このようにして、記号の恣意性の教義は自然言語という神話を消滅させてしまう。同時にそれはまた、言語についての心理学的考察を別な次元へと放擲してしまう。というのは、いまや人間を他から区別しているものは、ものを言う力という比較的専門化した能力ないし天賦の才ではなく、むしろ記号を創造するというもっと一般的な力なのであるからだ。そしてこのことから、言語学から人類学への王道が一挙に開かれることになる。

しかし事態はそれだけではすまない。英米系の用語法、「表徴《シンボル》」という語の持つ力は、われわれの注意を語とその対象つまり現実世界の指示物との関係に向けることにあった。事実、「表徴《シンボル》」という語そのものは、語と物との関係がまったく恣意的なものではないこと、両者がそもそも結びつくには何らかの基本的適合性があるということを含意する。したがって、このような観点から見れば、言語学的研究の最も基本的な仕事は一対一、文対文の指示物調べにあり、また、言語の中から非指示的条件や純粋に言語構築物を排除することにある。このようなモデルをひとひねりすれば、「ベイシック・イングリッシュ」とか共通言語哲学とか有機的学問としての意味論とかにそのまま行きつく。このような考え方は、言語における歴史的習慣や惰性などの重みをまるで過小評価すると同時に、「伝達の欠如」とか人間的出来事におけるいわゆる言語の障壁などの重要性を過大評価している。

それに対してソシュールは、言語的記号の究極的指示物という問題全体から、彼の用語法そのものによって偏向している。彼の体系の進む方向は、語から物へというような正対的方向ではなく、むしろ記号から記号へという横方向である。つまりシニフィアンからシニフィエへの動きとして記号そのものの中にすでに吸収され、内部化された動きなのである。だから、潜在的には、記号の用語法は、われわれがオグデン＝リチャーズに見るような表徴体系の外側の表徴化されたものに向けての絶えざる動きというよりは、記号体系そのものの内部的一貫性と包含性、自律性を主張する傾向がある。オグデン＝リチャーズの究極的研究領域が意味論にあるということになるのに対して、ソシュールの究極的達成目標は記号学《セミオロジー》にある。

こうしたことの背後にうかがわれる哲学は、現実世界における個々の物とか出来事を「表象」ないし「反映」するのは個々の語や文なのではなく、むしろ記号の全体系、ラングの全領域が現実そのものと平行するということである。つまり、言いかえれば、現実の世界の中に存在するあらゆる有機的構造と類比関係にあるのは体系的言語の全体性であり、われわれの理解は一つの全体ないしゲシュタルトから別なそれへと進むのであって、一対一の対応を基本にしているのではないということである。しかしもちろん、このような用語で問題を提示することは、それだけで現実という概念全体がただちに疑わしいものに思えてくるに十分なのであって、事実、記号学にとって現実とは、まず第一にそれについて語ることさえできないような無定形の混沌であるか、さもなければ、すでに、それ自体として、さまざまに交錯しあう体系——言語的かつ非言語的な——一連の記号体系なのである。

4

われわれはここで個々の記号がたがいにどのように関係しあっているかを知らなければならない。この関係の様式が全体としての言語体系を作りあげているからである。出発点はどうしても音声の領域、言語の素材という次元でなければならない。しかしもしわれわれが、ソシュールだけでなく、ソシュールと同時代のスラヴ世界の人たちがともに主張した例の区別を忘れていなければ――その区別というのは、「純粋な」音声と聴覚的イメージとの区別、測定可能ではあるが意味のない音の聞こえと、われわれにとって一種の認知可能なパターンを構成する音の聞こえとの区別のことであるが――そうであれば、問題を措定する方法はすでに与えられたも同然である。音声が聴覚的イメージとなるのはどこからであるのか、音声的なものが音素的有機体あるいは体系に変わるにはいったい何が必要なのか。

このように措定すれば、解答はすでに質問の中に含まれている。というのは、ここで問題になる移動はまさに認知にかかわる移動であって、そのためにはまず、孤立した物そのもの、他のものと一切の関係を持たない音声客体を原子論的・経験的に認知することをやめて、一種の相対的認知、ゲシュタルト的なフィールド（場）に対するフォーム（形相）の認知に相通じるもの、あるいは部分と全体との弁証法的緊張を受け入れるということがなければならない。しかしこのような定式化もこの場合は適切ではない。というのは、この種の組織化の特徴は全体に対する関係というよりはむしろ反対物に対する関係なのである。

シニフィアンの聴覚的イメージは一連の差異的・識別的特徴からなる。ある音素についてのわれわれの認知は差異的認知である。ということは、われわれがある語を単数男性名詞であると特定するには、同時にそれを複数でもなく、女性名詞でもなく、形容詞でもないということを認識しなければならないということである。このような形式の、同時に特定し差異化する意識は、語の最も小さな意味単位、つまり音素とその特定の識別的特徴にいたるまで、すべての場合に当てはまる。

このようにして、言語認知は、「決定は否定である」というヘーゲル的法則に従って機能する。しかしおそらくその限定性が最も明白になるのは、サルトルの内的否定と外的否定の区別であろう。外的否定は、分析的思考と、客体が並列している物理的世界において通用する。したがって、テーブルはキリンではないと述べることはある真実を述べることではあるが、本質的なことを述べたことにはならず、テーブルの存在にもキリンの存在にも何の影響も与えない。言いかえれば、それはいずれの定義にもじつは貢献しないのである。しかし人間の現実は内的否定によって支配されている。それゆえ、私が技術者でもなく、中国人でもなく、六〇歳でもないという事実は、私の存在そのものに深くかかわる何かを述べることになる。言語についてもこれは同じなのである。それぞれの音声は体系内の他の要素に対して内的否定の関係にあるのだ。

言語に特有の実体を特徴づけているものは何か。それを言うには、言語にとって、差異、区別、対立などの概念は、他の思考分野ではかならずしもそれらがたがいを内包しないのに、ここではたがいに一致し、すべてが同一であると言えばよいだろう。ソシュールの思考の動きはたぶんつぎのように分節化することができる。言語は客体（対象）でもなく、実体でもなく、価値である。だから言語は同一性の認知である。しかし言語においては、同一性の認知は差異の認知に等しい。だからあらゆる言語的認知は同時にそれ自身の対立物の存在を意識している。

識別的特徴は非常に複雑な組合わせを作りあげることができるけれども、そこにできあがる最も基本的な形は一連の二項対立という形である。そのような対立の最も単純な形、そして同時に最も深く弁証法的な形は、存在（現前）と不在、肯定的記号と否定的（あるいはゼロ）記号との緊張であって、そこでは、二項対立の二項のうちの一つが「肯定的にある特徴を持つと理解され、もう一つがその特徴を欠いていると理解される(28)」のである。ここに明白に音素的認知と音声的認知の違いが論証されている。音素的認知にとっては、何一つ存在するものはない（言葉をかえて言えば、ロシア語を知らない者がロシア語を聞いても、音声としてそこに存在しているかもしれないものにさえ気がつかない）。音声的認知にとっては、決定的不在は聞こえ、感じられる。ここで重要な問題は、非在そのものと、ある中心的空白をめぐって組織化されるゲシュタルトとしての不在との違いである。

たぶん専門家以外の人にとって、精神がこのような二項対立に依存していることを例証するには、明白な例外、すなわちわれわれの差異的認知が虚空の中で点滅する例がいちばんよいだろう。だから、fish（さかな）と sheep（羊）という語を、まず単数で、つぎに複数で、急いで思い浮かべることによって、精神は、対立が物理的にも物質的にも存在しないところに、対立感を本能的に作りあげていると感じることができるのである。

ソシュールの体系観が最も完全に具体的に適用されているのは音素論、特にトゥルベツコイとヤコブソンの作品においてである。同時に指摘しておかなければならないのは、研究の領域が専門化すればするほど、一般言語学はますます個別的な、孤立したいくつもの単位に分裂していく危険が多くなり、ソシュールが一つの現象として言語の単一性を主張したことがますます危険に瀕することになる、ということである。このことを別の言い方で言うためにつぎのことを指摘してもよい。つまり、このタイプの二項対立と、一般に弁証法的思考における対立の名で通っているもの（矛盾という名で呼んだほうが一層適切であろうと思えるもの）との間には相違があるという点である。前者は静的反定立であって、後者とは違って、みずから単独行動をすることがない。この意味で、人は問うかもしれない——あくまでも分離した一対《ペア》であるものから体系を生成することがいったいできるのか、その体系はヤコブソン的用語で言うところのペアの「束」、すなわち永遠の否定の記号のもとに集まる付加的対立の集合以外のものにいったいなりうるのか、と。実際、わたしの考えでは、二項対立の静的構造は、もともとソシュールの出発点であった反定立が体系内において別の形を取ったにすぎず、それがいま再内部化されて戻って来、最初にみずから作り出したダイナミズムに制限を加えようとしているのである。

5

しかしソシュールの体系の説明にはこれまで考慮に入れていないもう一つの局面がある。ここで説明する次元はもはや個々の音声や音声パターンの次元ではなく、むしろ伝統文法で統辞論《シンタックス》と呼んできたもの、語と文の次元のことである。このような古い用語法は無論いまや不適当である。というのは、すでに見たように、それは固定した計測単位、安定した存在についての実体論的概念を前提としていて、言語の流動的性質にも合わないし、それが顕現されるための純粋に形式的な構造をも提供しない。しかしながら、われわれが以前に、われわれがそれ自体として定義することができないと感じていた単位の認知（同一性とか差異とか）の様式を特徴づけることができなかったように、いまもまた、文とか品詞とかについての適切な定義をやむなく欠いているために、われわれはいまだにそれらの結びつき方、その組合わせの形を特徴づけることができずにいる。

ソシュールにとって、意味の記号ないし単位は、二つの異なった種類の関係を形作るようだ。連辞的《シンタグマ》関係と連合的《アソシアティヴ》関係（これは用語上の釣合いを重んじ、言理学者*たちの言い方にならって、範列的《パラダイム》と呼んでもいい）である。シンタグマとは水平的集合、時間軸における意味単位ないし語の連続である。したがって文はシンタグマの取りうる形式の一つであり、文において単位を支配する関係は、時間軸における前後の指示関係である。このようにして、動詞"reflects"（三人称単数形）はさかのぼってある主体を指示し、同時に究極の対象をも予想させる。英語のような屈折変化のない言語では、名詞はどうしても動詞がなくては気分的に安定しないのである。

しかしながら"reflects"という動詞は同時にもう一つの、垂直的と呼んでいいような次元も持っている。というのは、それはそれと関連のある他の語をも思い出させるからである。たとえば名詞の"reflection"とか、同じ語幹から作られた他の語、動詞"deflect"とか、それと韻を踏む他の語ないしそれと似た内部的構成を持つ他の語、さらに、水平的存在物としての動詞をめぐって形成されるはずの文ないしシンタグマのタイプといったような、じつに数えきれないほどの他の関連を持った無数の語。

われわれはここにもまた、通時態（時間的に継続的な、垂直的次元）と共時態（同時的な、体系的に組織された水平的次元）とのソシュール的一次的区別が隠されていることを知る。そして『一般言語学講義』全体においてそうであるように、二つの関係様式のうちいずれが優先するかというこの問題においても、どちらかといえばソシュールが、通時態やシンタグマ性ではなく、共時態、連合性やパラダイム性に傾いていることは明白である。共時態やパラダイム性の論理的優先性はモデルそのものにすでに内在する。というのは、明らかに、たとえば“reflects”というような語の言語的・シンタグマ的機能を精神が感じることができる唯一の方法は、文全体のさまざまなパラダイムを精神の中に持つこと、連合性の鎖によって、言語的機能と作用の全体についてすでに習得していることとである。

言い換えれば、シンタグマ的次元は、われわれがその個々の単位を別々に調べるときだけ一次的現象のように見えるのであって、そのとき個々の単位は、ある様式の時間的認知に従って時間軸に沿って連続的に組織されているように思える。しかしながら実際には、われわれはそれらを別々に認知することはけっしてない。「動詞」はつねにもっと大きな単位、それ自体がシンタグマであるところのもっと大きな単位の一部と感じられる。そしてそのシンタグマは、もはやそれは一連の単位ではなく、むしろそれ自体が一個の単位であるゆえに、連合的思考の中に再吸収され、他のシンタグマとの類似によって理解される。

ここでかかわってくるのは、隣接と類似という例の基本的区分、すでにロックやヒュームやカントなどの古典的議論に内在している観念連想の二つの基本原理である。このような区分は分類法的区分であって、究極的には絶対的な精神の法則の発見と定式化を目指す。つまり、精神、ということはまさに頭脳が作動するときの究極的なパターンとカテゴリーの発見と定式化である。

いずれにしろ、もし二項対立の理論が、対立項を創造する行為として、形式的にソシュールのそもそもの出発点を反映しているとすれば、連合的様式とシンタグマ的様式との目下の区分は、その最初の対立の内容を反映しているように私には思える。つまり、はじめは体系の外側にあって対立を生み出す役割を果たしたものが、いまや再内部化されて共時的領域の中に再発するのである。さてここで問題なのは、研究対象がどの程度まで、言語の思考パターンというよりは言語学者自身の思考パターンなのかということで、われわれはここで、ソシュールの出発点の独創性が彼自身の成果を制限するに至る瞬間をより明白に見ることになる。というのは、そもそもあのように歴史を否認したことが、結果的には、最初のうちは変化というものをけっして無意味な偶然的なデータではないものとして体系の中に取りこむことをできなくしたのであるが、それがいまや、体系そのものの最も中心のところで、シンタックスをそのまま扱うことができないという形でもう一度出て来たのである。

以上がソシュールの教義全体の顕著な特色であるが、この大急ぎの素描が終わったところで、われわれも公式の言語学に別れを告げることになる。いまここでこうした材料に対するわれわれの態度は言語学者のそれとはまったく異なったタイプのものだということを付け加える必要があるだろうか。言語学者の主たる関心は指示、さまざまなソシュール理論に命名される対象にあるのに対して、われわれの興味は体系全体として自立するための一貫性と、他の思考様式のモデルないし類比としての暗示性にある。言語学者はソシュールの体系をその論理的結論にまで突き詰めることに専心し、事実チョムスキーはそれを逆転させようとしてまったく新しい言語モデルを提唱した。しかしわれわれはこのあとは、この最初の理論が知の他の領域においてその後どのような余生を送ったか、特に、モデルと類比として文学批評、人類学、そして究極的には哲学そのものの領域においていかなる解放的影響を与えたかを扱うことになる。

Ⅱ　フォルマリズムの冒険

ロシア・フォルマリストたちの主張の独自性がどこにあるかといえば、それは彼らが内在的に文学的なものにかたくなに固執し、「文学的事実」から離れて他の理論化形式に赴くことをかたくなに拒否することにある。だから、彼らの体系的思考の究極的価値がどうあろうとも、文学批評は彼らの出発したところから出発しないわけにはいかないし、理論上彼らに対する最も必然的な攻撃、たとえばトロツキーやブハーリンの攻撃でさえ、彼らの最初の方法論的妥当性をけっして否定はしなかった。(1)

ソシュール言語学と同様、フォルマリストはまず内在的なもののみを取り出し、特定の研究対象を他の学問から分離させ、ヤコブソンの言う literaturnost(文学性)、文学そのものの顕著な要素を体系的に調べることから出発した。この手続がすでに弁証法的である。というのは、それはあらかじめ規定された特定のタイプの内容をまったく予想してはいなくて、むしろ、一個の芸術作品が提唱する個々の主調的要素を経験的に同定することを目的とするからである。そしてその同定化のプロセスというのは、その作品の持つ他の要素、さらにその時代の他の要素と突きあわせることによってはじめてなしうることなのである。したがってこのような作品の中心的要素の定義は相対的ないし機能的なもので、その要素が何であるかということだけでなく、その要素が何でないか、その作品から何が排除されているかということの自覚にかかわってくる。というわけで、フォルマリストの研究対象はプロットないしイメージ構造であったり、一九世紀小説家のエピグラフ（題辞）習慣についてであったり、登場人物の名前の図式であったりする。つまり出発点は最初にたまたま目に触れたもの、前景化されたもの、認知の領域に執拗に突出してきたもの、何でもよいのである。このようにしてこの方法はみずからに警告を発し、みずからのあまりにも機械的な適用に警告を発することから出発する。

ソシュール言語学の場合もそうであるが、ロシア・フォルマリズムの最初に打つ手はネガティヴなものでなければならなかった。そしてそれは他の外在的体系から文学的体系を切り離すことを目的とした。これらの攻撃と論証法はつぎの三つの一般的カテゴリーに分類できる。(1)文学が哲学的メッセージないし哲学的内容を伝えるものであるという考え方に対する攻撃、(2)文学を発生的に、あるいは言ってみれば通時的に（伝記的研究、原典研究、などなど）分析しようとする論証法、たとえばアレクサンドル・ヴェセロフスキーのように、さまざまな民話のモチーフの起源が宗教的儀式や原始信仰にあることを証明しようとする論証法、つまり非文学的視点から文学がさまざまな異質の要素に分解されてしまう論証法である。[2]そして最後に、(3)おそらくこれらの立場の中でも最も「文学的な」立場である、文学作品を一個の技法ないし一個の心理学的衝動へと溶解させてしまう傾向に対する攻撃であるが、ここでフォルマリストが考えているのは、詩は「イメージによる思考」であるとする、たとえばベリンスキー*の定式のようなものである。（狭い意味ではこの第三の攻撃目標は、象徴主義に支配された先行世代に対するフォルマリストによる攻撃の一部をなす。しかし広い意味ではそれはあらゆる非弁証法的な文学研究に向けられる。すなわちそれは、文学的表層の多様性の底にある何らかの究極的な不変の要素を――文学のなんらかの究極的エッセンス、たとえばアイロニーだのメタファーだの、パラドックスだの、ペリペテイア（運命の激変）だの、緊張だの「崇高」（Erhabenheit）だの「高度の真剣さ」だの何だのを——あたかも前ソクラテス哲学のように素朴に取り出そうと試みるあらゆる文学的分析に向けられる。）

アメリカの新批評家*たちはこれらの三つの論争的目標のうちの最初の二つだけを共有する。新批評家はあまりにしばしばフォルマリストと比較されてきたので、いくつかの基本的相違を思い出しておくのがよいだろう。明らかに、この二つの運動は一九世紀の終焉とともに文学的・哲学的風土に起こったもっと一般的な歴史的変動を反映している。この変動は、しばしば実証主義への反動として説明されるのであるが、それが起こる国家的・文化的情況の成り立ちによって、そしてまたそれに対して若い作家たちが反逆する主調的イデオロギーの性格によっても、変わる。

このようにして、アメリカの批評運動もロシアの批評運動も一大モダニズム文学運動と同時代のものであるが、両者はともにモダニズム文学に対して理論的正当性を与えるために生じたものではあるけれども、フォルマリストは芸術と政治両面の革命家であるマヤコフスキー*やフレーブニコフ*と同時代人であったのに対して、アメリカの新批評家に最も大きな影響を与えた同時代人は、T・S・エリオットとエズラ・パウンドであった。ということはつまり、前衛芸術と左翼政治とのおなじみの分離というものは普遍的現象などではなく、単に地域的な、英米系の現象にすぎなかったということである。

しかしこれにしたって、二つの批評運動のもっと深い歴史的・文化的相違の反映にすぎない。新批評家は、アーヴィング・バビット*やシャルル・モーラス*のような指導者にならって、イギリスのロマン主義とその根源的な伝統を明らかさまに否認し、形而上派詩人、王党派詩人の詩に模範を求めた。しかしながらフォルマリストは、プーシュキンとその世代の批評の功利的・社会的伝統を単に攻撃するだけで、彼らの作品については、特権的対象としてみずから文学的分析や再評価を彼ら独自の方法で行なった。このようにして、フォルマリストはロシア文学におけるこの偉大な形成期を、否認するというよりはむしろ、自分たちの目的のために再利用する傾向がある。この時期というのは、文学的激動期であっただけでなく、政治的にも変動期であって、大作家たちの多くは失敗に終わった十二月革命、「ペテルスブルグ元老院前の広場におけるロシア史のかの有名な休止(3)」に共感を寄せていた。

このような共感は文学批評にも形式的な影響を与える。新批評家たちに利用できる特権的な物語モデルはエリザベス朝の韻文劇とダンテの『神曲』であった。したがって彼らにとって特有の物語の問題というのは、もっと本来的な韻文ないし詩の問題と区別しがたく混じりあっている。分析されるのは登場人物が詩的台詞を述べる瞬間、あるいはダンテの場合なら、ある状況ないしある運命が突然に一個の韻文に成就され結晶する瞬間である。しかしながらプーシュキンは、ロシア現代詩の創始者であり同時にロシアの現代の物語の創始者でもある。単に韻文の創始者であり、それをある種の詩的芸術的散文に変換させた功労者であるというだけでなく、そのそれぞれがそれ自身の内在的な形式的法則に則して機能する二つのまったく異なった文学様式の創始者なのである。したがって、プーシュキンの例はつねにフォルマリストにとって二重の教訓として存在する。すなわち、韻文と散文の語りは厳密に相異なった法則に従うが、別な意味ではこれらの法則、詩的言語ないしシンタックスの法則と散文の語りないしプロットの法則は、まったく異なるけれども、たがいにパラレルな、類比的体系を形成するとも考えられる、ということである。いずれにしろ、以上のようなさまざまな点で、彼らの歴史に対する姿勢とか、文学史に対する姿勢とか、語りとプロットという内的な文学的通時態に対する姿勢という点で、フォルマリストのほうがアメリカの新批評家に較べれば、はるかに実証的で弁証法的な態度を持っているように思える。

だからといってロシア・フォルマリズムがただ一個の立場、一個の文学的教養だけを持つものであるとは考えられないが、彼らの仕事が一個の集合体をなし、統一的な時間的発展をしたことは事実である。トマシェフスキーに言わせれば、「〈オポヤーズ〉〔詩的言語研究会〕は一定のメンバー、会合場所、規約などを持ったグループを定期的に構成するものではけっしてなかった。しかし最も生産的であった時期には、一種の委員会形式をなす組織体に似ていて、ヴィクトル・シクロフスキーが会長、ボリス・エイヘンバウムがいわば副官、ユーリー・トゥイニャーノフが秘書であった」[4]という。他の文学派、ドイツ・ロマン派とかシュールレアリストなどと同様に、オポヤーズもまた、みずからの集団的統一性を正当化するために社交的群居性《ゲゼリヒカイト》の教養を発展させたようだ。シクロフスキー自身が、パウンドとかフリードリヒ・シュレーゲルとかブルトンといったような、似たような流動期と形成期の文学運動の指導者と多くの共通点を持つ——発生期のさまざまな思想の統合、知的厚かましさ、結果的には断片を一つのジャンルとして正典化してしまうような断片的な芸術上の実践、たとえばそれが明示的に現われるのがシュレーゲルであり、シュールレアリストの不連続的な日常経験観であり、暗示的には、パウンドの『詩編《カントー》』における表意文字的実践であり、シクロフスキー流の一文で全パラグラフを構成するやり方とか、異質の挿話や素材を故意に挿入するやり方である。同時に、シクロフスキーはまたマヤコフスキーと密接なつながりを持っていて、のちにはエイゼンシテインとも連携したり、フォルマリストの思想を反映した文学的実践を行なった「セラピオン兄弟グループ」の作家たちとも、他のフォルマリストたちと同様、密接なつながりを持っていたというかぎりにおいて、オポヤーズすなわちフォルマリスト批評家集団の思想はそれ自体が狭い、誤解を招きやすい思想でもある。したがって、具体的文学現象としてのフォルマリズムの究極的評価は、アメリカの新批評のような純粋に批評的教養などよりは、ドイツ・ロマン主義やシュールレアリスムのような真に創造的な文学運動に一層近いということになるだろう。

シクロフスキー自身の教養は、ロシア・フォルマリズムの出発点であると同時に、それ自身の内部矛盾の原因でもある。つぎにわれわれは、最初にシクロフスキーの貢献がなければ一貫性を持った文学理論は不可能であったこと、そして同時に、シクロフスキーの個性がその上に残した明白な痕跡を除去することによってはじめてそれが最終的に機能するということを見ることにする。

1

(1) 理論の最初の任務はこれこそが文学的であるという事実そのものを取り出すことである。シクロフスキーの最も重要な著作のタイトル『散文の理論』がそのままマニフェストの役割を果たす。つまり、詩の理論がすでに発達をとげたいま、ここでの意図は新しい境地を開き、詩についてこれまで発見されていることを、いまだ未探索の領域である短編小説と長編小説に適用すること。詩の理論の土台には、詩的言語を日常伝達の言語から絶対的に分離すること、すなわちマラルメがすでに特徴的な経済的比喩によって定式化した区別というものがあった。

現代の否定しがたい欲望の一つに、粗雑で直接的なものと本質的なものというように、言葉の異なった働きからそれを二つに分けようというのがある。語り、教え、さらに描写すること、それはそれでよい。もっとも、人間の思考を交換するだけなら、黙ったまま相手の手の中に貨幣を置いたり取ったりするだけで十分であろうけれども、言語の基本的使用には、あらゆる種類のエクリチュールを特徴づける普遍的なジャーナリズムの文体がかかわるが、例外はただ文学のみである(5)。

フォルマリストはまずはじめにつぎのことを論証した。多くの点で詩的言語は日常言語に対する一つのタイプの方言の立場にあって、それ自身に特有の法則に支配され、しばしば発音そのものが違ったりする(たとえばコメディ・フランセーズでは、無音のeを発音したり、語頭のhを気音に発音したりする)。しかしもっと深い意味あいは、詩は単なる日常言語の特殊形であるだけでなく、それ自体の全的な言語体系をなす、ということである。

英米批評では、文学言語と日常言語を分離するために使われるモデルは、合理性の性質についての前提を基礎にしていて、認識(指示)言語と情緒言語の区別で決まる。芸術と科学の相対的価値をめぐる際限のない、やや不毛な議論はそれゆえこの出発点にすでに内在していて、その用語法の力そのもののために軍配は科学のほうにあがる。

しかしながら、認識論の株がさがった分だけ、合理的様式と非合理的様式、認識的様式と情緒的様式の区別はいまやむかしほどに絶対的なものとは思えない。現象学、そして現象学から生じた実存思想は、そうした区別を人工的なものとして退け、まさに意識の行為という概念の中に出発点を求めている。意識の行為によれば情緒も理念もともに世界内存在の様式であるというのだ。事実、実存主義は具体的経験としての情緒と感情(ハイデッガーのいう〈気分《シュティムンク》〉)にむしろ傾く傾向があって、純粋知の抽象からは遠ざかると言ってよいだろう。

このようにして、昔の認識論哲学が、それ自身の慣性によって、どちらかといえば知をまず優先させ、他の意識の様式を情緒、魔法、非合理などのレベルに追いやるのに対して、現象学的思想は本質的に、世界内存在(ハイデッガー)とか認知(メルロ＝ポンティ*)といったもっと大きな単位によってそれらを再統合する傾向がある。まずこうした種類の哲学的雰囲気のなかでフォルマリスト的言語観は理解されなければならないのである。

(2) 一つの方言としての詩的言語は、言語そのものに注目を集める言語であって、そのような注目は結果的に言語そのものの物質的特性をあらたに認知するように作用する。したがって、フォルマリストが理論を展開するための この新しいモデルは、習慣作用対認知、機械的・無思考的実行対世界および言語の肌《テクス》ざわり《チュア》と表層についての突然の認識、という二項対立に基づいてできあがることになる。このような対立は、ありきたりの行動対思考の対立、実行対認知の対立を越えて、明らかに、具体的世界内存在の様式としての文学にその証明を求めるのではなく、諸科学の抽象思考にそれを求めることになる。

シクロフスキーは芸術を異化作用、つまり客体を異化すること(オストラネーニェ)、もう一度あらたに認知すること、として定義したことは有名であるが、この定義はじつはきわめて倫理的な意味あいを持った心理的法則の形をとっている。シクロフスキーが自説を証明する具体例としてあげているトルストイの日記からの一節は、トルストイとしてはまず例がないほどにアクチュアルな、形而上的ないし倫理的姿勢を示している部分である——

私は部屋を掃除していた。あちこち歩きまわるうちに、長椅子のところへ来て、私はその埃を払ったかどうかわからなくなった。こうした動きは習慣的で無意識であるため、どうしても思い出すことができず、思い出すのもいまとなっては不可能だろうと思った。だから、もしすでに埃を払っていてそのことを私が忘れているのだとしたら、つまり私が無意識のうちに行動していたのなら、それならば私はなにもしなかったのと同じことであった。もし誰か意識している人がそれを見ていたとすれば、事実を確定できただろう。しかし誰も見ていなかった、あるいは無意識的に見ていたとすれば、もし多くの人びとの生の集合体全体が無意識のままに進行するとすれば、そのような人びとの生は無かったに等しいことになる。(6)

このコンテクストでは、芸術とは意識的経験を回復する方法、鈍感な機械的行動習慣（チェコ・フォルマリストがのちに使う用語では「自動化作用」）を突き破る方法、われわれがこの世にもう一度新しく生まれ出て、この世界の新鮮さと恐ろしさに目覚める方法なのである。

しかしここで述べているような純粋に心理的な法則はじつは、フォルマリストが攻撃したポチェーブニャ（メタファーとしての芸術、エネルギー保存としてのメタファー）と同じ種類の法則ではない。ポチェーブニャの法則は内容を持っているのに対して、それにかわってシクロフスキーが提唱した新しい心理的メカニズムは形式の外側を規定するだけなのである。オストラネーニェの新しい概念は、習慣となってしまった認知の性質、革新されるべき認知について何事かを述べることを目的としてはいない。これが特に批評にとって有用なのは、あらゆる文学に対して有効な一つのプロセスを描き出し、いかなる意味でもある特定の文学的要素（たとえばメタファー）とかある特定のジャンルとかが他のものより優先するなどということを述べていないことにある。

純粋形式概念としてのオストラネーニェには顕著な利点が三つある。シクロフスキー自身の実践批評は、本質的にはこのただ一個の理念をめぐる限りない変奏にすぎないと言ってもよいのであるが、それは彼の批評の逆説的な豊かさを説明してあまりあるものだ。まず第一に、すでに見たように、異化作用というものは、純粋に文学的体系としての文学を、その他のあらゆる言語的様式から区別する方法として有用である。したがってそれは、まず第一に文学理論が誕生することを可能にする効用がある。

しかし同時に、それは文学作品そのものの中に階層性を導入することになる。芸術作品の究極的目的があらかじめ与えられてしまう――つまり、認知の革新、突然世界を新しい観点から、新しい意外な見方で見るという目的が与えられてしまう――わけであるから、芸術作品を構成する要素と手法ないし仕掛け（プリヨミー）はすべてこの目的に向けて秩序化されてしまう。副次的な仕掛けも、シクロフスキーの用語法では、まず第一に再生された認知を可能にするこれらの本質的仕掛けを動機づけるものであることになる。このようにしてトルストイの『ホルストメール』*では、社会生活の非常に多くの局面が突然になにか残酷で不自然なものに見えはじめ、このような習慣的なものの本質的異化作用がそこで物語の視点、人間の目を通してではなく馬の目で観察されるという視点によって動機づけられる。

最後に、オストラネーニェの概念は、新しい文学史観を可能にするという意味で、第三の理論的利点を持つ。それは観念論的歴史に特徴的な、深い伝統の流れなどといった文学史観ではなく、突然の断裂、過去との断絶のくりかえしとしての歴史であって、そこではそれぞれの新しい文学的現在はその直前の世代の支配的芸術正典《キャノン》とは直接つながらないのである。いわばそれはマルローが『沈黙の声』*で提唱した芸術史のモデルに似たものなのであるが、ただ違うのは、マルローの理論が創造の心理学とか、それぞれの世代が先輩の巨匠たちにいかに反応する必要があったか、という点から定式化されているのに対して、フォルマリストは、この不断の変化、この永遠の芸術的革命というものを、芸術形式そのものに本質的に内在するとしていることである。つまり、一度は新鮮でめざましかったものも、やがて陳腐になり、予測していなかった、予測不可能な形で、新しいものに取って代わられなければならない。それが芸術的形式の本性なのだというのである。

同時に、フォルマリストのモデルは、このような不断の変化という仮説よりはもっと複雑で、ヤコブソンのいう通時的言語学のモデルとも似た、転移と再調整の複雑な体系を持つものでもある。文学的革命とは、現存の支配的正典と断絶することだけではない。それは同時に、ある新しいものの正典化、あるいはむしろ、そのときまで大衆的ないし卑俗であると思われていたものを、文学的な尊厳の形式へと格上げすること、そのときまではただ娯楽とかジャーナリズムとかのいかがわしい場所でだけ普及していた群小の形式を救い上げることでもある。(たとえば探偵小説がロブ＝グリエの小説になった例を見よ。) シクロフスキーお得意のイメージを使えば、それはちょうどチェス・ゲームのナイトの動きと似た、エクセントリックな動きなのである。「ある文学的な流派が別な流派によって粛清されるとき、遺産は父から子へではなく、叔父から甥へと渡される」(7)というのは彼の有名な言葉である。

このようにして、オストラネーニェの基本的概念から文学理論の全体が生まれ出ることになる。まず純粋の文学体系そのものを取り出すことによって。第二に、その共時的体系においてえられるさまざまな関係のモデルによって。そして最後に、いま見たように、ある共時的状態から別の共時的状態に至るときにえられるような、変化の種類を分析することによってもう一度通時性へと回帰することで。それではつぎにその結果、特にそれが時間と歴史という問題にどうかかわってくるかということを検討しよう。

2

(1) ここで改めて指摘するまでもないが、事物の再認識としての芸術観はなにもフォルマリスト独得の見方ではなく、現代芸術や現代美学にはさまざまな形でいろいろなところで見られるもので、新しいものを優先させるという考え方と軌を一にしている。だからプルーストも、ド・セヴィニェ夫人の書簡と彼の印象主義画家エルスティールの技法とを比較して、セヴィニェ夫人の文体をつぎのように説明しているのである——

彼女が彼と同じ方法で、事物をまずその原因を通じて説明するというよりは、むしろわれわれの認知の順序に従って事物をわれわれに見せてくれるということに私が気づいたのは、バルベックにいるときであった。そしてその日の午後、汽車の中で月光のことを書いたその手紙を再読する——「私はもはやその誘惑に抵抗できなかった。必要もないのにボンネットとヴェールをすべて身につけ、遊歩道を歩く。私の部屋の中と同じかぐわしい空気。一千もの亡霊が見える。黒衣、白衣の僧たち、尼僧たち、何人も、灰色と白、亜麻布が地面のあちこちに散らばっている。屍衣をまとった男たちが立木にもたれ……」、すると私は、もう少しのちならばド・セヴィニェ夫人の『書簡』のドストエフスキー的側面とでも呼んだであろうものに魅せられてしまうのだった（なにしろ彼女の風景の描写法はまったく彼の人物描写法にそっくりなのだから）(8)。

抽象的理解（原因＝結果による説明）は認知に対する貧弱な代替物であるという含意、純粋に知的なある事物についての知と、その事物についての真正で自発的な幻視的経験との間には、一種の干渉がある、という含意は、もちろんプルーストの小説の全体の構築に基本的なものである。それはまた同時に、人生は抽象的になってしまった、理性と論理的知識とがわれわれが事物と世界との真正の実存的接触を果たすことを妨げるに至った、という現代世界における一般的感情の一部をなしている。このことは文学だけでなく、批評にも当てはまる。だからこそ、上掲の文章に見られるように、プルーストがそこで述べていることだけでなく、その述べ方がフォルマリストに似ているのだ。ド・セヴィニェ夫人をドストエフスキーに比較すること自体がすでに一種の異化作用なのである。このことの衝撃が彼女の文体を、新しい、まったく予測していなかった観点から、まるではじめてのように見るようにわれわれをうながす効果を持つ。

(2)　しかしわれわれが認知された事物を調べるとき、概してそれらが二つのグループに分かれることを知る。だからスウィフトは、ブロブディングナム族の中におけるガリヴァーの縮小サイズによって自分の手法を動機づけ、その登場人物につぎのように観察を述べさせている——

彼女の巨大な乳房ほどに目で見て嫌悪感を催したものは他になかったことを私に告白しなければならない。その大きさ、形、色がどんなものであるかを、興味のおありの読者に伝えようにも、いったい何に比較すればよいのかわからないのである。それはおよそ六フィートも突出し、円周は優に一六フィートもあろうかと思われた。乳首は私の頭ほどの大きさ、乳頭も乳房もともに吹き出物、ニキビ、そばかすなどのために、色彩はじつにさまざま、これほどに気持の悪いものはなかった。なにしろ私は、彼女が私に乳をふくませるために腰を降ろし、私はテーブルに立つといった形で彼女をまじかに見たのだ。これを見て私はわがイギリスの女性たちの美しい肌を思い出した。彼らはわれわれと同じサイズで、拡大鏡でも使わぬかぎりその欠点も見えないから、われわれには美しく見えるのであって、拡大鏡を使えば、どんなになめらかで白い肌も、荒れたごつごつのきたならしい色であることが実験的にわかるのである。(9)

このような認知は、基本的には自然そのものに関係する方法であり、自然を前にしたときの嫌悪と恐怖という点で、われわれが人間生活そのもののまさに肉体的条件について否応なしに見ざるをえないものに関して、比較的形而上的視点を構成してくれる。

しかしながら同じ時期に、そして特にフランスで、類似した異化作用の文学的手法がかなり違った政治的・社会的目的のために使われている。われわれはここで、モンテスキューの『ペルシア人の手紙』の中で、ペルシア人がルイ十四世の末期の宮廷を訪れ、そのグロテスクで嘘くさい様相を外側から先入観なしに眺めていたことを思い出す。同じように、宇宙からの、あるいはヴォルテールの〈哲学的物語〉の新世界の未踏の森林からのさまざまな訪問者は、ヨーロッパ人の生活の構造的特異性を認知・登記するためのまたとない格好の媒体なのである。しかしながら、ラ・ブリュイエールからのつぎの引用は、時間的には幾分早い時期のものであるが、このような異化作用の最も顕著な例となるだろう――

ある種の獰猛な動物たちが、オスもメスも、黒く無気味に土地一帯に散らばっていて、太陽に焼かれ、土地にしばられ、征服しがたい頑固さで土を掘じくり返している。彼らはある種の明晰な声を発していて、立ちあがったときは人間の顔をしていることがわかる。事実彼らは人間なのである。夜になると洞穴にはいり、その中で彼らは黒パン、水、根菜類を食べて生きている。彼らは、生きるために蒔いたり、耕したり、苅りいれたりの労働を他の人間にさせたりはしない。それだけに、自分たちが蒔いたパンを食べられないなどという事態にならなくてすむ資格がある。(10)

この恐るべきテクストは近代フランス文学における百姓を明からさまに描いた最初の例の一つであるが、もはやそれは人間生活の自然的・形而上的条件にわれわれの注意を向けるのではなく、むしろ正当化しえないその社会構造に注意を向ける。それはわれわれが自然で永続的なものと当然のように思いこんでいる構造であって、それゆえになお異化作用の必要があるものなのである。このようにオストラネーニェの手法を社会生活の現象に適用するのは、歴史意識一般の夜明けと同時期のものである。

形而上的視点と社会批判というこの二つの形式は、明らかにわれわれがこれまで述べてきたほどに相互排除的ではない。非常にしばしば、たとえばサルトルの『嘔吐』のようなごく最近の顕著な例におけるように、両者は相互に関係があり、両方の例をわれわれは見ることができる。[11] しかしそれぞれの傾向が相手を吸収して、みずからの利益に資するように働くことは明白である。だから初期のこの小説において、サルトルのブルジョワ社会批判の力は、あらゆる人間生活の不条理についての圧倒的に形而上的で、非政治的な視点によって曇らされているのである。しかしながら同様に明白なことは、いずれの様式も、シクロフスキーの文学概念による説明として究極的に和解しあうことはないということである。形而上的にしろ社会的にしろ、いずれもあるタイプの内容を結局優先させているのである。シクロフスキーにとって、社会的というのはなんらかの可能な方法で視点を革新させるための口実にすぎない。だからスウィフトの人間嫌いも、センテンス単位の具体的な技法上の効果の単なる「動機づけ」にすぎない。ヴォルテールやモンテスキューの社会的アイロニーもそうであり、サルトルの存在論もそうである。優先性は反転される。あらゆるもの——個性、社会意識、哲学——は文学作品そのものを誕生させるために存在する。

しかしながら、さらにもう一つ問題措定の方法として、シクロフスキーの理論をベルトルト・ブレヒトの同名の理論に較べてみることは特に有益である。いわゆる「異常化の効果」の理論である（ここでドイツ語の Verfremdung というのは、シクロフスキーの用語同様、異化を意味する）。ブレヒトの理論の独創的なところは、社会的なものと形而上的なものとの対立を新しい立場から越え、それをまったく新しい視野のなかへ投げいれることにあった。ブレヒトにとってまず第一の区別は、事物と人間的現実の区別ではなく、自然と工業製品ないし社会制度との区別でもなく、静的なもの動的なもの、不変で永遠で歴史を持たないと認知されるものと、時間によって変化し、本質的に歴史的性格を持つと認知されるものとの区別である。習慣作用の効果は、現在の永遠性をわれわれに信じさせ、われわれの住まう事物や事件がなぜか「自然である」、つまり永遠であるという感情を強めてくれることにある。それゆえブレヒト的異常化効果の目的は、最も徹底的な意味において政治的な目的である。それは、ブレヒトがたびたびくりかえして言うように、日頃自然であると思われている事物や制度が、じつは歴史的なものにすぎないこと、つまりそれは変化の結果であって、それから先もしたがって変化しうるものであることをわれわれに意識させることにある。(マルクスの精神、『フォイエルバッハに関するテーゼ』の影響は明白である。)同時に、真に歴史的なこの視点は、それまで永遠と思われていた形而上的認知に際してすら、ふたたび現われてくるものであって、原因というよりは効果の価値をも形而上的認知に付与することになる。だからこのコンテクストでは、上掲のスウィフトの文章は、性欲の社会的変形から結果するものであって、白い肌その他を優先させる社会的性格を反映していることになる。

シクロフスキーの教義そのものは、文学的変化をあらゆる時代、あらゆる場所を通じて同じ一様な機構を持ったものと見ることによって、文学生産の実存主義的状況への忠誠を確かに守ってはいる(ある任意の地点からみれば、重要な変化はじつはただ一回しかないのだから)、けれども同時にこれは、通時態を単なる仮象へと転換し、形式の変化についての真の歴史意識を阻害する結果にもなる。しかしすでに見たように、シクロフスキーのモデルに真の歴史を回復するのは困難ではない。作品の歴史から認知そのものの歴史へとわれわれが注意の向きを変えればよいのだし、また、個々の芸術作品が本来追放するように機能しているところの、神秘化ないし認知麻痺、その特定のタイプと決定様式とを説明することを試みればよいのである。

3

(1) この問題にはさらにもう一つの次元があり、それは外的通時態というよりは、内的通時態とでもいうべきものとかかわっている。文学における異化作用のさまざまな歴史的具体例が、時間軸上に意味ある連続体をなしているという問題と並んで、ある一個の芸術作品の中における、時間軸上の出来事・客体の動きと変化と異化作用の技法との関係という問題がある。このようにして詩と散文との対立は、一個の同時的イメージの異常化と一連の出来事（あるいは簡単にいえばプロットないし語りそのもの）の処理との区別として再現されることになる。

シクロフスキーにとって、この二つのプロセスは、その規模が違うだけで、本質的メカニズムは変わらないとも思える。ともに——客体の認知も行為の認知も——ある種の時間的停滞、ある種の操作とゆっくりした全方向への回転を含むのである——

愛そのものから一つの『愛の技法』を作ったオウィディウスが、なぜわれわれにのんびりしたやり方で快楽を楽しむように忠告するのか。芸術の道は曲りくねった道、石を一つ一つ足の裏に感じながら行きつ戻りつする屈折した道である。語は語とともに歩み、人がほおずりをするように語が他の語に接しあう。言葉は言葉から切り離され、一個の複合体ではなく、販売機からチョコレートバーのように飛び出して来る自動的に発音された表現でもなく、音としての一語、純粋に分節発音された動きとしての語が生まれる。同様にバレーは、あなたが感じる動き、もっとよいのは、あなたがそのようなものとして感じざるをえないように構成された一つの動きなのである。(12)

このようにしてプロットの異化作用の技法と抒情詩の技法とは、マクロコスムとミクロコスムとが類比的であるように、類比的なのである。もっといいのは、言語と文とを内包するメタファー、構造主義者たちによってはじめて明示的になるメタファーを使えば、いかなる客体でもそれを新たに見るための基本的方法は、「それを新しい意味論的行列、別なカテゴリーに属する概念列に並べてみること(13)」なのである。このことは名称を消去し、経験的惰性の中にある客体を単に描写するだけでできる。あるいは普段と違った角度、はるかな遠距離からそれを描くのでもよい。あるいは、すでに引用したスウィフトの文章のように顕微鏡的に。『トリストラム・シャンディ』におけるさまざまな身振りの多く、いやむしろ基本的行動そのものがそうであるように、スローモーションで。それまで気づかれなかった事物の属性がきわだって浮かびあがるように、違った事物を並置することによって(パウンドの表意文字)。習慣的な因果関係の期待に干渉することによって(サルトルの幻想文学の分析のように)、などなど。

これらの技法のすべてではないにしても、その多くは、語りのプロット(「ファーブラ*」ないし「シュジェト*」)に転移することができる。そして語りのプロットにおいては、異化作用の主要なカテゴリーは、遅滞、段階を踏んでの制作(つまり行動をいくつもの挿話に解体すること)、二重プロット作り(異質の挿話や物語の介入をも含む)、そして最後に、「手法の剝き出し」(読者の注意を語りそのものの基本的技法に故意に引きつけることで、これまでのカテゴリーとはいくらか違ったカテゴリーに属するが、このことはつぎの節で独立して扱うことにする）などということになる。

これらのカテゴリーないし技法が映画的条件に再定式化されたとき、異常性がどの程度に失われるかを指摘するのに私はためらいを感じる。なにしろ映画では、モンタージュとかクロスカットとかはすっかりおなじみの手法なのである。まず第一に、異化作用の理論をもっと古い、おなじみの用語法に焼き直そうという試みには、どことなく自滅的な雰囲気がある。第二に、これらの概念の生みの親であるエイゼンシテインが、その理論的思考において長年の協力者ヴィクトル・シクロフスキーの影響を受けた可能性はむしろきわめて高いのであって、その逆ではないのである。物語形式としての映画との対応関係で主として重要なことは、映画にはあらかじめ形式と内容との分離が存在しているということである。映画の「ファーブラ」は前もって、誰かのアイディアとか、翻案されるための原作とか、すでに撮影されたフィート数といった形で与えられている。それから編集され、選択され、しかるべき順序にまとめられる。「技法」という考えそのものが内包するこのような最初からの内部分裂が、はたしてシクロフスキーが語り一般について行ないうることを結局限定しはしないかどうか、このことはすぐあとで考察することにする。

この問題はソシュール言語学との関係で提起された問題と似ていなくもない。シクロフスキーが言語における記号と似たものを使って、基本的文学単位を適切に扱うことができること、このことはすでに見た。彼にとってそれは、習慣的認知が突然に革新される瞬間のことで、われわれは一種の認知的緊張の中で、むかしからの思考様式によって改めてある事物を見、同一性と差異とを同じ瞬間に経験する。しかし記号の問題のあとには統辞法の問題が来る。そしてこの疑問は見た目だけの疑問というわけではない。特にもしわれわれがルカーチの、語りとは時間そのものおよび具体的歴史と折り合うための基本的方法である、という考え方を思い出せば、このことは明白である。

(2) プロットの問題は、このようにして上のように技法や手法を数えあげるだけでは解決されない。第二の、もっと困難な、有機的構造、要するに作品の全体性という究極的疑問が残るのである。「ある物語が完成されたものと感じられるためには何が必要なのか。(14)」別な言い方をすれば、どのようなプロット理論にとっても基本的に必要なことの一つは、プロットではないもの、未完成であるもの、うまく機能しないものを区別するなんらかの手段を持っているということである。適切な定義は肯定的にも否定的にも機能しなければならない。生成文法の理論が真の文を生み出すだけでなく非＝文を却下するものでなければならないのと同様である。

このコンテクストから、シクロフスキーの非＝物語への関心、たとえばルサージュの『びっこの悪魔』*の未完の挿話に対する関心は、きわめて暗示的である。というのは、これによってわれわれは同じ挿話の材料のいろいろ違った異本《ヴァーション》を試してみて、どの版が完成されて見え、どの版が平板に思えるかを確かめることができるのである。このようにしてたとえば、ゴーゴリの『イワン・イワノヴィチとイワン・ニキフォロヴィチ』*に最後の雰囲気を伝える風景描写を加えたことで、この作品がルサージュの一挿話のように焦点不明のものになったかもしれないのをまぬがれることができる。事実、私に言わせれば、ケネス・バークやアイヴァー・ウインターズが展開させている質的進歩といったような概念が、(15)単なる分類上の概念であったり、道徳的判断であったりすることをやめて、真の構造的価値を持つのは、このような犠牲のうえに立っていると思われる。

しかしもし異化作用のさまざまな手法が、言葉と、予期された、あるいは予期されない概念との間の関係に似ているとすれば、もし語りの継起性が一般に一つの文のようなものであるとすれば、シクロフスキーにとっては、完成された語り、うまく機能し、焦点を持った物語は、ことば遊びに似たものになると言ったほうが正確であろう。なぜなら、結び目を結んだりほどいたりすることは、地口における二つの言葉の連続体《シリーズ》の偶然の一致に似ているからである。それは通俗の語源学を反転させたようなもので、シクロフスキーもいかに多くのすぐれた原始的物語が通俗語源学（これこれの名前がどのようにしてこのような名前になったか、などなど）の形から最初に始まっているかを実証している。詐欺的な予言や神託（「もしクロイソスがペルシア人を攻撃すれば、強大な帝国は滅びるであろう！」*）はその予測せざる結末において、同様の機能を果たすが、これまた二つの異質なシリーズの組合わせという印象を強く与える。多くの民話もまたこのような線に沿って構成されている（意外な謎の解決、実行不可能な任務の実行）。最も抽象的なレベルでは、このようなプロット解決を定義するのに、（少なくとも二つの意味論的行列にかかわる）複合性の仮象が突然に、そして意外にも統一体へと再統一されることというように定義してよい。しかしながら、「予期せざる（意外な）」という言葉は、機能的な言葉に思えるかもしれないが、じつは定義の中にあらかじめすでに与えられている。というのは、われわれはまず最初の抵抗、最初の複合性というものを確信しなければならず、そしてその時点で、そこから統一をもたらすような奇術がいっさいわれわれには予期できないのである。

しかしながら解決は完全に書き記されている必要はない――

特別な形は「否定的結末」を持った物語の形である。しかしまずこの用語を説明しておこう。stola と stolu という二つの語では、母音 a と u が語尾を形成し、語根 stol- が語幹を形成する。主格単数では stol は語尾を持たないが、他の語形変化と較べれば、この語尾の不在もまた格の記号であることがわかる。われわれはそれを「ネガティヴな形式」（フォルチュナトフの用語）、あるいはボドゥアン・ド・クルトネの用語法によって「零度」と呼ぶことができる。このようなネガティヴな形式はしばしば短編小説、特にモーパッサンの中に見ることができる。たとえば、母親が私生児の息子を訪ねる。息子はそれまで田舎で育てられていた。いまは無骨な百姓になっている。絶望のあまり、女は駆け出して川に身を投げる。息子は、母とは知らずに、棒を使って死体を川から引き上げる。物語はここで終わっている。無意識に読者は、「終わり」を持った伝統的な物語の背景の上にこの物語を置いてみて、この物語を認知する。さらに（これはもう命題というよりは意見であるが）、フローベルの時代のフランス風俗小説は非常にしばしば未完の行為という技法を用いる（たとえば『感情教育』[16]）。

(3)　最も豊かなフォルマリズム的研究の成果の一つであるウラジーミル・プロップの『民話の形態学』をわれわれが研究するのは、プロットの分析としてである。プロップが民話の内容だけを取り出して論じるというやり方に反対し、特にアアルネ式モチーフ分類法[17]*、主要登場者が動物であるか、人食い鬼であるか、魔法使いであるか、滑稽な者であるか、などなどによって物語を分類する、例の方式に反対することから出発したという意味で、プロップの発端の刺激はシクロフスキーのそれと似ていなくもない。ある任意の物語が、問題の登場者がオオカミであろうが龍であろうが魔女であろうが鬼であろうが、あるいはある種の事物であろうが、まったく同じことだということを証明するのに、さしたる苦労はないのである。
このようにしてプロップは水平と垂直との区別を確立したが、これは一方ではソシュールの連辞関係と連合関係のカテゴリーにやや似ており、他方では、シクロフスキーの基本的手法（実際の異化作用）と動機づけとの区別にも似ている。物語の線は一連の抽象的機能と考えられる。さまざまな機能が取る形——ある任意の人物や風景が持つ姿と同一性、あるいは障害の性質——は非本質的なものであって、その内容は文化的・歴史的コンテクストから引き出される。それはたとえばロシアの聴衆の目から見てババ・ヤガ*の性格が激しい敵意を適切に正当化するものであるという限りにおいて、動機づけの概念に似ているのであって、別の文化圏の聴衆ならもっと適切に龍やトロール*などを理解するかもしれないのである。

ここでもう少し詳細にプロップの言う基本的な物語の筋を見ておこう。これは長く曲りくねった挿話の微分子で、どことなくわれわれに十二音列とか、あるいは、構造主義的傾向を先取りして言えば、脳細胞そのものの中にパターン化されたある複雑なコードを思い出させる。基本的な物語は犠牲者（被害者）に加えられる危害からはじまるか、ある重要な事物の欠如からはじまる。このようにまず冒頭で最終結果が与えられる。それは危害への報復、あるいは欠落した事物の取得からなる。英雄が、もし彼が最初からその事件に巻きこまれていない場合には、改めて派遣され、その時点で二つの重要な出来事が起こる。彼は贈与者（ヒキガエル、老婆、ひげの老人など）に会い、しかるべき反応（たとえば礼節など）についてテストを受けたあと、魔法の代行者（指環、馬、マント、ライオン）を授けられ、それによって彼はみごとに試練をくぐり抜けることができる。

もちろん彼は悪漢にも出会い、決着をつけるための決闘をしなければならない。しかし逆説的なことに、この挿話は、中心的挿話と思われるのに、別の挿話との取りかえができないわけではないのである。もう一つ別な道が用意されていて、そこでは英雄はみずから一連の任務とか苦難に出会い、魔法の代行者の助けを借りて、最後にはうまく解決することができる。プロップはこれら二つの因果的連鎖《シークエンス》の相互排除的性格――悪漢か一連の任務かのいずれか、しかし両方が同時に現われることはない――を強調している(18)。

物語の後半部はほとんど進行を遅延させる手法の連続だけである――帰国途上の英雄の追跡、にせ英雄の介入、にせ英雄の正体暴露、そして最後の変身、英雄の結婚および/ないし戴冠。プロップ自身の研究は、このような挿話の基本的連鎖の確立で終わっていて、それはその限りにおいて経験的発見であり、既存の事実という力を持っている(19)。しかしながら私の考えでは、ある特定の物語がいかにして完成されたものとして感じられるかを決定するのを目的とした、一つの形式的視点が与えられれば、もっと一般的な結論をいくつか引き出すのは、さほど困難なことではないのである。

確かに、すでに指摘したように、物語の終わりはそのはじまりにすべて暗示されている(危害→報復、欠如→取得)。だから、物語はみずからの終わりに向かって進行し、そして終わるだけで十分とも思える。しかしながら、このような抽象的図式は物語や挿話の図式ではなく、願望成就の図式なのである。このような願望成就が、単に語られたもの、あるいは伝達されたものとして、まるで無意味、ほとんど一般化不可能な個別性しか持たないということを考えてみるだけで、それが非《ノン》=物語《ストーリー》でしかないことがわかる。願望の構造は、一つの物語の誕生のために必要な前提条件ではあろうけれども、それだけでは十分ではないのである。

ここでわれわれはアーサー・ダントーの歴史的語りの定義を思い出してみてもよいだろう。彼の言う歴史的語りとは、ある任意の事態Aが任意の事態Bに変わる様子を「因果的」に説明するすべての形式を指している。ここで使われる因果的説明のタイプは、歴史のさまざまなタイプないしジャンルを区分けするためにだけ重要なのである。たとえば、神義論、年代記、倫理の歴史、経済の歴史、偉大な人物の事業の歴史などなど。語られる出来事の重心は、変化という事実にあるのではなく、変化の説明、ある状態からつぎの状態へ変転する中間項にある（そしてダントーはこのことを弁証法的プロセスに明示的に同化させる）[20]。このことから、われわれが先に掲げた民話の抽象的図式に何が欠けているかが明白になる。贈与者である。贈与者はそれゆえに、物語に描かれている変化を説明する要素であり、語るに足るだけの十分に非対称的な力を与えてくれるものであり、それゆえにまず第一に物語の「物語性」をどうしても決定することにもなるものである。このようにして、物語の与える満足感と完結性は、英雄が最後にお姫様をどうにか救助するということから来るのではなく、英雄に与えられる手段ないし代行者（魔女に言うべき正しい言葉を教えてくれる小鳥、塔から飛び立たせてくれる魔法のマント、などなど）からむしろ来る。ということは、物語の中で興味あるのは〈何が〉ではなく〈いかに〉であるということだけを述べているのではない。プロップの発見の意味するところは、あらゆる〈いかに〉（魔法の代行者）がつねに〈誰が〉（贈与者）を隠している、そして物語の構造そのものの中のどこかに仲介者としての人間像が隠されていて、それは、もっと合理的な動機の陰に人間が隠されている、もっと洗練された物語形式においても変わらない、ということなのである。

贈与者の存在がぜひとも必要なことをさらに述べるために、言い方を変えて、英雄ははじめは独力で征服するだけの強さはけっして持ってはいない、というように言ってもよい。彼はまず何かが欠落した状態にある。ただ単に十分な強さや勇気がないとか、あるいは自分の力強さをどのように使っていいかわからないほどに素朴で単純であるとか。贈与者はこの基本的な存在論的弱さを補完し、反転させるものなのである。

だからこそ民話では、そして英雄の物語では、〈他者〉が暗示されている。しかしその他者もわれわれがあらかじめ予想したところにいるのではない。お姫さまという形で出るわけではない。お姫さまというのは、ルビーや饗宴やその他、望ましい物などによって置き換えることができるからだ（そして事実、お姫さまというのは基本的には、肉感的な美に富と権力の可能性を組合わせた、一個の望ましい物とほとんど変わるところがない）。そしてまたそれは悪漢という形で出てくるわけでもない。この理由についてはすぐあとで検討する。物語における基本的な対人的演劇的関係はそれゆえに、真正面からの愛情関係ではなく、憎悪と葛藤の関係でもない。むしろそれは、英雄と、中心をはずれた贈与者像との、横方向の関係なのである。(21)

さて話が悪漢の問題になると、その解決はすでに、プロップが解釈はせずに強調している、あの二つの体系の等価性と相互排除性の中に与えられている。その意味はつまり、われわれは一個の現象の二つの様式、同じ基本的状況の二つの面を扱っているということであって、その一つは、ある意識的な代行者からの邪悪な脅威と危害、もう一つは、一連の困難で苦しい任務という形を取ることができる。人物同士の競争ないし仕事——この等価性についての解決の糸口は、サルトルの『弁証法的理性批判』が与えてくれていると思う。この本が省察を加えているのは、窮乏の世界における第一次現実、仕事をしなければ誰もみずからの基本的必要を満たすことができないだけでなく、自分自身の存在そのものが他人たちの存在への脅威であるような世界である。(22) 窮乏の世界の基本的マニ教的二元論がまずあり、そして〈他者〉が第一次敵対者として自分の前に現われる原因となるのは窮乏なのである。苛酷な労働と見知らぬ者ないし他者一般への強烈な不信と敵意とのこのような交替、まさに等価性は、おとぎ話の語りの因果的連鎖《シークエンス》の反映である。このコンテクストから、神話が戦士と僧職を反映するのに対して、おとぎ話はより貧困な階級の物語的表現であるというエルンスト・ブロッホ*の考え方を思い出す価値がある。(23)（明らかに、もっと洗練された芸術においては、もっと複雑な組合わせが可能である。だから中世ロマンスでは、一連の任務と〈他者〉との戦いとの交互の連鎖が、一騎打ちという制度の中に統合されている。）

(4) 私がこれまで証明しようとしてきたことは、ある任意の組合わせの機能を経験的に発見することは、形式としての民話、完結した物語としての民話を、適切に説明することにはならないということである。(24) われわれがこれまで、ソシュールにおける連辞《シンタグマ》的次元、すなわち文の機能の水平的連鎖は、連合《アソシアティヴ》的すなわち共時的次元に再吸収される傾向があって、そこでは文は、ある任意の統辞的形成ないし単位の無数の可能な現われの一つにすぎない、ということを証明してきたように、ここでもまた、語られる出来事の通時的連鎖、語りの統辞法がとにかく共時的構造へ転移されない限り、物語あるいは民話の真の法則はありえないように思える。これが、われわれがプロップについて行なってきた、ややヘーゲル的分析の目的とするところ、すなわち、個々の出来事をある基本的概念、たとえば他者とか仕事とかの概念のさまざまな現われに帰せしめ、究極的にそれらの概念を、それらがすべて部分的分節化であるところのある中心的観念に帰せしめ、その結果、最初は時間軸に沿った一連の出来事と思えたものが、ついには、自己分節化のプロセスの中の一個の無時間的観念になってしまうということなのである。

このほとんど空間的ともいえる統一は、やや違った形で、シクロフスキーのプロット分析、そしてまたその基底をなす異化作用の概念そのものの中にすでに暗示的にあった。異化作用は元来抒情詩あるいは少なくとも抒情的認知から派生した方法であったのだが、それがプロットに適用されるとき、そこにはまだ相対的により静的な起源の痕跡が残っている。[25] 異化されるのは先に存在していた事物——客体、制度、ある種の単位——なのである。まずはじめに名前を持っているものだけがその親しい名前を失い、突然にわれわれの前に見なれぬ姿で現われて、われわれを当惑させる。シクロフスキーがトルストイの中に見出したこの技法のおびただしい例は、それゆえ、じつはわれわれに形式としての小説について何かを教えてくれるわけではない。というのは、それらの例は断片的・静的な認知であって、すでにトルストイの社会の中に慣習的に与えられているものがあってはじめてなりたっている。このようにして、オペラが特異で蓋然性に欠け、非現実的であることを証明することができるのは、われわれがすでに慣習的制度としてオペラに慣れているという条件があって、われわれがオペラを自明のことと受け入れているということがなければならない。このことはオストラネーニェの可能なその他のあらゆる対象についてもいえる——戦闘(『スタンダール、トルストイ』)、結婚(『クロイツェル・ソナタ』)、中産階級の礼儀(『嘔吐』)、仕事(チャップリンの『モダン・タイムス』)。われわれがこれらの対象に対して名前を持っているという事実は、われわれがすでに前もってそれらについてある種の対象として統一的・無時間的な方法で考えているということを示している。

このようにして、共時的思考が通時態研究の中にもう一度ひそかに舞い戻って来る。私の考えでは、シクロフスキーの方法がそうした形での長編小説を扱うことができず、短編小説にだけ適用されるのは、このような理由からである。彼は長編小説を異種融合的形式、人工的な混合物としか見ることができなかった。この点で『ドン・キホーテ』論は特に意味深い。この中でシクロフスキーは、ドン・キホーテ自身の「神話」、「哲学的内容」を解体しようとする。彼はこの小説はドン・キホーテという人物を投影するために存在しているのではない、ときわめて説得的に論証する。そうではなくて、ドン・キホーテという人物は、プロットをまとめ、ともすればそれぞれ関係のない逸話や挿話の集まりになってしまうものを、一個の統一体に仕立てあげるためにでっちあげられ、徐々に合成されたものだというのだ。(だから同じように、ハムレットの狂気は、シェイクスピアのプロットのさまざまな小片を、いくつもの異質な原典から集めて、表層の統一体と見えるものにまとめあげるための技術的方法なのである。だから内容のように見えるものもじつは動機づけなのである。)このことが真実である分だけ、それはシクロフスキーがあれほどに精力的に反駁した、あの発生批評《ジェネティック》のすべての力を持って人に訴えてくる。なぜなら、『ドン・キホーテ』の起源、その「生成」は、統一性、それを完結したものと感じさせるいっさいのものと関係があってはならないのであるから。

このことをわれわれはいくぶん違った言い方で、プロップの研究には発生的次元がないというように言ってもよい。そこには、民話の形式、その本質的な「法則」を民話ではない他の形式との関連で定義できる可能性はどこにもない。あるいはむしろ、法則を持った形式の概念そのものと、構造的に法則を欠いている形式の概念とを対立させる可能性がないのである。レヴィ＝ストロースは、四部作『神話研究』で、神話と神話ではないものの境界線上にある物語上の客体を彼なりに整理しようという必要を感じたとき、さらにもったいぶったものの言い方になる。境界線上の物とは、すでにその「内部的組織体原理」を空白化しはじめてしまった対象であり――

〔そのような物語実体の〕構造的内容は拡散している。真の神話の活発な変形に代わって、われわれは弱々しい神話が代入されるのを見る……。社会学的、天文学的、解剖学的記号がその機能を働かせている有様を、われわれはこれまで明白に観察することができたのが、いまやそれは表層の下に隠れてしまう。構造が順列性《セリアリティ》の中に埋没してしまう。このような低下は、対立関係が単なる複製に変わるときにはじまる。挿話は時間軸に沿って継起するが、すべてが同じパターンで作られる。それは複製そのものが構造に取って代わるときに完成する。ある形式としての複製は構造そのものの臨終の息を受け取る。それ以上何も、あるいはほとんど何も言うべきことがないので、神話はいまやみずからを反復することによってのみ生き残る。(26)

レヴィ＝ストロースが、変形というものを時間性という感覚そのものの中のより大きな転換と関連づけていることは重要である。厳密な形式としての神話は、このようにして、年とか季節とかのもっと長いリズムによって自己表現をする太陽周期の反映であることになる。それに対して神話の破壊は、より短い月の時間、月ごとの、日ごとのリズムとして現われる時間の誕生に合わされているだろう。このことにさらに加えて、レヴィ＝ストロースは、歴史的（つまり「熱い」）社会に対して敵意を持っていたように、小説に対しても敵対的であった（要するに歴史的社会から通時的形式としての小説が生じる）という観察を追加すれば、われわれは共時態と神話ないし民話の厳格な形式性との関係、そして通時態と小説の危うい形式的解決との関係を、もっと適切に描き出すことができるように思える。

さてここでわれわれは、シクロフスキーよりはむしろルカーチの『理論』の精神に忠誠を尽くしてあえて言えば、形式としての長編小説とは、あらかじめ定義しえない、あるいはまさにそれ以外の方法では扱いえない時間的経験とうまく折り合うための方法である、と公式化できるかもしれない。換言すれば、真の小説には問題の基本的主題を示す名前はありえないし、異化作用が機能するための慣習的実体というものもあらかじめ存在しない。また別の言い方をすれば、われわれが命名できるのは他人の身に起こった事柄だけであって、われわれ自身の生きた経験、われわれの存在、われわれの時間経過の感覚などは、あまりに身近にすぎて、外部的・客観的に見ることなど到底できない。それらは語りとしての小説の特権的対象となる。なぜならそれは、まさにそのような比類のない、名のない、唯一的な経験や感覚を喚起することに等しいのであるからである。

したがって言えることはこうだ。形式としての長編小説の精密化を支配する法則はあらかじめ存在しえない。それぞれが別な、虚空の中でのあてのない暴挙、形式をでっちあげると同時に内容をも作りあげる行為である。それに対して短編小説とか神話とか（民）話とかの法則が研究調査の対象になりうるのは、そういうものが特定の決定的なタイプの内容によって特徴づけられているからなのである。だから法則はある意味で共時態によって決まる。そしてこれはすでに見たことだが、短編小説や民話というものは、存在を二つの体系の突然の偶然の一致（複雑な多様性の統一性への結着とか単一の願望の成就とか）へと転換させてしまうという意味で、一種の無時間的・物象的統一性を持つ。言いかえれば、われわれが容易に非＝物語というものを同定できるところでは、つまり形式としての物語の内在的法則に対応することのできないものとしての非＝物語を容易に同定できるところでは（ちょうど非＝文を容易に同定できるように）、長編小説はこの意味では反対物を持たないのである。というのは、長編小説は悲劇とか喜劇のような、抒情詩とか叙事詩のような、民話とか短編物語のようなジャンルではないからである。現に世の中に存在する長編小説は、ある普遍的なものの模範例なのではなくて、論理的・分析的様式というよりは、歴史的様式によって相互に関係しあっている。（実際に法則を持っている長編小説の亜種——たとえば探偵小説とか歴史小説のことを私は考えているのだが——は進化上の変異なのであって、なんらかの一般的傾向を具体的に示すというよりは、行きどまりの道である。）

通時的現象としての小説と共時態の具体化としての（民）話のこのような基本的相違を現わすもう一つの方法は、エドガー・アラン・ポーの教えを思い出すことであろう。彼の『創作の哲学』*は作品をカッコでくるというシクロフスキーの方法に共通するものが多い。ポーによれば、抒情詩と短編小説はその本質そのものによって短くなければならず、せいぜい一ページの長さ、一時間以内で読めるものでなければならない。そしてそれはたまたまそうでなければならないというのではなく、実体的な要件なのである。抒情詩も短編小説も、ある意味で、時間を超越し、形式のない時間的継続性を、われわれに把握でき、所有できる同時間性へと転換させる方法であって、もしこの観点から長編小説を正当化することができないとすれば、それは小説が約束している真の時間の終わりなき展開という見通しのためなのである。

しかしシクロフスキーの短編小説研究も、長編小説そのものの理論にとってまったく無益というわけではない。彼は長編小説が否定しなければならないものが何であるかを教えてくれる。つまり長編小説とは、逸話のそもそもの出発点を乗り越え、それを超越する一つの方法なのだということをわからせてくれるのだ。だから長編小説とはこの意味では、短編小説がいったんキャンセルになって、より高い、より複雑な形式へと格上げされ（拾いあげられ aufgehoben）たもので、本来ならその有機的構造が否定せざるをえないような後者の法則を、一種の内部的環境としてみずからの中に持っている、というように言ってよいかもしれない。多くの偉大な現代小説——『ユリシーズ』や『魔の山』がすぐに思い浮かぶ——は、まず作者が短編小説を書くことを考えたことから出発したのは、ここで注目してみる価値がある。いずれにしろ、わたしの考えでは、このような犠牲のうえで、つまり、ルカーチの『小説の理論』やシクロフスキーの『散文の理論』のような、まったく別々の、反定立的とさえ言えるような方法を頭の中で結びあわせるといった代償を払ったうえで、はじめて、語りの真に弁証法的な概念に到達できるのではないかと思う。

しかしながらフォルマリストは、長編小説という形式の少なくとも一つの面を把握することができた。それは小説の終わり、〈持続《デュレー》〉と通時態とが分裂し、それゆえに瞬間的に共時的条件項によって捉えることが可能な、あの時点である。「長編小説は」とエイヘンバウムはそのO・ヘンリー論で述べている——

そこにエピローグがあること、つまりにせの結論、未来の展望が開示されたり、あるいは主要人物のその後の運命が語られたりする要約部分があることを特徴とする（たとえばツルゲーネフの『ルージン』、あるいは『戦争と平和』を見よ）。だから長編小説では、いわゆるひねった終わりがきわめて稀な現象であることが自然なのである（そしてそのような終わり方が現にある場合でも、それは単に短編小説の影響の一つの特徴にすぎない）……。(27)

4

(1)　上に述べたことは、共時的限界がオストラネーニェの概念の中に組み入れられた数例である。この概念にはわれわれがまだ触れていない、深い曖昧性が一つある。オストラネーニェは認知のプロセスそのものにも適用できるし、その認知の芸術的提示様式にも適用できる。かりに芸術の本性を異化作用と認めたところで、シクロフスキーの文章からは、異化されるのははたして内容なのか形式なのかはけっして明らかではない。言いかえれば、あらゆる芸術はなんらかの形で新たな認知作用を行なうように思われる。しかし、芸術形式がみずからの特定の技法に注意を引きつける、すなわち、みずからの「手法」を故意に「剝き出しにする」とか露呈するとかいうのは、すべての芸術形式について言えることではない。さらに、記述が規範にすり変わるのはまさにこの地点においてなのである。シクロフスキーの出発点であった認知モデル——一方における認知と異化作用の連合と、他方における習慣作用ないし惰性による動機づけ——が与えられれば、彼がなぜ、「動機づけ」がまったく抑圧された芸術、みずからを素材に選び、みずからの技法をみずからの内容として提示する芸術に傾くことになったのかを理解するのは困難ではない。

このような自意識的文学の原型がスターンの『トリストラム・シャンディ』であり、これをシクロフスキーは「最も典型的な世界文学」(28)と呼び、大いに議論されることになったのである。わたしの考えでは、この発言は不謹慎な言葉でも何でもなく、まさに文字どおりに受け取らねばならないと思う。『トリストラム・シャンディ』が最も典型的な小説であるのは、それが物語の語りのプロセスそのものを主題とする、あらゆる小説の中で最も小説的な小説であるからなのである。語りの技法がすなわち『トリストラム・シャンディ』の内容である度合いがどれほどであるかを計るには、行為者と作者、主人公《ヒアロー》と言行録の記載者、「マルセル」と「プルースト」とが区別されている伝統的な一人称小説とこれを較べてみればよい。プルーストの場合、作者の介入は抽象的なままである。われわれはこの第二の、照射的な「私」を直接見ることはけっしてない。この男の心を通してわれわれは若い方の人物を見ているからである。『トリストラム・シャンディ』では、われわれが内容の時間、語られる実際の出来事（トリストラム自身の生涯）の時間に集中しようとするたびに、文章がそれ自身の時間、それが書かれている時間（「私は今月で十二か月まえの現在より丸一年分歳をとったことになる。そしてご覧のとおり、本書の第四巻のほとんどまん中までたどり着いたわけだから――そしてわが生涯の第一日目までしか行っていないわけだから――いま現在で、私が最初に出発したときからさらに三百六十四日分だけ余分に書くべき生活が増えたということは明白なのである。だから私が取りかかっている仕事が、普通の作家のように段々に前進するということはなく――それどころか、その分だけ余計に巻数を書かねばならなくなるというわけである」(29)と読む時間（「トービー叔父がベルを鳴らしてからおよそ一時間半ほどまずまず楽しい読書に耽ったころになって、オバダイアは馬に鞍をつけ、男性助産婦のスロップ医師のところへ行くよう命じられた。だから誰だって、わたしがオバダイアに十分の時間を与えなかったなどと言う理由はないのである」、などなど(30)）へとわれわれを連れ戻す。

さらに、そのような作者の妨害なしにわれわれが内容を直接目撃することができる場合でも、言葉を経験に、モデルを生きた存在へと通約《い》することができないことを思い知らされる。その顕微鏡的記述が耐えがたくなるほどに、ジェスチャーはスローモーション的に引き延ばされ、あらゆる人間的経験を時間軸上に無限に分割することが証明可能な事実と思えるほどに、出来事の切片が断片化されるのである。[31] このように『トリストラム・シャンディ』は最初の弁証法的モデル像であると考えることができる。語られ方によって現実がいかに無限に拡大ないし縮小できるかを見せてくれ、タイトルに名づけ要約されている「生活」というものと、語られうる人間的時間そのものの最後の分割不能の単位である純粋の「瞬間」というものとの、二つの無限の間にとどまるモデルである。

『トリストラム・シャンディ』はこのようにして、フォルマリストにとっては、現代文学ないし前衛文学一般の先駆者の位置を占める。つまりそれは、シクロフスキーがローザノフ*を模範例としてあげている「主題のない文学」、しかしわれわれから言わせればプロットのない小説一般として十分におなじみの文学(事実シクロフスキーはプロットにほぼ相当する語として「シュジェト」sujet を使っている)の先駆者なのである。ローザノフは小説をもう一度その素材へ、一種の言語的コラージュへと分解する具体例を提供し、それは日記、新聞の切抜き、手紙、そこらに散らかっている封筒や紙の切れっぱしなどに書かれたメモなどからなる。内容という観点から見れば、彼はピランデルロ*かフェルナンド・ペソーア*の一種のロシア版にさらに多彩な個性を加えた人物と見てよいだろう(彼は実名で『ノーヴォエ・ヴレーミヤ』*の保守的コラムニストを務め、匿名で『ルースコエ・スローヴォ』*のリベラルなコラムニストを務めた)。シクロフスキーにとって、このようなイデオロギー的内容ですら第一義的なものではなく、それを存在せしめる形式の結果にすぎないことは注目に値する——

〈イエス〉と〈ノー〉とは同じ一枚の紙に並立し——伝記的事実は文体的事実の地位に引きあげら

れる。〈黒い〉ローザノフと〈赤い〉ローザノフは芸術的コントラストのためにそこにいる。ちょうど〈汚い〉ローザノフと〈清純な〉ローザノフの対立と同じように。(32)

シクロフスキー自身の文学的実践がつぎのようなプログラムに従って進行することはほとんど見るまでもない――覚え書き的素材、それに挿入された物語、脱線、作者の介入。シクロフスキーの生涯のさまざまな時期のさまざまな原稿の慎重な校合としてのこれらの作品の歴史。一文で一節をなす、新聞ふうの衝撃をもっぱら狙いにした、パラグラフへの断片化を特徴とするその文体(ヴィクトル・シクロフスキーの〈文体〉は、とゴーリキーもこぼしている、「短くてドライ、逆説的な語句(33)」)、それ自体がすでに内容そのものの中の「内容」を低く評価することになるところの、あの控え目な表現と皮肉な抑制のかずかずの沈黙。これらの作品の光に当てて見れば、われわれはどうしても異化作用の教義そのものを、シクロフスキー自身に特有の技法のための一種の「動機づけ」と考えたい誘惑に駆られる。

このような内容における異化作用から形式における異化作用への横すべりのことを、われわれはシクロフスキーの思考の曖昧と呼んできたが、その曖昧がはたして不注意からのものか、故意のものかは不明である。確かに『散文の理論』のキー・センテンスは、事態を一層疑わしいものにする――「芸術は事物の成り立ちを再体験する手段であるが、すでに作られた事物は芸術には何の重要さも持たない。(34)」われわれはここで、あらゆる芸術作品は「手法を剝き出しにする」ためだけに、つまり芸術の創造そのものの光景、事物の芸術への変容、事物が芸術になる有様を見せるためだけに存在する、と考えるべきなのか。それとも、もっと形而上的な意味あい、すなわち、あらゆる認知の行為そのものはそれ自体その対象を作ることであり、ある対象を新たに再認知することは、ある意味ではわれわれ自身が活動を「作る」ことを意識することである、と考えるべきなのか。そのコンテクストから、われわれは、人間は自分の作ったもののみを理解するというヴィーコ*の教義を思い出す。しかしいかにもシクロフスキーらしく、彼は結論は下さない。彼は気質的に形而上的主張にはアレルギー反応を起こすのである。

(2) シクロフスキーの異化作用の究極的形式は「手法の剝き出し」ということにあるのだが、このことドイツ・ロマン派のいうイロニーとは多くの点で似ていて、両者をここで比較してみるのは有益である。ロマン派のイロニーは普通にアイロニーという語から連想される作者の介入よりは、はるかに広い意味あいを持っている。事実このような介入は、大部分が内容から引き出され、もう一度内容の中に吸収されてしまうものにすぎない。つまり、芸術作品は、実体を持たぬゆえに引き裂かれることも傷つくこともなく、何の痕跡も残さずに簡単に元どおりに治癒してしまい、介入する「作者」は登場人物の中の一人、あるいは一つのペルソナにすぎなくなってしまう。

もっと大きなイロニーの概念は一般的な観念論の精神そのものと同一であって、フリードリヒ・シュレーゲルはそのことを正当化するために、明らかに当時の科学をよりどころにしている。それにはまず、ヴィーコの行なった区別、すなわち歴史（人間が作ったものであって、人間はそれを理解できる）と自然（神の創造の結果であって、われわれにはまったく異質のもの）との区別を徐々になくすることが必要であり、われわれは非＝人間的なものも共有している、あるいはむしろ、私と非＝私とは、超越的（先験的）な自我ないし絶対的精神といったような、もっと大きな、もっと全包括的な存在物の下に水没しているということ、それゆえに人間の意識はみずからが観照の対象にするすべてのものの中に自分の意識の種子を再発見するということを、徐々に感じなければならない。だから芸術作品は明らかに、このような形而上的観念論の実体的な象徴となる。それは、作者が創造の表層を突き抜けて自分を顕現するからであるよりは、まさしく彼が創造の背後に、半ばヴェールをまとった存在、半ば透き通った不透明体として隠れているからなのである——

測り知れぬ高さの
けっして朽ちることのない、朽ちた森
静止したままの激しい滝の落下
そして狭い裂け目の中で向きを変えるごとに
風は風にぶちあたり、うろたえ、見放され
土砂降りの雨が澄んだ青空から降りそそぐ
岩は耳元近くで小声で話しかけ
細かく降りしきる黒い岩片は道端で
声を持つ雨のように語る。逆巻く流れの
おぞましい姿とめくるめく眺望
足かせを解かれた雲と天空の領域
騒乱と平和、暗黒と光明——

すべてはまるで一つの精神の仕業、同じ一つの顔の造作のかずかず、一本の木に咲く花のよう……(35)

イロニー(アイロニー)はこのようにして、芸術作品に対するわれわれの関係を特徴づけるのであるが、それは、われわれの前にある表層がじつは架空の表象であり、誰か別の人間の労働の結果であることを知りながら、それでもなおわれわれは、あたかもそれが現実のものであり、幻覚と冷たく白けた現実からの撤退との中間の状態であるかのように、その中にあえて沈潜する、といった関係を出ることがない。同様に、アイロニーはわれわれの外界との関係をも支配する。なぜなら、ある対象、あるいは世界一般というものにはどことなく逆説的なものがつきまとい、われわれがそれとある関係を持たなければならないという限りにおいて、それは定義によって外在的であるが、同時にまた、われわれがそれとある関係を持つことができるという限りにおいて、それはわれわれと同じ実体からできているからである。

このような古いロマン派的観念に形式的におそらく最も近いのが、「客観的偶然」le hasard objective の概念、欲望の策略への共感を持ったシュールレアリストであり、両者を近づけるのは客観的偶然が外部世界の魅惑的な客体として具体化し、産業的風景としての巨大な「ノミの市」の記号やガラクタに無意識がみずからを投影する、その姿なのである。

比較的に言えば、シクロフスキーの教義のほうが職人的製品と共通するところが多いように思える。パウンドと同じように、彼が技法を重視したことは昔の手職人文化へのノスタルジアを反映しているだろうし、彼が技法的ノウハウを奨励したのは、芸術や文学に靴直しとか陶器作りとかの職人芸の連帯を与える方法であるように思える。(さらに証拠が必要ならば、第一次大戦の装甲自動車部隊での技術的達成度を彼がいかに自慢にしていたか、あるいはのちに二〇年代になってから、マクシム・ゴーリキーの亜麻栽培についての誤った知識をいかに嬉しそうに暴き立てているかなどを見るだけでよいだろう(36)。もしフォルマリスト的分析とアリストテレス的方法との間にときどき類似があるように思えるとすれば、それはまさに芸とか技術としての芸術のモデルがこのように共通していることに帰せられなければならない。

同じような存在論から技術的なものへの強調の移動は、ロマン主義とフォルマリズムの両方にとって等しく重要な、民衆的素材を特に強調するやり方にも見ることができる。ここでグリム兄弟とプロップとを並置することは象徴的である。というのは、民話に資料を求めることは、大衆的想像力にとっては、最も厳密な意味において基本的なあるものと独創的《オリジナル》なあるものの両方に帰ることであるが、しかしロマン派にとっては、このあるものとは通時的なあるものであり、それに対してフォルマリストにとってはそれは構造的なあるもの——オリジナルな言語、オリジナルな語りの源であって、究極的な単純さの中に顕現される根本的な言説の構造とか、プロットの基本的法則とは対立するものなのである。フォルマリスト的企ての精神をたとえるならば、さしずめ新批評家たちが集団的熱意を持ってマザー・グースの子守歌をばらばらに分解している図を想像すればよい!

(3) フォルマリスト的技法観が独創的であるのは、その逆転ぶりにある。アリストテレスや新アリストテレス派にとって、芸術作品の中にあるすべてが何らかの究極的目的のために存在し、そのことが、消費されるものとしての作品それ自体の特徴的情緒、ないしそれ特有の快楽なのである。フォルマリストにとっては、作中にあるすべては作品がまず第一に誕生するために存在する。こうしたアプローチの利点は、アリストテレス的分析が究極的に行きつくところは作品の外側（心理学とか情緒の因習性の文学外の問題とか）であるのに対して、シクロフスキーにとっては、憐憫とか恐怖とかの情緒はまず第一に、作品の構成分子ないし要素と考えられている。たとえば『トリストラム・シャンディ』における感情を論じたつぎの文を見よ――

たとえその理由が芸術にはまず第一に個別的な内容はないというだけであっても、感傷主義は芸術の内容たりえない。「感傷的視点」から事物を表象することは特別な表象方法であって、たとえば馬の視点から（トルストイの『ホルストメール』）、あるいは巨人の視点から（スウィフト）行なう表象と類似している。

芸術は本質的に情緒を越え……非共感的――あるいは共感を越えている。ただ例外はあわれみの情が芸術的構造の素材として働いている場合だけである。しかしこの場合でも、その感情を考えるのに、制作の観点から考えなければならない。ちょうどそれはモーターを理解するのに、機械工の観点から――菜食主義者の観点からではなく――機械の細部としてのドライヴ・ベルトを見なければならないのと同じである。(37)

このような根源的な芸術作品における優先性の逆転は、ソシュールが指示性を切り離したこと、あるいはフッサールの現象学におけるカッコに入れることなどに類比できる批評上の革命である。その意図は、模倣（つまり内容を持つこと）としての、そして情緒の源ないし調達者としての芸術作品という常識的な見方を宙づりにすることである。このようなカッコに入れることの利点は、内在的に文学的な要素ないし事実の体系を作ることにある。完璧に善良な男、あるいは完璧に悪質な男の苦しみに対する正常の心理的反応といったような問題を考える際に、アリストテレス的思考がいかに純粋に文学的な体系の外側をめぐりがちであるか、われわれはすでに見た。同様に、芸術作品における内容を前提とする美学的立場は、どうしても文学的なものから哲学的・社会的なものに移動し、文学作品における与えられた事実（その同じ要素が別な体系において持つかもしれない価値はともかく）の純粋に文学的機能を見失いがちである。

フォルマリスト的立場の利点が何よりも明白に見られるのは、ボリス・エイヘンバウムの古典的な試論「ゴーゴリの『外套』はいかに作られたか」である。この『外套』という作品を彼は丹念な文学的模倣《ミメーシス》として、そしてまた洗練された芸術的技法のレベル、伝統的な「スカース」skaz つまり一人称のほら話（フォルマリストが好んで指摘するように、アメリカ式ほら話とかマーク・トウェインとかの物語のロシア版）のジェスチャーと物語り手続のレベルでの転移として見ている。スカースの技法——その技法の総体のことを文体と呼ぶことにしよう——はこの作品の第一要素であり、この方法の逆説的な前提要件はつぎのように要約することができるだろう。ゴーゴリがスカースの文体をみずから盗用するのは、彼があるタイプの内容を提示したかったからではなく、むしろ、スカースに基づいて文学的文体を創造しようと願っているからなのだ。つまり彼は、ある種の声でしゃべりたかった。そしてまずそのような最初の出発点を確保したうえで、まわりを見まわして適当な材料、逸話、名前、細部を捜し、それを使い、しかるべきわだたせ、語りの声に内在的効果が十分にえられるようにした。しかしもし事実そのとおりであったのだとすれば、激しい議論の的となったかずかずの問題は、たちまちにして水泡に帰することになる。たとえばゴーゴリの中でのロマン主義とリアリズムの葛藤などということは、もはや問題にならなくなる。「リアリズム的」要素（聖ペテルスブルグ、貧困、下層民）がはたしてグロテスクないしロマン的な要素（最後の幽霊、アカーキイ・アカーキエヴィチ自身の性格）より勝っているかどうかと決定することが問題なのではない。むしろ、スカースの文体が支配的であることが、その唐突な交替と対照とのために両方の要素を必要とするのである。さらに、物語はもはや哲学的ないし心理学的真実の伝播のためにはふさわしくなく、われわれはもはや、ゴーゴリから開始された一般市民の文学のことを語ることも、この作者によって記述された心理学的革新と洞察の文学のことを語ることもできない。そうしたものはみな、内容の錯視現象、芸術的プロセスそのものの作用によって与えられた「真実」や「洞察」の蜃気楼とほとんど変わるところがない。

「トルストイの危機」という試論の中でエイヘンバウムは、その方法をさらに発展させて、トルストイの宗教的回心が消尽という点についての芸術的実践のための新しい素材を提供したという意味で、その改宗そのものが「手法の動機づけ」と考えることができることを実証している。（われわれはすでにシクロフスキーのローザノフ論の中に同じような優先性の逆転の例を見た。）方法の逆転は、心理学的・伝記的・哲学的分析の権利を否定することからはじまったのであるが、それが最後には、すべてを中に吸収し、作者の全生涯と経験（いまやこれは生産のための単なる準備としか考えられていない）ともども、再び芸術作品そのものの中へ引き戻す結果になるというのは、おそらく避けがたいことなのだ。

このようなカッコに入れるということによって、われわれはついにフォルマリスト的方法の中心に至る。

ここでひとつ、ヴィクトル・エルリッヒによる英語版の決定的なフォルマリスト展望が出版されて以来一五年間、この運動がアメリカの批評的実践にほとんど何の衝撃も与えなかったことに、驚きの念を表明しておいてもよかろうと思う。おそらく狭い領域の専門化という習慣があまりにも根強いために、フォルマリズムはいまだにスラヴ学者の精神的財産と漠然と感じられているのであろう。おそらくフォルマリストの構成主義的アプローチは、文学的構成そのものが死滅した、あるいは消滅しかかっている手細工その他の技能の過去帳の仲間入りをしてしまったように思えるアメリカという国では、もはや季節はずれなのかもしれない。しかしフォルマリズムが与えてくれる洞察は、構造的に比類のないもので、伝統的な「方法」によってえられる洞察とは別なものなのである。

フォルマリスト的手続の特殊性を論証するために、ダンテの『天国編』を選んでみよう。この詩の内容は、一人の作家が、本質的な現実のヴィジョンとしてであれ、あるいは表現不可能なものを捉えるという任務をみずからに課した一つの言語としてであれ、とにかく究極的なものを表現しようと企てたということである。しかし『天国編』の出来事は、他の頌歌の出来事と並置した場合、奇妙に自己言及的なのである。私がここで意味しているのはつぎのようなことだけではない。つまり、これらの出来事の中には事物そのものの真の抵抗とか頑固さが欠如している、そしてその欠如とは、他の形のサイエンス・フィクションにも共通する欠如である。そしてそれはミルトン*やウィンダム・ルイス*のような崇高で神学的なSFであれ、あるいは、日常的な惑星間のSF、そしてその結果が、その作者が一枚布を用いてたったいま作りあげたばかりの「世界」を、正確に描きあげることに心を砕いているという、作者の側からの二重の不当な主張であるようなものであれ、同じことなのであるが、そのようなことを私が言いたいのではない。

前半の頌歌では、登場人物ダンテの思考、ヴィルギリウスと罪人たちへの彼の質問、そして彼らの彼への返答などは、同じように頻繁に地上の現実、過去および未来の個々の運命という現実を扱っていた。そしてそれは、語られる旅の領域を越え、その外側にある現実なのである。しかしながらいま、旅人ダンテの圧倒的関心は彼の目の前の領土の秩序、天国そのものの本質にあり、『天国編』の内容はそれゆえある秩序の持つ秩序ということになるだろう。そしてこの秩序でさえ、一つの比喩《フイギユア》ないし仮象にすぎない——

Qui se mostraron, non perchè sortita
sia questa spera lor, ma per far segno
de la celestïal c'ha men salita.

（いまこの者たちがここに現われたのは、彼らがこの場所〈最高天〉を本来の住まいとしているからではなく、天界にも最下層があることを具体的に見せようというためであった。(38)）

ダンテが見、旅したものはそれゆえ、地図作成法的な意味での、一種の天国的投影にすぎない。彼ら魂たちはじつは、区別しがたい至福の中で、最高天に集合しているのだが、その場所はこのように、ダンテの地上的精神と経験から見た時間的・差別的カテゴリーを確認するかのように、祝福された者にも階層と位階があることを示している。あるいは、結局同じことだが、あたかも、ダンテの物語言語が時間軸に沿って進行するときに、好都合であるようにするためであるかのように、と言いかえてもよい。
したがってこのコンテクストからは、ピッカルダ・ドナティのかの有名な、“E'n la sua voluntate è nostra pace”(神の聖旨のうちにこそわれらの平和はある)[39]という言葉はいくぶん違った意味あいを持つことになる。この一行は普通、意志の正式放棄と屈従する魂の解放を表現したものと考えられていて、そのような屈従の一例をなし、なぜ天界の下層の圏にいる魂が祝福された者の領域の上層に登ろうという気を持たないかを説明するためのものとされる。このようにして有名なこの一行は、『天国編』の多様性を動機づけ、一見同一と見える素材から差異を生み出し、至福の根本的統一性から多様性を生み出す方法なのである。

神学的なレベルでは、解決されるべき問題は、キリスト教における個人主義と究極的な精神の変容との和解ということである。他の宗教では、神的実体への魂の一種の融解、あるいはさもなければ一種の至福的死滅を予測しているというのに、である。『天国編』のあらゆる挿話、あらゆる議論、あらゆる出会い、あらゆる反応がなんらかの意味で、それら自身の多様性の根拠、説明としてさまざまに機能していることを論証することは、さして困難ではないだろう――たとえば、人類発生期の多様性についてのカルロ・マルテル*の説明、聖フランシスと聖ドミニクの象徴的並置、ソロモンの世俗の知恵と恩寵によって与えられた知恵との関係についての長々しい余談、何千人もの者たちが鷲の喉を通して一つの声でしゃべるあの鷲、神みずからの実体のほとんど無償の複製のおそらく最も純粋な例として天使を創造したこと自体の根拠そのもの、などについて。

政治的な条件項から言えば、この問題そのものは帝国の確立の問題となる。つまり、イタリア資本主義の発生期の道徳的混沌に取って代わり、国家の統一像そのものの中に人間の多様な才能の行使を可能にするような規模の話としてである。「地獄編」から「天国編」へと進むにつれて、『神曲』がますます明らさまに政治的になるということはしばしば指摘されてきた。

しかしフォルマリズムの視点からは、そのような明白な内容はすべて、われわれがそれを神学的条件項から表明しようが、政治的条件項から表明しようが、それ自体は、テクストの制作の際に問題がつぎつぎに解決されていくときの、テクストそのものに特有の構造的問題が投影する錯視現象にすぎない。ダンテが『天国編』において直面した形式的問題は、言い換えれば、無時間性の物語を時間の中で語る、差異の言語によって同一性を物語る、複合性を通して統一性に発言させる、という問題である。そしてその解決もまた意外なものである。登場人物ダンテが天国の秩序について質問をし、どうしてそこに位階があるのかを理解しようとしているときでも、詩人ダンテは詩を書き続け、先を急ぐ。したがってわれわれはつぎのように言ってよいだろう。『天国編』の内容はいかにして天国が内容を持ちうるかという一連の調査から成り立ち、詩の中の出来事というのは、つまるところ、そのような出来事がまず第一に想像可能となるために必要な予備的条件を連続的にドラマ化したものに「すぎない」というように。詩の主題がつまり詩の誕生なのである。このような定式は確かにフォルマリスト的アプローチに内在するものである。たとえそのような全体の構想が判然とするには、彼らの跡を継ぐフランス構造主義を待たなければならないにしても。[40]

このような分析には、組織的に内容を拒否し、まさにそのように提唱された内容のすべてを形式の投影へと置き換えることを目的とするという点で、どことなく内在的に、そしてあえて言えば構造的に、我慢がならないところが確かにある。フッサールのいうカッコに入れるということは、いわば類比的な常識的経験の中断であって、それはカッコが閉ざされたあとで、もう一度日常的な力と証拠のすべてを挙げて巻き返しを計る。しかしフォルマリストはカッコを閉じることはいさぎよしとしないのである。

それはつまり、作品は指示対象を持っている、あるいは決定的内容を志向するように思えるというにすぎないということである。実際には、それはみずからの生成のことのみ、みずからの構築のことのみを、その構築が行なわれたコンテクストにおける決定的環境とか形式的問題のもとで、語っているにすぎない。このような視点はある程度まで、私の考えでは、フォルマリスト的手続によって投影された錯視現象であって、この種の投影については、やがて構造主義における類比的な問題を論じるときが来たとき、詳細に扱うことにする。

しかし私の考えでは、それが錯視現象であるということ、そしてあらゆる文学作品は、指示言語をしゃべると同時に、それ自身の形成のプロセスについて一種の側面的メッセージを発信するということの中には、ある程度の意味があると思う。言い換えれば、読むという出来事がそれ以前の書くという出来事（書くことの上に読むということがいわば重ね書き《パリンプセスト》される）を消去するとしても、それは部分的なことにすぎないのである。作品とは具体的な形を取ったときの作品であり、製品とは生産の最終結果であるというかぎりにおいて、方法としてのフォルマリズムの社会的基盤とはかくのごときものなのである。

(4) 同時に、フォルマリスト的実践においては、われわれがこれまで述べてきた逆説的な逆転は、結果的にそれ自身の出発点を特有の形で過小評価することにつながる。フォルマリスト的実践の前提はこうであった。「手法を剝き出しにする」文学、みずからの技法を異化する文学は、『トリストラム・シャンディ』のような少数の例外はあるが、特に現代的な文学であって、その意味では、手法が故意に隠されている古い文学とは根本的に別のものである、と。しかしいまとなってみれば、「手法を剝き出しにする」ことはあらゆる文学に特徴的であるように思えないこともない。というのは、現在ではあらゆる文学的構造は究極的にみずからを自分の対象にする、つまり文学そのものについての文学であるというように理解してよいからである。だからここで、文学的モダニズムの特殊で特有な構造とは、結局、文学一般の基本的構造にほかならないということになる。

この矛盾を別な、もっと決定的な言い方で述べるには、オストラネーニェつまり異化作用の観念とはもともと論争的《ポレミック》な観念であり、またつねにそうでなければならないということを指摘すればよい。すなわちそれは、現存の思考ないし認知の習慣を否定し、そしてそれゆえにそれに縛られ、それに依存もしているのである。ということは、言い換えれば、オストラネーニェというのはそれ自身で自立できる一貫した概念ではなく、変遷期の、自己滅却的な概念だということである。このことは何よりもフォルマリスト批評において明白である。そこではこの啓示の力はそれまで「内容」信者であったことによって決まり、ゴーゴリや『ドン・キホーテ』の哲学的・心理学的意味あいが容赦なしに破棄され、かわりに純粋に芸術的・職人芸的モデルが採択されることに対する、ひそかな衝撃の度合に応じて計測される。このことはじつはフォルマリズムだけに言えることではなく、モダニズム一般の理論的装具の多くについて言えることなのである。たとえばブレヒトの「異常化効果（異化作用）」Verfremdungseffekt の理論は、ドイツ表現主義のけばけばしい様式に慣れていない大衆に向けて発表されたものであった。しかし、モダニズム的な様式化された芸術と装飾を見て育った世代にとっては、そしてそのような様式化はまったく自然のことで何の弁護も必要ないと思っている世代の人間にとっては、内部的緊張とダイナミズムはもはやポレミックの中にはいらないのである。

同じような矛盾はシクロフスキー自身の文学的生産にもつきまとい、おそらく、彼自身のものであったヘーゲル的な不幸な意識の、あの独得の歴史形式を説明するだろう。なぜなら彼は、「手法を剝き出しにする」ことを、文学における特に今日的な異化作用と技法的革新の様式であると考えていて、だから彼自身の独得の個人的・歴史的情況をまさに新しいものと絶対的に同一視したのである。しかし永遠の芸術的な変化、芸術的な永遠の革命というフォルマリスト的観念に内在する「悲劇的人生観」が成り立つためには、変化に対して、そしてかつて新しかった手続きがやがて疲弊することは避けられないことに対して、要するにみずからの死に対して、一種の同意がなければならない。論理的展開から言えば、シクロフスキーが実践し、彼の理論に動機づけられたあの種の自意識的芸術に一般大衆が飽きてしまうということになるのだろう。しかし「手法を剝き出しにする」のは数ある中の一つの技法というのではない。もしそうならそんなものは他のものと取り換えればよい。そうではなくて、それはまず第一に異化作用としての芸術の意識化なのである。だからもしこれがなくなれば、理論全体が消えざるをえない。だから普遍的法則と考えられていたものが、日がたつにつれて、じつは時代のイデオロギーが変装していただけであったということになる。

5

(1) しかしながらここで話がまったく終わるわけではない。もしシクロフスキーの芸術的・個人的ディレンマの結果であるいくつかの歪みが、彼が始動させた基本的な力から除去されるならば、そのときは、ソシュール言語学ほどの規模の純粋モデルが結果的にできる。フォルマリスト的立場について、このような最も明快で数学的な再構築の理論家の役をみずから買って出たのが、ユーリー・トゥイニャーノフの功績であり天才であった。

どうかするとわれわれは、トゥイニャーノフの成功を、われわれがこれまでシクロフスキーの失敗を説明するのに用いてきたのと同じ文学史的条件項によって説明したい気に誘われる。文学を革新する方法としてトゥイニャーノフが展開した文学的方法は、シクロフスキーが実践したあの奇妙に矛盾した、自意識的「手法の剝き出し」ではなく、むしろ、同等の機能性を持ったさまざまな技法の中から一つを選ぶ、同等の特権的な形がいくつもありうる中から一つの形だけを選ぶということであった。すなわち、冒険小説、特に歴史的冒険小説を、その当時までロシア文学ではけっして十分に開発されていなかったジャンルとして選ぶということであった。だから、形式を実践することによって、トゥイニャーノフは自分自身を、文学史の成就としてではなく、真に歴史的な継続の中の一瞬にのみ参加することとして見ていたにちがいない。これらの小説の中身——その大部分はプーシュキンの時代の作家たちおよびプーシュキン自身の小説ふう伝記である——はさらに、シクロフスキーに支配的な、覚え書き的・自叙伝的衝動よりは、おそらく一層歴史的な色合いを持った感受性を示すものである。

トゥイニャーノフは、個々の芸術作品を分析する際の体系という観念を保持するために、技法という考え方を取り除き、われわれがこれまで論じてきた工芸品的モデルに暗示される歪みを除去した。技法という観念の持つ目的論的意味あいそのものが、芸術作品の哲学的内容とかその他の内容とかの身分という誤った問題を引き出す。すなわち、内容は技法を生み出す目的のために存在するのか、それとも技法は内容を生み出す目的のために存在するのかといった問題である。しかしながら、もし技法とか目的とかいった観念を捨てて、単に支配的要素だの副次的要素だの、あるいは単に「あるグループの要因を犠牲にして別なグループの要因を取り立てる」[41]だけにすぎない、支配的構成原理だのを話題にするのであれば（あるいは、これはプラハ学派《サークル》がのちに発展させた最も表現力に富んだ用語であるが、一組の要素の「前景化」を話題にするのであれば[42]）それならば、シクロフスキーの昔の教義のすべての利点を持ち、なおかつその欠陥を一つも含まないモデルがたちまちにできあがるだろう。

この新しいモデルは、前景化された支配的技法が、副次的、後景化された技法の緊張の中で認知されるという意味で、きわめて弁証法的である。しかしこのような規範からの逸脱としての新しい形の芸術的認知は、より古い要素が背景に追いやられるとき、その規範を芸術作品そのものの中に内包させるという利点を持つ。そのようにして、古い要素が作品の外側にこぼれ出て、究極的に社会的問題であるところのもの、つまりその時期の支配的趣味、支配的文学様式の中へはいりこむということがもはやなくなってしまうのである。この意味で、作品の共時的構造には通時態が含まれることになる。そしてその理由は、みずからの中に、否定され、抹消された要素として決定的に訣別したはずの、そしてしかもそのような条件の中でのみ同時代の新しさや改革が理解されるはずの、直前の世代の支配的様式を持っているからである。

(2) いまはじめて、このような文学体系の内部的純粋性によって他の非＝文学的体系との関係という問題が明確に措定できるようになったのである。それは、条件項がいまだ与えられていない、ある究極的な体系の中の体系を精巧に作り上げるという問題である（弁証法的思考にとって、このような究極的な体系の体系は歴史そのものであるだろうし、構造主義者にとってはそれは、やがて見るように、言語なのである）。このような発展は、ときにはフォルマリストがマルクス主義と和解するための試みとして説明されることがあるが、実際には彼ら自身の思考の論理的帰結なのである。

確かに、トゥイニャーノフは、それ自身の内部的法則とダイナミズムとによってできる体系の進歩というものと、外部からの他の体系の働きかけによってできた強制的な修正とを区別している。歴史的・政治的指示性は明らかである。しかし彼が実際に説明しようとしているのは、じつは一つの体系が別の体系と結ぶ関係の二つの可能な動きである。つまり、純粋に文学的な体系、いわば「可能なかぎり広い領域の併合を目指す帝国主義」[43]が、他の体系の要素を吸収し、それをみずからの法則によって利用するとき、われわれはやはりそれを自律的な進化として理解するだろう。文学がなんらかの理由で他の体系に吸収されるとき、そのような進化は中絶されるか、改変されるかさえするだろう。

トゥイニャーノフは歴史上の任意の瞬間におけるさまざまな体系を、たがいに比較的固定した距離にあるものと見る。最も遠い距離にある体系同士の関係は、それゆえに、介在する体系、特に文学体系に最も近いところにある体系、すなわち「日常生活」の体系とそれ自身の言語表現の下位体系、によって仲介される。このようにして、たとえば、手紙を書くことが特に夢中になれる、内在的に興味ある活動であるような社会は、比類のないタイプの言語的素材を提供してくれ、それはある与えられた環境のもとでは、書簡体小説という形の文学体系の中に吸収される。そのようにして、また、言語的雄弁とか弁論術が広く行なわれ、高く評価され、社会・経済的構造の肝要な機能的一部をなしている社会、たとえばアラブ諸国とかアイルランド（ジョイスの『ユリシーズ』！）などは、あるタイプの言語的素材、あらかじめ概略の示された詩と散文の比率、比喩語句《トロープ》や修辞的手法の根強さなどを提供してくれるだろう。そしてそれは西欧のマス・メディア的情況における言葉の境位とはまったく類比できないだろう。この観点からわれわれは、エイヘンバウムによるゴーゴリと「スカース」との関係を再評価することができる。スカースとはまさに、このような文化の中に生存する大衆的言語的要素の、芸術＝散文による併合の特権的な一例になるのである。

フォルマリストはじつは、これ以上先まで文学の社会学に向けて進むことは望んでいなかったように思える。彼らは、文学から最も遠い体系、たとえば経済学などと文学を結びつける、より明示的な試みを、折衷主義として弾劾する傾向があった[44]。そこで主張される相関関係とか影響などが、仲介され間接的であるよりは直接的なものとして定式化されるとき、もちろん彼らがそれを弾劾するのは正当なことであった。なぜなら、彼ら自身の体系は仲介された間接的なもののためにあり、事実、長い目で見れば、真の文学社会学、形式についての社会学を可能にするためには、それ以外のあり方はないのである。

(3)　このようなフォルマリストのモデルと、ルカーチの理論のような真の文学内容理論との主要な強調の違いは、芸術作品の発達がどの程度に本来的素材の利用可能性に影響されると考えるか、その度合の違いである。小説の実作者としてのトゥイニャーノフは、この問題をよく心得ていた。そのことは、ひそかにシクロフスキーを目して述べられたつぎの文章に現われている――

ロシアの冒険小説の可能性を例に取りあげてみよう。プロットを持った小説の原理はプロットのない小説の原理への弁証法的アンチテーゼとして生じる。しかし新しい構成原理はいまだに適切に応用されたことはなく、目下のところ外国の材料で満足しなければならない。ロシアの材料と混合するためには、ある種の予備的条件がまず満足されねばならない。この要求に応じるのは容易ではない。主題が文体に出会うのは、そのことが生じるまでは誰にもわからないような条件のもとにおいてである。もしそれらの条件が不足すれば、新しい現象はけっして試行段階を出ることがないのである。(45)

この引用文では、適切な内容ないし素材の有効な役割と同時に、文学的分析の遡及的・非予測的性質も強調されているが、それはルカーチが歴史小説について行なったような社会学的・マルクス主義的分析とほとんど矛盾しない。そこでもまた、一形式としての歴史小説の発達は素材そのものの適当な状態と利用可能性によって決まっている。すぐれたフォルマリストの流儀では、これらの素材は単なる過去、文書の利用可能性、地方色などといったものについての知識だけではなく、むしろ過去と歴史的感受性についての意識、スコットの時代にはすぐ手元にあり、フローベルの時代にはもっともろく、もっと役立たずなものに進化してしまっていたものについての意識なのである。文学的進化が他の文学外の体系との関係においてどのような姿を持っているかを適切に描き出すには、つぎの条件が満たされなければならないだろう。すなわち、内容、利用可能な素材は、単なる不活性の厄介物としてではなく、それを利用する文学形式の発展を助成するか阻害するかするものとして見られるという条件である。その点で、当該の最も近接する文学外体系そのものが、それ自身の隣接体系との関係について問われうることになる。このようにして、われわれが先に挙げた例に戻れば、ある社会がどの程度に口述的習慣を残しているか、たとえばどの程度に雄弁術的な習慣や価値観をとどめているかということは、それ自体、その社会の経済的・社会的発達の機能を示すもので、そのような観点から調査することができる。

(4) われわれがこれまで説明してきたのは、相対的に共時的な現象、ある任意の時間上、歴史上の瞬間における、文学的体系と経験の総体における隣接体系およびより遠い体系との関係である。現実の文学史、現実の変化の姿というのは、フォルマリズムにおいて依然として問題なのである。トゥイニャーノフでさえソシュール的な変化の基本モデルを保持していて、そこに作用している本質的メカニズムは、「同一性」と「差異」という究極的抽象物なのである。しかしあらゆる歴史が一個のメカニズムの働きであると理解されているところでは、歴史は共時態へと変換され、時間そのものは一種の無歴史的・比較的機械的な反復になる。

このグループの中で最もけんかっぱやく、好戦的なエイヘンバウムに、もう一度フォルマリズムのこの反通時的傾向の最も極端な形を代弁してもらうことにしよう。つぎの引用文は、フォルマリストの教義と方法の究極的な内的限界を示すと同時に、アルチュセールをも予想させる——

本当のレールモントフは歴史的なレールモントフである。誤解を避けるために明記しておかねばならないが、こう言ったからといって私はなにもレールモントフが時間の流れの中の一個の出来事——われわれが手をさしのべるだけで簡単に回復できる出来事――として考えられるなどというのではない。時間、そして時間とともに進行する過去の理解だけでは、歴史的知識の基礎にはならない。歴史の中の時間は一個のフィクション、補助的役割を演じる慣習なのである。われわれが研究するのは時間の中の動きではない。むしろ、そのような動きは、いかなる意味でも二次分割も中断もできない力学的なプロセス、それゆえに現実の時間とは何の関係もなく、現実の時間によって計ることもできないプロセスなのである。歴史の研究は出来事の力学、すなわち、ある特定の与えられた時期の限界内においてだけでなく、あらゆる場所、あらゆる時間に機能する法則を明らかにする。この意味で、逆説的に聞こえるかもしれないが、歴史とは永遠なるもの、不変のもの、不動のもの(たとえそれが変化と動きを扱う場合でも)を扱う科学なのである。それが科学的でありうるのは、現実の動きをパターンないしモデル(chertyozh)に変換できる限りにおいてである。歴史的抒情主義、あれこれの特定の時代をそれが好きだからだというようなことではとても科学にはならない。歴史上のある出来事を研究するというのは、それだけを取り上げて、あたかもそれがその時間の背景においてだけ意味があるかのようにして説明することではけっしてない。実際の仕事は単なる過去への投影ではなく、出来事の歴史的現実性を理解し、本質的に永遠な、立ち現われもせず消え去りもせず、まさにそれゆえに時間を越えている歴史的エネルギーの発達の中でのその役割を決定することである。歴史的に理解された事実とは時間から退いてしまった事実である〔傍点は引用者〕。歴史にはけっして反復はない。理由は簡単、一つも消え去るものはなく、ただ形を変えるだけだからである。この理由から、歴史的類比が可能であるだけでなく、不可欠なのだ。そして不可能なのは、歴史の力学の外側にある歴史的出来事を、ユニークで「反復しえない」出来事として、それ自身孤立した体系を持つものとして研究することである。なぜならそれはそのような出来事の性質そのものに矛盾するのであるから。(46)

Ⅲ　構造主義の冒険

しかしそれでは、「同じ」と「別の」というこの二語の意味は何か。それらは三つ〔存在、休止、運動〕ではなく、二つの新しい種類なのか、そしてそれなのにつねにそれらの三つと必然的に混じりあっているのか、だからわれわれは三つではなく五つの種類を持つことになるのか。それとも、われわれが同じとか別のとか言うとき、われわれは無意識に最初の三つの種のうちのどれかを指して言っているのか。

——プラトン『ソフィスト』

フランス構造主義はロシア・フォルマリズムと関係があるが、その関係は、シクロフスキーの言い方で言えば、族内婚の親族関係内で生まれた従兄弟というよりは、甥が叔父に対する関係である。両者とも、もとをただせばソシュールのラングとパロールの根本的な区別（そしてもちろん、その背景にある共時態と通時態の区別）から派生したものであるが、両者のその利用方法は違っている。フォルマリストの究極的関心は、個々の芸術作品（ないしパロール）が文学的体系全体（ないしラング）という背景に対して別別に認知される、そのことにあった。しかしながら構造主義者は、部分的な文節としての個々の単位を、本来それが属するラングという全体の中に融解させ、全体的記号体系そのものの有機的構造体を説明しようというのであった。

構造主義者の企ては、したがって、上部構造の、あるいはもっと限定した意味ではイデオロギーの、研究であると理解してよいだろう。だからその特権的対象は何かと言えば、それは、あらゆるレベルで社会生活に命令を下し、その背景の中で個々の意識的社会的行為や出来事が起こり、かつ理解されるところの、あの無意識的価値体系ないし表象の体系なのである。あるいはまた、構造主義は、方法としては、（言語との類推に基づいて構築された）モデルの哲学を作り出すことを最初に自意識的に試みた方法の一つである、と言ってもよい。ここで前提となっているのは、あらゆる意識的思考はある与えられたモデルの限界内で起こり、その意味ではそのモデルによって決定される、ということである。公平を期するために付け加えておくが、もし構造主義者たちがみずからの仕事を説明するとすれば、このような条件項の大部分を彼らは使わなかったであろうし、だからこれから述べることは、一つの展望の中におさめると同時に暗示的判断として、なんらかの意味でそれらを正当化することでなければならない。(1)

1

(1)「上部構造」とか「イデオロギー」という言葉は特に、構造主義的研究と伝統的なマルクス主義的不確定問題とを故意に並置したように思われかねない。しかしつぎのことは注目する価値がある。ソシュールはマルクスの存在を特に意識していたということはまったくないらしいのに、そして、フォルマリストにとって、ソヴィエト的な形のマルクス主義は、単なる論争の源でありイデオロギー的敵対者であるにすぎなかったのに、それに対してフランスの構造主義者はマルクス主義文化の受益者であること。たとえその意味が、彼らはマルクス主義の伝統が提起した理論上の諸問題をもはや無視できない立場にあった、まさに彼らはマルクスをよく知っていて、そのためつねにマルクスを何か他のものに翻訳しようとしているように見える、ということにすぎないにしても、である。(同じことはフロイトにも言えるが、このことはあとで論じる。)

というわけで、レヴィ＝ストロースの理論的傍白の多くに見られる非体系的な、突飛で一貫性に欠けるとさえ言えるような性格にもかかわらず、たとえば彼が自分の仕事のことを「マルクスが大ざっぱな概略を描いた上部構造の理論に貢献する」つもりであると宣言するとき、そうした彼の言葉はまじめに受け取らねばならないだろう(2)。確かに、大体において、マルクス主義そのものは、一種の韜晦ないし故意の階級的歪曲として、イデオロギーをこの上なく粗雑なやり方で考えていて、上部構造について本当に体系的な探求はしなかった。他方、上部構造を理解するときの重要な要素は、別のところですでに述べたことだが(3)、一見独自のイデオロギー的現象と思えるものを無理矢理に基礎構造に連結させてしまう精神の働きにある。すなわち、それによって上部構造の偽りの自律性が追い散らされ、それと同時に、もっぱら霊的事実だけを相手にしているときの精神の特徴である本能的観念論も追い散らされる、そのような精神の働きにある。このようにして、上部構造という概念そのものが、それが命名する対象の二次的性格についてわれわれに警告を発するようにできている。この用語は、それが指す指示対象を越えてそれとは違うもの、その究極的現実としての物質的・経済的情況へと向かうようにできている。したがって、上部構造を説明的・分析的目的のためにカッコでくくり、それでもなお用語法の背後にある衝動に忠実であることはできないものと思えるだろう。たとえ、レヴィ＝ストロースが感じているように、彼が開示した言語的有機体の形が上部構造を全体として特徴づけるものであっても、である。いまや依然として観念論的であるのは研究の形である。上部構造をいかなる基礎の考察からも完全に切り離すことによって、あたかも上部構造というもの の領域が自律的に存在しているという錯視に陥っていればこそ、そういう研究ができるのである(4)。

しかしながらレヴィ＝ストロースは、このような異議に対する答えを持っていて、それを彼はみずからエンゲルスからの引用の形で出している——

タキトゥスのゲルマン人とアメリカインディアンとの間の比例関係を引き出すために、私はあなたのバンクロフトの第一巻からわずかばかり抽出しました。生産の様式があれほど徹底して違っているだけに、両者の類似は一層めざましいものがあります――こちらは家畜育成とか農業のない狩猟と漁業文化、あちらは遊牧的田園主義がやがて農地耕作に移ろうとしている。それなのに両者が類似しているということは、この段階の生産様式は古い親族関係の体系とか、部族の女性の最初の段階での分布などが相対的に崩壊するというようなことに較べれば、それほど決定的なものではないということをまさに示していて……(5)。

このようにレヴィ＝ストロースの方法は、彼の特権的研究対象の特異性によって正当化されるとも思える。なぜなら、ある意味で、彼が調査する上部構造を持った集団は、近代経済学で言う意味の基礎構造を実際には持っていないのだから。とにかく、少なくとも、物質的生産とその他の活動との分割がまだ生じていない社会では、別々の上部構造という概念そのものが問題である、というように思えるだろう。そしてこのことは基礎構造についても同様である。いったいどのようにして、植物を植えることがそのまま同時に宗教的儀式であるような、そのような技術の物質的次元と精神的次元とを最終的に区別することができるのか。

そこで起こったことは、上部構造と基礎構造との古典的区別をいまだに生き延びさせている昔ながらの精神／肉体の対立（一方は物質的所有物と肉体的必要にかかわり、他方は精神的働きと文化的産物にかかわる）の代りに、構造主義は新しい種類の対立を持ってこようとする、ということである。ソシュール革命が科学一般の主題についての歴史上の変化と一致していたこと、そしてそこでは、ある任意の客体の可視的・物理的独立（動物の有機体、化学的元素の特徴）はもはや適切な研究単位を見分ける有効な方法とは思えなくなったこと、そしてまた、それ以後、科学の第一の任務は、一つの方法ないしモデル、たとえば基本的な概念単位が最初から与えられ、そしてデータ（原子、音素）を構成するものを確立することにあると思われるようになったこと、これらのことについてはすでに論証した。このような諸科学の認知からモデルへの漸進的な移行は、社会生活そのものの変化に一致する。資本主義の独占期の到来によって、一次産業と二次産業の区別は曖昧になり、本当の必要を満足させる製品と、それ以後その消費が広告によって人工的に刺激される贅沢品との区別もはっきりしなくなる。

したがってこの時点で、精神／肉体の対立は構造的・概念的区別に変形される。つまり、一方における意味化作用と、もう一方における、その意味化作用を包んでいる意味のない物理的基層ないし「物質」(hylé) との区別である。したがって、精神的・文化的現象を物質的現象から分離させるという意味での外部的な分割ラインは、内部的な区別となり、あらゆる現象はみずからの中に上部構造と基礎構造、文化と自然、意味と素材の両方を持つことになる。ここまで来ると、上部構造の問題は、レヴィ＝ストロースが暗示するよりも、どちらかと言えば一層複雑なものになる。

(2) しかしもう一つの意味で、構造主義は、みずからの選択によってではなく、一種の内部的必然によって、イデオロギー研究から逃れられない。というのは、ソシュール言語学の第一の概念上の道具は、すでに述べたように記号であって、その独創性は、パロールの過程に二つではなく、三つの要素を区別したことにあった。つまり、言葉と現実世界におけるその指示対象だけでなく、個々の語ないし記号内のシニフィアン（聴覚的イメージ）とシニフィエ（概念）の関係である。この関係を強調することは、すでに論証したように、事物そのもの、「現実世界」における指示対象を考慮することを排除しがちであった。このような、あらゆる純粋に意味論的な関心からの言語学の独立宣言を、われわれはフッサールの現象学におけるカッコに入れる技法に比較した。まさにこの言語学的「判断中止《エポケー》」がまた、ロシア・フォルマリストが批評革命を行なうことを可能にし、そしてそれ以後、あらゆるもの——意味、世界観、作者の生涯——は作品そのものを誕生させるために存在するといったような優先性を逆転させてしまったのである。

構造主義が行なおうとしている企ての枠組の中で、この判断中止の原理はつぎのような効果を持つ。それは、もともと材料そのものの中で作用している観念論的傾向をさらに強化する効果であり、上部構造を現実から絶縁することをさらに推進する効果である。これはただ単に外面的判断というだけでなく、構造主義内の矛盾でもある。なぜなら、構造主義の記号概念そのものが、記号を越えた現実への探求を禁じ、同時に、シニフィエを何物かについての概念であると考えることによって、そのような現実という理念を温存させるからである。

このディレンマに最も大げさに取り組んだ著述家は、逆説的なことに正統的弁証法的唯物論の立場からこのことに取り組んでいて、彼の仕事はそれゆえ、レーニンの『唯物論と経験批判論』とソシュール的遺産との一種の和解として考えることができる。この人物すなわちアルチュセールが独創的であるのは、古い唯物論的認識論の条件項を逆転させてしまったことにある。古い認識論にとって、現実とは「精神の外側」にあり、真実とは、かなり立証困難な現実との一種の適合作用なのである。アルチュセールにとっては、ある意味で、われわれが本当にわれわれの精神の外に出ることはけっしてない。イデオロギーも、真の哲学的研究、つまり彼が「理論的実践《プラクシス》」と呼んでいるものも、密封された精神の個室の中で活動する。唯物論はこのようにして、あらゆる思考の本質的に観念論的性格を主張することによって保存される。まさに、あるレベルでは、理論はみずからの観念論的（あるいは単に観念作用的）性格を認め、イデオロギーはみずからを現実であるとして通過させようとするという意味で、イデオロギーは理論と区別されると思われる。また別のレベルでは、イデオロギーとは、われわれの行動を命令する形式、慣習、信仰などの織りなす網の目であって、理論とは、それとはまったく異なった意識的な知の生産であるとも思われる。だから、社会主義社会においてすら、イデオロギーが機能する余地はまだあるのである。(6)というわけで、具体的現象に二つのタイプがある。具体的現実と具体的思考である。

知のレベルで具体的事物を産出するプロセスは、もっぱら理論的実践の領域内で起こる。もちろんそれは、現実のレベルでの具体的事物と関係があるが、しかしこの具体的現実は「精神の外側において、それ以前にもそれ以後にも、みずからの独立によって存在する」（マルクス）のであって、それについての知としての、もう一つのタイプの「具体的な事物」にはけっして同化されえない。(7)

このように、適切に理解さえすれば、理論もまた一種の生産なのである。理論はすでに生産された有形の事物（それ以前の理論とか具体的な思想とか）に働きかけ、ちょうど物質世界における生産と同様に、新しい事物へとそれを変形する。アルチュセールの研究対象は、まず第一に科学の歴史（マルクスの諸発見をも含む）であり、そのような限界内で、なぜ彼が知の生産というものを本質的に既存の思想への働きかけとして理解するのかを理解するのは、それほど困難ではない。後者、すなわちイデオロギーないし不適切な概念化作用（彼はこれを「通則Ｉ」と呼ぶ）は、理論的実践の操作によって（「通則Ⅱ」）、正確な科学的知へと変換される（「通則Ⅲ」）。（「思考における具体」である製品を準備するものとしてのこの知の計画が、やがて『テル・ケル』グループがそれを文学的創造、つまり「テクスト生産」の領域に変換するとき、どのような姿になるのか、このことはのちに見ることにする。）

純粋に観念的生産の領域と物質的現実の領域との間にどのような関係が確立できるかといえば、答えはおそらく、アルチュセールは二種類の解決を持っている、思考対象の側の解決と思考者側の解決である、ということになるだろう。第一の解決は、これについてはいずれ詳細に論じるが、思考と現実との間を仲介するものを開示する。そしてそれが彼の言うプロブレマティック（problématique）つまり諸問題の階層的構造であって、これは、精神の内部で作業をしている理論家たちに、外的・歴史的現実の移動を伝える。なぜならそれは要するに、「歴史的瞬間そのものによってイデオロギーのために措定された客観的問題[8]」にほかならないのである。しかしながら、思考という観点からは、理論的実践と政治的実践との区別のみが、現実の、間接的にしか知りえないにしても現実の、世界に働きかける唯一の可能性をもたらしてくれるように思える。ウンベルト・エーコは、このディレンマについてのアルチュセールの究極的な判断基準はスピノザであるとした――「マルクス主義哲学はこのようにして世界に働きかけることができるだろう、なぜなら、究極的には、ordo et connexio idearum idem est ac ordo et connexio rerum（思想の秩序と関係はまた事物の秩序と関係と同じ）であるからだ。[9]」いずれにしろ、アルチュセールにとっては、現実の歴史的時間に近づくことは間接的にしか可能ではないのであるから、彼にとっての行動とは、一種の目隠し作業、遠隔操作、せいぜいわれわれにできることは、自分たちの行為を、鏡の中の自分を見るように間接的に眺め、それを読み直して、外部の情況そのものの変化の結果であるところの、さまざまな意識の再調整へと送り返すことである。

このような複雑な解決の長所がどのようなものであれ、問題の条件項はいまやはっきりと見てとれるようになった。つまりそれは、本質的には、物自体の不可知性というカントのディレンマの再演なのである。レヴィ゠ストロースも、上部構造の本質を論じるとき、故意にカント的用語法を採用している——

われわれの考えでは、実践（praxis）と習慣（pratiques）との間には仲介者がつねにはいりこんでいて、それは、ともに独立の存在を欠いた質量と形相とが、構造として生まれるための機能を果たす概念的図式なのである……。上部構造の弁証法は、言語の弁証法と同じく、構成的な統一体の存在を前提とすることからなり、それらの統一体がこの役割を果たすことができるのは、それが疑う余地なく定義されている、つまりそれらを対によって対照することによって定義されているからであり、それはこのような構成的な統一体を手段として、観念と事実との間の統合的作用素の役割を最後に果たし、その事実を一つの記号に変形してしまう、そういう体系を作りあげるためなのである。(10)

このようにして、カントの場合と同様、これらの精神的プロセスを現実から分離することは、精神そのものの永遠の構造（つまり、精神が世界を経験したり、本質的に意味を持たないものの中に意味を組織したりすることができるための組織化のカテゴリーと形相）をあからさまに探求することを奨励することになる。このようなディレンマを、ただ単に構造主義には物自体はなく、あるのはさまざまな言語構造による言語の分節化だけであるという理由で退けるだけでは不十分である。この立場は単に、カントから問題を取りあげて、その後継者であるドイツの客観的観念論者たちに転嫁するだけで、何の解決にもならない。いずれにしろ、実際には、あらゆる構造主義者は——レヴィ＝ストロースはその自然観、バルトはその社会的・イデオロギー的材料への共感、アルチュセールはその歴史意識などによって——ある種の究極的現実をじっさいに前提とする傾向があって、それは、可知的なものであれ不可知的なものであれ、記号体系そのものを越えて、そこから最も遠い指示対象となるものである。

構造主義そのもののそもそもはじめの条件項には、確かにもっと他の可能な解決が暗示されている。一つの解決によれば、記号体系全体が現実のすべてに対応していて、しかも個々の要素はいかなる時点でも一対一の対応をしていない、などという。また別な、もっと実証主義的な見方、これはレヴィ＝ストロースの見方でもあり、さきに私がアルチュセールの見方であるとしたスピノザ的解決でもあるが、それによれば、精神の構造（そして究極的には脳の構造）と外部世界の秩序との間には「あらかじめ確立された調和」があるということになる。しかしいまは、このような認識論的ディレンマが構造主義的枠組の外側の限界ないし境界であることを指示しておくだけで十分である。このことについては本書の最後でもう一度触れる。

(3)　しかしながら、具体的な構造主義の研究領域にはいると、われわれはやはり、一種の探検用地図として、さまざまな相互関係から成り立つ記号という概念を利用し続けることになるだろう。事実バルトはすでに、構造主義の三つの基本的変種、われわれから言わせれば記号学の三つの主要なスタイルとも言うべきものを、記号を基礎にしてまず分類している。すなわち、象徴的《シンボル》——シニフィアンとシニフィエとの関係にまず第一に敏感なもの。パラダイム的——主として、たがいの中でのすべての階級の記号の類似。連辞的《シンタグマ》——ある任意の記号とそのコンテクスト間の、記号間の相互作用。(あとの二つはそれぞれ記号に対するメタファー的な感じ方とメトニミー的感じ方に相対的に対応する。[11]) しかしこの分類はわれわれの目的にはやや内的な分類であって、まだ記号学の主張にひきずられすぎている。

いずれにしろ、これからあとの論証の目的のために、われわれはもっと大ざっぱな分類を採用することにした。以下ではわれわれは、記号そのものの内部構造を追い、つぎのように研究を区別しよう。まず第一にシニフィアンの組織化を目指す研究、シニフィエを研究対象とするもの、最後に、意味化作用のプロセス、シニフィアンとシニフィエとの間の最初の関係がいかにして出て来るかということだけを取り出そうとする研究である。

2

あるシニフィアンと別のシニフィアンの関係だけがシニフィアンとシニフィエの関係を生み出す。

——ラカン[12]

(1)　構造主義の独創的なところはシニフィアンの主張にある。それにはまず、そのような、研究対象としてのシニフィアンをそれが意味したもの《シニフィエ》から分離する作業がなければならない。そしてまた、科学としての記号学の範囲の問題が生じて来るのもここにおいてなのである。ソシュールが考えたように、はたして言語学はもっと大きな記号および記号体系の一部門にすぎないと見るべきなのか、それとも、バルトが考えるようになったように、[13]記号論はそれ自体が言語学の一部門にすぎないと考えるべきなのか。よく知られているように、構造主義的研究の特権的対象は、しばしば非言語的な記号体系である。最も有名なのは、レヴィ＝ストロースの親族関係理論で、それによれば、「結婚の規則と親族の体系は一種の言語であると考えられる。つまり個人と集団との間のある種のコミュニケーションを確実にするための一組の作用であると考えられる。ここでの〈メッセージ〉が部族、王朝、あるいは家の間に流通するグループの女性からできている（そして言語そのものにおけるように個人間に流通するグループの言葉ではなく）ということは、双方の場合における現象の基本的同一性には影響しない」[14]。このようにして、非言語的記号体系のこの例では、言語モデルの優先性が推持されている。そしてもっと遠い現象、たとえばバルトの衣装スタイルの精妙な解剖とか、レヴィ＝ストロースの「調理の三角形」、つまりさまざまな料理法が、調理した（火にかけた）もの、なまのもの、腐ったものという一連の対立関係に分析される（この三項は組み換えてさまざまな二元論になりうる）例の分析法では、言語の優先性が、モデルとして、あるいは仲介者として、まだ有効であるように思える。われわれはそういう意味でのシニフィエの次元を扱うとき、もう一度この問題にぶつかることになるだろう。いまのところは、バルトのつぎのような躊躇を思い起こすだけで十分である——「分節化された言語がなくても構わないような客体の体系が、いかなる次元でにしろ、いったい存在するだろうか[15]」。

したがってここでは、すでに内在的に言語的である記号体系、すなわち神話と文学だけに具体例を限ることにしよう。しかしながらここで、ソシュール自身に起源を持ち、結果的に二つのタイプの、むしろ二つのレベルの、可能な言語学的分析を生み出す、ある方法論的対立を思い出す必要がある。一つは、音韻論的分析で、語そのものの中で作用し、理解可能な組織体の最小単位である音素（それ自体ばらばらに取り出せば理解不能となる）とともに機能する。もう一つは、連辞的《シンタグマ》・パラダイム的分析で、これは文そのもの、記号の組合わせのレベルで機能する。

(2) レヴィ＝ストロースの神話分析は、特に音韻論的・顕微鏡的レベルとでも呼んでいいレベルで起こるように思える。彼にとっての神話とは、文というよりは一個の記号なのである[16]。したがって、さまざまな神話の要素——魔法使い、アメリカヒョウ、蛇、小屋、妻、薬草、などなど——は、それ自体が意味を持った存在ではなく、個々の単語に比較できるというよりは、個々の音素に対応するのである。それらはそれ自体では何の内在的価値も持たない。そして、このような神話を構成する要素を基礎にして行なわれた分類的体系は、いずれも、可能性のない、誤解を招きやすい企てであると考えていた点で、レヴィ＝ストロースはプロップと同じなのである。しかしプロップは、みずからの文化の素材だけを使って作業していたのであるが、ある意味では、基本的等式ないし構造を解体しながらもなお、神話的思考そのものの基本的メカニズムまで降りて行かなくて済んだ。そしてこの基本的メカニズムというのが、本質的には、レヴィ＝ストロースにとっても、音韻論にとってと同様、二項対立なのである。

二項対立はそれゆえ、そもそものはじめは、自己発見的原理であって、神話学的解釈学の基礎となる分析の手段である。われわれとしてはそれを説明するのに、精神と目とでは感じとれない多量の明らかに同質的なデータに直面したとき、認知を刺激するための一つの手法である、というふうにそれを言ってもよいかもしれない。つまり、音そのものを区別することすらできないような、まったく新しい言語の中に差異と同一性を強引に認知する方法として、である。それは翻訳・解読の手段、さもなければ、言語修得の技法である。同時にこの方法は、膨大な素材ないしデータを前提とし、メッセージ伝達の成功はそこに含まれる伝達の冗長度に正比例するという基本原理に従う。だからレヴィ＝ストロースは、その分析の中に、ある任意の神話のあらゆる入手可能な異本を含め、その異本同士の中での歴史的優先性とか真正性を決定しようとはしなかったのである。

連作『神話研究』は南北アメリカのインディアン神話の膨大な集大成である。しかしレヴィ＝ストロースがここで目的としているのは、ある特定の一個の神話分析というよりは、変形のメカニズム、つまり、神話的構造がさまざまな発話ないし異本へと組み換えられ、分節化され、それが最終的には、ちょうど動物の王国における亜種によく似た形で、関連した構造体が寄り集まった一大星座を形成する、そのような変形のメカニズムなのである。確かに、このような個々のパロールの融解、体系そのもののこのような強調は、最初から構造主義に内在しているものである。

レヴィ＝ストロースの解釈技法とフロイトの『夢判断』における方法との類比を理解するには、この立場から行なうのが最もよいだろう。ともに、それぞれの「テクスト」の個々の要素を解読する方法が、きわめてコンテクスト重視的なのである。フロイトにとっては、夢というのは一つのパロールであって、それを理解するには、夢を見た者の過去と現在、彼の人生経験の個人的歴史や偶然の連想などの出来事、そのようなユニークで私的なラングという背景に照らしてみることによってはじめて可能となる。これとかなり似た意味で、レヴィ＝ストロースにとっては、ある神話のある任意の要素の価値は、どこまでもその部族のユニークな社会的・地理的経験に縛られている。つまり、その分類学的コード、その歴史上の偶発的出来事（歴史がわかっている限りにおいて）、風土、社会組織、などなど、に縛られている。したがって、この両方の解釈様式にとって、「象徴《シンボル》」というのはきわめて恣意的な記号――それがもともとそれを生み出した最初の推論や抽象的推論の枠内にとどまっていれば容易に理解できるであろうようなイメージ、しかしいまや、一種の速記法的伝達システムとして、そうしたものを剝ぎとられ、独り立ちをさせられているイメージ――なのである。こうして、ある条件のもとではアメリカヒョウは火のテーマを表現、いやまさに、火の起源そのものを体現するとさえ理解されることもある。ヒョウは肉を食べ、そして肉は火を通さなければ食べられない、だから必然的にヒョウは火の秘密を知っているに相違ない。同時に、人間はいま火を持っているがヒョウは持っていない。だから（物語形式の）説明が作り出されて、ヒョウは人間に火を与える際に、自分は火を失ってしまったと語らなければならない(17)。ヒョウのイメージはこのようにして、埋没された、あるいは無意識の三段論法的連想の全体を図式的に表象したものとなる。そしてこの例は、これら二つのコンテクスト重視の解釈学のいずれかを、そのまま直接に文学そのものの解釈に適用することとの困難を伝える役にも立つだろう。文学では、外部的コンテクスト（患者ないし土着の情報提供者から得られるもの）は同じ方法では得ることができないからである。

さてわれわれがこのような神話学の素材や連合的集団《クラスター》の研究から一個の神話の分析に転ずるとき、われわれが気づくのは、二項対立というものが、基礎構造としても、その構造を開示する方法としても、もっと厳格な形式で作用しているということである。その後の古典的なオイディプス神話の分析の中で[18]、レヴィ＝ストロースはまずはじめに、構成要素を対立項の明白な組合わせに分類する。「親族のつながりの過大評価」の例――単に近親相姦だけでなく、アンティゴネによる兄の死体の不法な保護もはいる――とともに、同じ関係「過小評価」とも呼ぶべきものを反映する挿話も並ぶことになる。父親殺し、兄弟の争い、などなどである。したがってこれら二つのグループがまず第一の二項対立をなす。そしてここで、挿話のカテゴリーとかグループ分けの真偽を実験的に確かめることができるのは、まさにこの対立による組織化という概念であることを指摘しておかなければならない。もし前者――たとえばこの場合なら埋葬とか埋めるとかの理念に基づくグループ――が恣意的に選ばれるならば、その場合には対立項の連鎖というものがないことになるだろう。したがってここでは、きわめて相対的な思考タイプが働いていて、そこではまず最初の対立ないし差異がむしろその部類《クラス》のカテゴリーの基礎をなし、（普通の部類分けにおけるように）あるカテゴリーの存在を暗示する二つあるいはそれ以上の要素の類似ないし同一性がその役を果たすわけではない。

オイディプス神話では、上に述べた二つの対立項はそれ自体が別の二つの対立項に対立していて、そのことを詳しく見ることはさらに一層意味深いことになる。なぜなら、あとの対立項を通して、われわれはこの神話の他のさまざまな偶発的要素を分類しようとする。そしてその中にはオイディプスの名前（はれた足）と彼の先祖たちの類比的な名前、スフィンクス、カドモスの龍、などなどがある。このプロセスの説明にはいる前に、あらかじめ解を出しておく。つまり、これらの要素の中にわれわれは、怪物的なものに対する人間の勝利（カドモスの龍退治、オイディプスのスフィンクスへの勝利）と、人間が怪物的なものの力に半ば支配されていることを示す肉体的不具の状態との対立を見なければならない。この対立は、大ざっぱに言えば、土着性（人間が大地から生まれ、自然に服従すること）と自然ないし自然の力からの人間の解放との対立ということになるだろう。したがって、親族というテーマから見れば、この神話は、人間の起源についての二つの概念の差異を本質的にドラマ化したもので、一つは植物的様式で、大地からの人間の出現あるいは人間の土着性であり、もう一つは人間の両親の結合による誕生、本質的に先の土着性を否定することになる概念である。私がここで強調したいのはこうだ。このように対立を案出ないし配置すること（私はこれを解釈とは呼ばない）は、けっして最初のグループ分けほどの容易さではなされえない。なにしろ最初のグループの内容（家族関係）はおのずから明らかなのであるから。それに対してここでは、われわれはかなり無理をして具体的細部からはじまって、さまざまなレベルの一般化を経て、ようやく最後に、一方の〈怪物的なるもの〉の概念が他方における〈不具なるもの〉の概念へと同化され、その両方が究極的に〈不自然なるもの〉の中に包摂されるに十分なほどの抽象化を行なうのである。われわれがすでに述べたような、つぎつぎに一般化の環を拡大させていく動きによって、二項対立の観念が偶発的なデータから一つの秩序を発生させていく、そのプロセスの最も明白なものを、たぶんわれわれはここに見ることができる。

神話の意味は二組の対立項の交差するところに位置している。つまりレヴィ＝ストロースがそれ以後矛盾と呼ぶようになる、両者間の第二の力への対立地点である。しかしながらこの意味は、つまり神話の実際の解釈の瞬間のことを扱うのは、本章のもっとあとまで延期することにしよう。目下のところは、〈神《ミ》話学者《ミトローグ》〉(mythologue) 本人の概念的ないし自己発見的道具がもともとの神話的思考の道具へと同化される有様を強調するだけで十分である。このような対立の中に、そしてそれらを通して(それが神話構造を離脱させる彼なりの方法であった)、レヴィ＝ストロースは、原始的神話作者の一種前科学的な瞑想を見る——そこにかかわって来るもっと一般的なカテゴリーについて、親族関係について、大地からの発生について。神話とはそのような問題についての原始人の思考方法の一つで、その中で、概念的レベル(対立項を支配するカテゴリー)と認知的ないし具体的なレベルとが、文明人の経験で言えば夢とか子供の幻想とかに匹敵するような、一種の象形的言語ないし判じ絵的言語の中で結合される。

したがってレヴィ＝ストロースにとって神話とは、ある意味では、実際の語りの正反対である。このことがおそらく最も明白になるのは、降格させられた神話が逸話的な形に堕落し、レヴィ＝ストロースが一種の年代記あるいは原始的小説になぞらえているものに変わるときである[19]。このような形では、時間を消去し、不連続なものを設定するのではなく、また、コードの構築のために利用可能な象徴的要素を貯蔵するためのいわば貯蔵庫として生きた経験を使うのでもなく、神話そのものが時間と連続性を呼び起こす。一つの構造であったものが、今度はむしろ英雄みずから構造(意味)を求めるようになり、こうして小説形式が生まれ、そこでは「小説の英雄(主人公)は小説そのものである」ということになる。

しかしながら、本来の状態では、神話は物語る(あるいは文を構成する)というよりは、メッセージないし価値体系を伝える(そして一個の記号として機能する)ものであった。このようにして神話が、潜在的概念カテゴリーの精妙な組織化としてその究極的成就を果たすのは、より洗練された、歴史的(あるいは時間的意識を持った)社会においてではなく、むしろ、レヴィ＝ストロースが「野生の思考」pensée sauvage という用語で描いた科学の原始的な形においてであり（"pensée" という語についての戯れは、野生の花と思考とが自然の環境の中で野生のままに生育することを示す）、そしてその原始的な科学は、西洋的な科学の測定可能で概念的な体系というよりはむしろ、物理的認知と一義的特性に基づいているという意味で、本質的にわれわれとは違った分類体系から成り立つ。

　この原始的科学の進化は、神話そのものの中の一般化がますます高まるその構造そのものによって測ることができる——

> 料理についての神話のこの体系を構築するためには、多少とも感覚的特質から引き出された条件項間の対立を利用せざるをえなかった。〈なまの〉対〈調理した（火にかけた）〉、〈新鮮〉対〈腐敗〉、などである。いまわれわれは、われわれの分析における第二段階も、依然として組をなして対立する条件項を明らかに示すことに気づくのであるが、しかしその性質は、そこに特性の論理というよりは形式の論理——空虚と充満、容器と内容、内部と外部、収容と排除、などなど——がかかわってくる度合に応じて異なる。

　したがって神話とは、本質的に、実存的というよりはむしろ認識論的なものである。その分析が示すのは、「神話が利用する差異的ギャップは、物それ自体の中にあるというよりは、幾何学的用語によって表現でき、すでに代数学に属する操作によってすべてがたがいに変形できる、共有財産の集まりにある」ということである。神話的思考とは、それゆえに、いまだみずからをそれと自覚していないけれども、一種の哲学的思索である。あるいは逆に、古代ギリシアにおける哲学そのものの誕生の中にわれわれは、「神話的思考が自己を超越する瞬間、そしていまだに具体的経験に固執しているイメージを越えて、そのような隷属状態から解放された概念の世界、そして概念同士の関係がいまや自由に自己定義をする世界、を観照する瞬間」を見ることができよう[20]。

この論理は原始人そのものの心に潜在しているのか、それとも単に、〈神話学者〉の心の中にだけあり、自分自身の作業上のカテゴリーを具体的・感覚的な形で原始人の中に送り返しているだけなのか、気になるところであるが、いまのところは、二項対立そのものの概念にだけ話題を絞ってよかろう。おそらく二項対立の中に一種の中絶された弁証法、多次元的概念の平面世界への投影を見るのは、うがちすぎとは言えないであろう。二項対立は、それぞれ力学的であり、差異的認知にかかわるという限りにおいて、弁証法的である。それは、あらゆる構造の静的、むしろ実証主義的要素へと硬化するときだけ分析的になり、そのときのそれは、さまざまな対立をただ数えあげるだけの耽溺的習癖へと陥る。以上のことを別の言い方で述べればつぎのようになるだろう。二項対立の両極はポジティヴであり、ともに実在物であり、等しく裸眼にも現前する。それに対して、真正の弁証法的対立をなすのは、条件項の一方はネガティヴで、そして不在であるということである。このようにしてレヴィ＝ストロースが真正の弁証法的観念に近づくのは、彼が実存物としての神話を、たとえば小説のように、みずからが神話ではないという意味で神話を定義する、そういう物語と比較する場合である。弁証法的対立の条件項の一つはつねに仕事の外側にある。それは歴史そのものから見たときの仕事の裏側、その表面、あるいは他者性なのである。この動きは、問題の個々の現象を超越して、弁証法的思考の自意識と一体であり、客観的科学的思考がその客体を実体化するやり方とはまるで違うものである。原始文化と神話に対するレヴィ＝ストロースのノスタルジアは、この意味で、彼の方法によって投影された単なる形式的歪曲にすぎない。そしてソヴィエトの記号学は、二項対立を明示的に現前と不在の弁証法に同化させ、同じような矛盾は生じさせない、ということを付け加えておくべきであろう。

(3)　ここでわれわれは、記号体系の顕微鏡的分析と二項対立の構造から、もっと大きい統辞法の分析にはいる。ここでの問題は、統辞法のさまざまな経験的カテゴリーを翻訳するための一組の条件項ないし要素（たとえば二項対立のような）を発明することである。いかなるレベルであれ記号陳述と言語の修辞語《フィギュア》との最初の等価性は、それ自体では問題はない。つぎに掲げるジャック・ラカンによる修辞的カテゴリーへの同化は、このプロセスを示す十分な具体例となるだろう――

もう一度ここでフロイトの「夢判断」Traumdeutung の仕事を取り上げて、夢には文の構造、いやむしろこの仕事に厳密に即して言えば、絵解きの構造があるということを思い出していただきたい。つまり、夢には書き方の構造があって、子供の夢は原初の表意表現法を代表し、成人の場合には、意味要素の音声的・表象的使用を同時に行なう。そしてこのことはまた、古代エジプトの象形文字と中国でいまも使われている漢字の両方に見られる。

しかしこのことだって道具の解読にほかならない。重要な部分はテクストの翻訳からはじまる。そしてその重要部分というのは、フロイトに言わせれば、夢の〔言語的〕精妙化――換言すれば、その修辞法の中に与えられている。省略法と冗言法、転置法ないし兼用法、遡及、反復、並置——これらは統辞法的置換であり、メタファー（隠喩）、カタクリーシア（濫喩）、アントノマシス（換称）、アレゴリー、メトニミー（換喩）、シネクドキ（提喩）——これらは意味論的凝縮であって、フロイトの教えるところによれば、主体が自分の夢の言説を修正するための意図——誇示的ないし示威的、偽装的ないし説得的、報復的ないし誘惑的——をわれわれはそこに読まなければならない。[21]

（フロイトの夢作業のこのような言語学への投企は、その後二倍の力強さでもって、アルチュセールの歴史的出来事そのものへの適用として戻って来る。歴史的事件はフロイト的意味で因果的に〈多元決定された〉ものと見なされ、〈置換〉のプロセス（ある構造から他の構造への移動において）と〈凝縮〉のプロセスを形成するが、それが生じるのは、革命的瞬間において、歴史的構造のそれまで別々であったすべての部分が強烈な政治化の波にさらされ、たがいに同一化したときであり、それが起こるのは、政治的革命そのものが、このように究極的に「自己表現をする」基礎構造におけるより深い矛盾の〈描出〉Darstellung すなわち表象に似たものとして見られるところにおいてである。）

しかしこのような等価性は、フロイト的教義を一つの解釈法として利用可能なものとするのであるが、この段階では、翻訳の可能性以上の役にはほとんど立たない。すなわち、いずれかの修辞的カテゴリーにおけるある任意の非言語的シニフィアンの経験的分類である。この同化はじつは、さまざまな言語的ないし修辞的手法が、すべてある一つの機能から派生したものであるということが証明されるまでは有用ではなく、[22] ラカンはこのような統一化を有名なロマン・ヤコブソンのメタファーとメトニミーの対立の理論の中に見出している。例の共時的様式（重ね合わせ、共存、パラダイム的なもの）と、通時的様式（継続、連辞的《シンタグマ》なもの）との、一大包括的な対立の理論がそれである。ラカン的分析は、精神の機能をこれら二つの究極的言語的作用に翻訳しようというもので、メタファーには徴候の起源を見（一つのシニフィアンを別のシニフィアンに置き換えるという意味で）、メトニミーには欲望の起源を見る（「省略によってシニフィアンが存在の欠如を客体関係の位置に据える、その省略を可能にするのはシニフィアンとシニフィエの連結であって、それが行なわれるのは意味化作用の〈逆指示（指示し返すこと）〉の力によって、それがみずから支持するこの欠如に狙いを定めた欲望をそれに賦与するためである[23]」)。

しかしながら、この究極の対立でさえ、それがある一個の、より支配的な機能に包摂されない限り（換言すれば、なぜあらゆる比喩語がこの二つの原初的比喩語によってすべてカバーされねばならないかが正確に証明されない限り）、それは経験的な、単なる分類学上の問題にしかすぎないことになる。私が提案したいのは、この統一をパロールそのものに関したそれぞれの比喩語の共通の情況に見出してはどうか、特に、言語の通約不可能性、すなわち言語はけっしていかなるものをも表現することはできず、単に関係（ソシュール言語学）かまったくの不在（マラルメ）があるだけであるという点からそれを行なってはどうか、ということである。このようにして言語は必然的に間接性、代用に頼らなければならない。言語はそれ自体が代用であるから、その空虚な内容の中心を何か他のもので置き換えなければならず、それは内容がどんなもののようであるかをいい言うことによって（メタファー）、あるいはそのコンテクスト、その不在の輪郭を描写し、その周辺を囲むものを列挙することによって（メトニミー）、それを行なう。このようにして言語は、その本質からして、類比的であるか、物神崇拝的である。フレイザーの用語法で言えば

（彼は原始魔術の諸形式に見られる同じ一般的対立を描き出している）、その作用は同毒治療的あるいは伝染性ということになる。[24] このように比喩語そのものをその最初の情況に転換させるのは、ラカン的な原初的欠如の教義とかなり一貫し、昔のディレンマを扱う意外な方法を暗示する。だからたとえば、ごく最近ピカールのバルト攻撃[25]で改めて問題になった、伝統的な文学の方法と現代的な文学の方法との関係というやっかいな問題はつぎのような仮説によって説明することができる。内在的文学批評は、作品のかわりにその構造の描写、つまりその作品に類似した新しい「メタ言語」、を持って来るという意味でメタファー的であり、それに対して古い文学史は、現に家具とか、影響とか、創造の不在の瞬間を取り巻く歴史的時代とかを喚起することで、その不在の中にほんの一瞬物自体を垣間見させようという努力のゆえに、本質的にメトニミーから派生したものである、と。

しかしながら結局は、メタファーとメトニミーの概念はたがいに切り離すことはできず、われわれの見ているまん前で、絶え間なくたがいに変身しあう。一種の究極的二項対立として、これらはじつは、ソシュール言語学の出発点であったあの同一性と差異の基本的弁証法の一つの実体にすぎないのである。

(4)　シニフィアンの組織についての最も発達した統辞法的分析は、「プロットの文法」の名のもとにA・J・グレマスがバルト、クロード・ブルモン、ツヴェタン・トドロフなどの批評家とともに行なってきた分析である。この分析は、大ざっぱに言えばチョムスキーの生成文法に類比できるものであるが、それはさまざまな、より表層的なテクストの物語レベルを、グレマスが「アクタン（行為項）的モデル」actantial model と呼んだ、より深い構造へ還元するよう規定するものである。グレマスの言うこのモデルは、彼に言わせれば、本質的に「統辞法の構造を外挿すること[26]」であって、古いカテゴリー(言語、動詞、目的語)が最も多彩なタイプの言説という舞台に出て来て、なにやら原初的な演劇的表象行為を演じるといった、文法の二重メタファーを巻きこむと言ってよいだろう——「伝統的な統辞法での機能とは語が演じる役割にすぎない——主語は〈行動を行なう者〉で、目的語は〈行為を受ける者〉、などなど——ということを思い出せば、そのような概念によれば、この命題全体が、〈ホモ・ロクェンス〉(話す人)にとっては身分不相応な見世物ということになる[27]。」グレマスにとって、底流をなすこの「演劇的」構造こそが、哲学的であれ文学的であれ、釈義的であれ情緒的であれ、あらゆる形の言説に共通するものなのである——「しかしながらこの見世物は、それが永久的であるという意味でユニークである。行為の中身はつねに変化し、行為者も変わる。しかし発声としての見世物はいつまでも同じである。その永久性は基本的役割の分配が固定していることによって保証されているからである[28]。」

発声としての見世物の表層の中身(これには、普通の語りの登場人物と同じほどに哲学的概念とか抽象的存在物とかがかかわってくるであろう)と、より深いこの基底構造とを区別するためにこそ、グレマスは「アクタン(行為項)」という用語を案出するのであって、そしてそのアクタンとは、明確な言葉でこれを表現すれば、機能(あるタイプの演技の可能性)、さもなければ資格(一定数の属性の授与にかかわる)ということになるだろう。このような区別によってわれわれはただちに、われわれの読みを組織し直し、表層の下に働いている、ある任意のテクストのより根本的なメカニズムを認識することができるようになる。だからたとえば、ある任意の物語の登場人物なり行為者なりが、実際に二人の別々の、比較的独立したアクタンの代わりをするとか、あるいは、二人の行為者、物語の筋では独立した人格で別々の人物である者が、両方のコンテクストにおいて構造的に同一なアクタンの交替的結合とほとんど変わらない、ということもある。

グレマスはアクタンの可能な用法を仮りにつぎのように分類した。主体ないし客体として——この形では発音としての見世物の基本的出来事は客体への欲望という出来事である。あるいは方向指示者ないし被方向指示者として——この場合、基本的出来事は伝達という形を取る。あるいは最後に、行為における補助者 adjuvant ないし敵対者 opposant として。この最後の二つのカテゴリーは様式的ないし補助的なカテゴリーであって、たとえば個々の文のコンテクストでの「最大の困難をもって」とか「いともやすやすと」などといった表現にとてもよく似た統辞法的役割を果たす。

この関係から一層有意義に思えるのは、実体の言語よりはプロセスの言語を使うこと、そして構造の静的視点としての「アクタン的モデル」ではなく、テクストに対して演じられるあるタイプの作用としての「アクタン的還元」のことを語ることである。このような還元は言語学からその基本的な換算ないし体系的変形の技法を借りるのであるが、それによって分析者は、テクストに与えられた要素の代わりに交替的可能性を規則的に代入し、そして最後に、変形に抵抗する最終組の機能に達することができるまでそれを行なう。このようにして、表層レベルの物語的特定性(ここでは被害者は自分のネクタイで首を絞められる)の代わりに、われわれは一連の変形(絞殺、刺殺、射殺)を代入することができ、変形はまた変形で今度はもっと基本的な加害のカテゴリーの特定化(たとえば幽閉、略奪、殺害、凌辱)を構成する。語りの表層が何らかの基本的言語機能の、文法的な意味での叙法《ムード》をしばしば構成すると言ってよいが、トドロフは特に、その構成の仕組みを暗示的に列挙している。このようにして『デカメロン』では、愛の情熱は性交の祈願法であり、放棄はそのネガティヴな祈願法であると見ることができる。条件法はしばしばおとぎ話や中世ロマンスでおなじみの課せられた任務という形を取り、危害の仮定法は単純な脅威として表現されるだろう、などなど。[29]

われわれはここで、フォルマリズムにおける類比的な瞬間においても作用していることをすでに見たある傾向、そしてこの方法に構造的に内在する歪曲として理解しなければならないある傾向、を強調しなければならない。それは通時的出来事の共時的カテゴリーへの転換、出来事の静的概念への置き換え、動詞の新造語への置き換えのことである。グレマスはみずから、言語学的分析の上に垂れこめる一種の有害な魔力として、この傾向を引きあいに出している――

それは、関係のことを語るために人が口を開くたびごとに、あたかも魔術にかかったかのように、その関係はたちまちに実名詞に転換してしまう、つまり言い換えれば、新しい関係を仮定することによってまたその意味を否定しなければならない用語（条件項）に転換してしまう、そして以下同様、という傾向である。意味について語る目的のためにわれわれが想像することのできるあらゆるメタ言語は、結局は有意化言語であるばかりでなく、実体化言語でもあり、あらゆる意図的ダイナミズムを概念的用語法に凍結してしまう。[30]

思うに、アクタン的還元の純粋に分類法的効用（物語において支配的なさまざまな抽象的カテゴリーによって語りを分類する効用）が結局不満なものに終わるのは、おそらくこの理由からである。事実、グレマスのモデルは、生成文法と同じく、分析と統合の二重の動きを内包し、サルトルが別な関係から前進的＝後退的方法と呼んだ方法を構成する。このようなモデルの適用がこのようにして完成するのは、分析者が基本の深層構造を切り離して、その中から単に原テクストだけでなく、そのモデルから生じうる他のすべての変種をも生成することができるようになったときにはじめて可能なのである。構造主義者が〈結合体〉combinatoire と呼ぶのはこの生成メカニズムのことである。したがって観念的には、このような分析にはまずテクスト集団というものが前提となる。

ある任意のテクストの中では、確かにアクタン的還元が二重の機能を果たすだろう。水平的には、中世ロマンスのような長大で挿話的な形における幅広く分離した部分部分の統一のための機能であり、ここでは、終わり近くに起こる特に秘密めいた出来事が、じつは、冒頭のもっと透明な出来事の単なる構造的反復――あるいは逆転――にすぎないことを証明するのが有益であることになるだろう。垂直的には、あらゆるレベルの言説で作用していて、ある地点では行為として、ある地点ではイメージの形として現われ、さらにある地点では心理的認知ないし文体上のマンネリズムとして分節化される、ある同一のメカニズムの実証のための機能である。グレマスはこのような意味そのものの究極的な核細胞のために、もっと違ったタイプのメカニズムを提唱していて、それは現在のモデルの演劇的類比をまったく使わないものなのであるが、このことにはいずれ後段で触れる。語りの〈結合体〉、つまり物語生成のメカニズムの大規模な論証をするには――たとえばグレマス自身が、恐怖というものを学びたいと思っている少年の物語のリトアニア版の研究[31]においてやったような論証のためには――その本質的な構造上の限界つまり〈禁域〉clôture を明示する必要があって、それらを説明するには内部的方法と外部的方法がある。内部的には、構造的限界は要するに、そのモデルに内在的に可能な順列と組合わせの総数にすぎない。それに対して外部的限界は歴史そのものによって設定され、それは現実化のための一定数の構造上の可能性をあらかじめ選ぶ一方では、その他のものを、任意のある地域の社会的・文化的風土の中では考えられないものとして排除する。このようにして、ローマカトリックのリトアニアでは、父性と神聖との機能が一個の行為者ないし人物に重ねて置かれるという論理的には可能なはずの物語の変種が排除されなければならない。神父を父親と想像することはできないからである。そのため、もっと複雑な解決法、兄が神父の役を引き受けるとか、さもなければ父親が息子を代理人に託し、それがじつは神父であったというような解決法が、かわりに採用される。

このようなモデルを一人の作家の全作品の研究のために提唱することができる（これはレオ・シュピッツァーとかジャン＝ピエール・リシャールなどの古い文体論の領域で、その具体例はグレマスがそのベルナノス論の中で与えてくれている）(32)。あるいはまた、文学史上の任意の、同質的な時代のさまざまな作品の研究にも利用することができる（ここでは材料そのものが、芸術史家の関心の対象である時代区分という問題にかかわってくる、と同時に、リュシアン・ゴルドマンの名と結びついた例の同質性ともかかわる）。

このようなプロットの文法という考え方からわかることは、概念史におけるのと同様に文学においても、われわれはある世代あるいはある時代の作品をある任意のモデル（あるいは基本的なプロットのパラダイム）によって見るということ、そしてそれがつぎに、多くの可能な仕方で変形され分節化され、ついにはやがて使い尽くされたところで新しいモデルに代わる、ということである。このような考え方の利点は、新しさとか革新といったようなこと（このことをフォルマリストがいかに本質的に文学的プロセスの原動力であると考えていたかについてはすでに述べた）を、文学作品の創造者の心理ではなく、むしろ文学的対象そのものの構造に求めようということにある。

バルトが通時態を真正の歴史そのものから区別した（そして歴史はその重厚な安定性、その〈持続《デュレー》〉において、共時態的なあるものとなる）、そのときの彼の逆説的反転の意味はまさにここにある。「ヌヴォー・ロマン」と、それが取ってかわった参加の文学との関係について、彼はつぎのように言う――

> 私自身としては両者の交替の中に、ファッションを特徴づける可能態の純粋に形式的な循環のプロセスを見たいと思う。一方には一つの「パロール」の枯渇とその対立項への転移があり、もう一方では、「差異」が歴史の原動力ではなく、通時態の原動力となっている。歴史そのものが介入するのは、これらのミクロ＝リズムが乱されたとき、そしてこの種の形式の差異的定向進化《オーソジエネシス》（系統発生）がまるまる一組の歴史的機能によって不意打ち的に妨害を受けたときだけである。説明の必要があるのは永続するものであって、「循環する」ものを説明する必要はないのである。[33]

このことの意味は、言うまでもなく、構造主義者にとって、客体の歴史あるいは表層の現象の歴史はもはやモデルの歴史に取って代わられているということである。この考え方のことはあとでもう一度述べる。

(5) 前の各節では、シニフィアンの構造分析の二つの形（われわれはそのそれぞれの特徴を音韻論的と統辞法的というようにした）を見た。そして〈構造〉という用語が最も適切に適用できるのがこの次元である。ラカンの心理分析が「象徴的秩序」と呼んでいるのもこの次元のことであって、この理念は、われわれが本節で調べる予定の、シニフィアンの次元の例の過大評価を刺激するのに影響があった理念である。

ラカンにとって「象徴的秩序」とは、幼児が生物学的無名性を抜け出て、徐々に言語を獲得するときに、やがてはいっていく領域のことである。それは没個人的あるいは超個人的ではあるが、同時に、自己同一性の意識そのものを発生させるものでもある。意識、個性、主体などは、それゆえ、やがて見るように、言語そのもの、あるいは「象徴性」そのもののより大きな構造によって決定される二次的現象である。このプロセスを例証するのに、ラカンはポーの『盗まれた手紙』の循環プロットを選んでいるが、この作品では、反復強制におけるのと同様、同じ出来事が二度演じられ、行為者はそれぞれの異本において別な場所を占める。話の中心は手紙そのもので、それが中断ないし延期された伝達一般の象徴、あるいはシニフィアンの自律性の象徴の役を果たし、それに与えられる新しい意味とか新しい効用などにはおかまいなしに、自由に世界を浮遊する客体として、つぎつぎに新しいタイプの価値を吸い取りながら、わが道を行く。王様自身の目の前という、考えられる限りで最もあからさまな場所に女王によって隠された手紙は、厚かましくも大臣によって取り上げられ、その大臣から今度は、大臣がそれを隠しておいた最もあからさまな場所からデュパンが取り上げる。このようにして大臣みずからが、基本的言語学的循環という点から言えば、自分の立場の一機能となる。彼、そして他の人物は、みずからの人格＝実体を持たず、内在的存在も持たない。むしろ彼らは、言語学的情況あるいは「象徴的秩序」そのものに関して、みずからの立場からその存在を引き出す。(34)

しかしながら、シニフィエに対するシニフィアンそのものの優位性についての理論という点からこのプロセスを定式化し直したのは、レヴィ＝ストロースであった。本来方法であったもの（構造分析の目的のためにシニフィアンを分離すること）が、結局はシニフィアンそのものの優先性についての形而上的前提要件となるものに方向転換して変わっていく、このことを目撃するのはまさにこの地点なのであり、これが、彼がシャーマニズムとの関連で最初に言い出した「シニフィアンの剰余」という理念の意味なのである。レヴィ＝ストロースにとって、シャーマン的「治療」とは、儀式とか神話学の象徴的体系の中で、シャーマンが純粋シニフィアンの空虚なる連なりを提供するという事実に帰せられるべきもので、そこでは、自由に浮遊する、いまだ表現されず、表現しえない患者の情動状態が、突然に分節化し、自己解放を行なう。これが彼の言う「象徴的効力」である——「治療は、最初に情緒的な用語でのみ与えられた情況を考えられないものにすること、肉体が耐えることを拒否する精神の苦痛にとって受け入れられるものにすることにある[35]。」しかしながら、この分析が関係するのは、問題の思考の形式ではなくむしろ内容であることに注意しなければならない。患者の精神が安らぐのは、シャーマンが特に満足すべきタイプの魔術的説明を与えてくれるからなのではない。むしろ、まず第一に分節化された思想（言葉のない苦痛ではなく）を許すような、空虚な記号体系が利用可能となる結果として、それは起こるのである。

「シニフィアンの剰余」というこの理念は、シャーマン的情況の限界を大きく越える意味あいを持つ。（たとえレヴィ＝ストロースが、そのプロセスを心理分析——現代の「シャーマニズム」——と較べることによって、みずからその限界を故意に拡大したとしても、このことに変わりはない。）そしてその意味あいには、われわれに与えられるすべての新しい象徴的体系に対するわれわれの関係がかかわってくる。

「この人間の知的条件、つまり世界はけっして十分な意味作用はしないし、また思考はつねに、それが接触を持つことのできるかくも多量の対象についてあまりにも多数の意味化作用を行なう、という知的条件をわれわれが正当に評価することを可能にしてくれるのは、この象徴的機能の歴史のみである。[36]」これ以後、思考のプロセスそのものは相対的に形式的なものになる。たとえば一貫した体系としての構造主義へのわれわれのアプローチには、さまざまな理論や仮説の実験がかかわってくるというよりは、新しい言語の習得がかかわってくる。そしてそれを測るのにわれわれは、古い用語法から新しい用語法へと転換することのできる翻訳の量によってそれを行なう。ついでに言っておけば、それだからこそ、この種の新しい体系によって発生する知的エネルギーの途方もない爆発というものが起こるのであり、それによってまさに、知的運動という理念も定義されるのである。しかしこのようにして放出された知的エネルギーのうち、結果的に新しい理論となるのはほんのわずかにすぎない。行なわれた作業のうちの圧倒的な量は、単に、古い用語を新しい用語に翻訳するプロセス、すなわち、麻痺した認知とか知的習慣とかを新しい、異質な知的手続きを通過させることによって、そして新しい知的パラダイムを徹底的に適用することによって、際限なく復活させるという、疲れを知らぬプロセスにすぎない。[37]新しい発見がなされるのは、私の考えでは、古い用語法が曖昧なままにしておいたり、あるいは自明のことと考えていたりした現実の片隅を、新しいモデルが拡大したり、焦点を当て直したりした結果として起こる。しかしこのような発見もまた翻訳のプロセスの中に同化されてしまう。

シニフィアンの剰余という考え方は文学そのものの機能の変化を説明するにも有用である。一九世紀においてすら、明らかに作家はある特定のタイプの製品の供給者であった。このコンテクストからあえて言えば、ディケンズの「スタイル」というのは、ある形の包装、マンネリズム、つまり彼が社会的役割として提供してきた小説という製品に対する迷惑な、あるいはありがたい「付録」ということになる。しかし現代では、小説家が供給するのは明らかに「スタイル」そのもの、あるいは「世界」ないし世界観である。少しずつ彼は、それが一連の分冊形式で自然に形をなしていくままにするという昔の作家の習慣を放棄して、誰ひとりもはや「小説」という名で呼ぶ者のいなくなった一個の巨大な作品として、それを一挙に具体化しようと試みる。したがって、スタイルとか世界観とかいう理念に含まれる矛盾は、小説家は記号体系すなわちわれわれが通時的に習得する共時的総体を精妙化するプロセスにあるのだと理解すれば、解消してしまうのである。そして小説家がみずからあるモデルないし記号体系の無意識な生産者であることを自覚し、そこで意識的生産を決心するとき、小説家自身の活動そのものの方向が変わる、ちょうどそのように、読者の活動もまたそのような小説の消費者としての活動を止め、むしろ一連の宗教的回心と似たものになる。読みのプロセスはいまや新しい記号体系の修得なしにはありえず、われわれはたまたまD・H・ロレンスが書いた小説を読むのではなく、むしろその特定の小説を通してわれわれはD・H・ロレンスの記号体系全体にアプローチする。そしてわれわれはそれを、現実世界の表象としてではなく、現実世界と現実経験のぶざまに広がる物質を再分節化し、それを新しい関係の体系に作りあげるための、シニフィアンの剰余として、検証する。それはシャーマンの治療同様に満足すべき分節化であって、それとかなり似た機能を果たす。(しかしながら、文学とはモデルを作ることであるというこの理念は、構造主義に潜在する唯一の理念ではなく、このことについては、のちに『テル・ケル』を中心としたグループの目的を調べる段になったときに述べる。)

究極的に、もし思考のプロセスが現実の対象ないし指示物への妥当化作用に関係するというよりは、シニフィアンのシニフィエへの調整にむしろ関係があるとすれば（この傾向はソシュールの本来の記号という概念にすでに潜在している）、伝統的な「真理」という理念そのものが流行遅れになる。バルトは何の躊躇もなく、この理念のかわりに「内的一貫性による」立証という理念を提唱する——

もし単一の形をした修辞的シニフィエが一つの構築物にすぎないとすれば、この構築物は一貫性を持たなければならない。つまり、修辞的シニフィエの内的蓋然性はこの一貫性に正比例して確立される。実証的な証明あるいは現実の実験法といったことになれば、このような内的一貫性などという観念は役立たずの「立証」と見えるかもしれない。それでもわれわれはそれに多少なりとも、科学的とは言わぬにしても、自己発見的な身分を与えたいと思う。現代批評の一部門は主題的方法（これは内在的分析に適当な方法である）によって創造的世界を再築することを目的とする。そして言語学では、体系の実在性を証明するのは、その体系の一貫性である（その「有用性」ではない）。そして現代世界の生活における歴史的な実際的重要性を過小評価するつもりはまったくないけれども、マルクス主義理論とか心理分析的理論が残した「効果」を検証してみれば、それらの理論が十分に利用し尽くされたとはとうてい言えない。じつはこれらの理論の「蓋然性」の決定的な部分はそれらの一貫性に負うているのに、である。(38)

ここで注意したいのは、「整合性」ということでバルトは問題の記号体系の範囲と複雑さのことも考えているらしいということである。つまり、単なる記号としての内部的一貫性だけでなく、可能な限り最大のシニフィエの量を吸収する能力のことである。いずれにしろこれは、本書の終わりで検討する予定の、グレマスの一種の超越作用としての真理観とはいくぶん違ったタイプの規準ということになる。

シニフィアンが優先するという考え方（すでに述べたようにこれは一種の形而上的前提要件である）は、構造主義的モデル理論の中に理論的成就を果たす。というのは、このあとすぐに見るように、主体がもしもっと没個人的体系ないし言語構造の一機能であるのなら、その主体によって案出されるさまざまな意識的位置と哲学的解決法もそのために価値を低減される。構造主義というのは、ことさらにデカルト的・サルトル的〈コギト〉の仰々しい思いこみを徹底的に拒否するのである。

しかしそれにもかかわらず、構造主義は正統的唯物論（こうした唯物論にとって、思考とは物質の産物にすぎないのであるが）に内在する意識的思考の絶対的価値低減に戻ることはない。新しい構造主義的モデル理論を作りあげるのに責任があったのは、他の誰よりもまずアルチュセールである。彼の解決法の独創性を強調するには、基礎構造と上部構造の対立を、精神そのものの閉塞領域へ、つまり上部構造の中への再挿入であるとしてそれを説明するのがよい。すでに上に見たように、もし哲学的位置がある任意のパラダイムないしモデルについての体系的変奏をほとんど出ないものであるとすれば、重要なのは個々の位置そのもの（上部構造の中の一種の上部構造）というよりは、問題のそのモデルの概念的限界ということになり、それが今度は思考の、「理論的実践《プラクシス》」の、一種の基盤となる。そしてそこでそれは観念の歴史に対するあるタイプの基礎構造として機能する。このようなモデルの実在、あるいは観念化の基礎構造のことを、アルチュセールは「プロブレマティックなもの」、すなわち問題複合体と呼ぶ。これが思考に対して、思考がみずから措定する意識的問題に対して、その解決法に対してと同様に、究極的制限として作用するという意味で、この問題複合体はそこで行なわれる思考過程を「決定」する。これが、すでにいくぶん違ったコンテクストの中で見たように、「禁域《クロチユール》」、すなわちある任意の世代の思考過程を支配するモデルないしパラダイムに内在する概念上の最高限度《シーリング》なのである。その意味は、ある任意の世代は全体としてある任意の「プロブレマティック」の中で生じ、「プロブレマティック」は歴史的瞬間そのものと一体であるということである。したがって真の歴史的変化と感じられるのは、発展ではなく――というのは、あるモデルを与えられても、知的作業が行なうことは単にその適用とか探求とかにすぎないので――古い問題複合体のかわりに突然に新しい問題が置かれたときである。このようにして、上部構造の世界がみずからの外の現実の歴史の世界における地理的移動を感じるのは、問題複合体の仲介を通してである（そして特に、バシュラール*にならってアルチュセールが〈認識論的裂け目〉coupure épistémologique と呼んでいる、あの問題複合体における移動の瞬間においてである）。このような歴史的変化の概念はすでに言語理論ではおなじみのもので、ヤコブソンはそれを（突然）変異と命名したのであった。上部構造における変異は、少なくともそれ自身の内面的歴史という観点からは、どうにも分析的作業の対象にはならないようだ。というのは、それはどこか外側で起こった地震の理解不能な結果のようなものであるからだ。理論家が扱うことができるのは、個々の哲学的位置ないし観念と、その基礎となっている本質的モデルあるいは問題複合体との関係であって、このような観念の背後のモデルを捜す作業のことをデリダは「ディコンストラクション」と呼んだのである。

このような構造主義的モデル理論が独創的な点は、歴史的に相互に十分な関係を持つことのなかった二つの領域、すなわち公式の哲学と観念の歴史、を一つにしたこと、別の言い方で言えば、観念の歴史そのものの方法と実践に体系的な、まさに哲学的な基礎を与えたことである。それ以後、観念史はもはや潮流とか観念同士の類似とかいったことではなくなり、むしろ、観念の背後にある客観的体系についての厳格で制御可能な研究様式となる。現にそのような形で、それはバシュラールやコアレ*のような科学史家によって長いこと実践されてきてもいて、彼らの扱う材料は自然に、解決法ないし変種ともう一方の基本的モデルとに分かれる。そうしたまだ未完成なままの構造主義的モデル理論の中で最上の具体例の一つが、T・S・クーン*の『科学革命の構造』である。これは独自に展開された著作であるが、それだけに、公式の理論とか運動とかの影響とはまるで無関係なところで、われわれの世代の思考プロセスを支配する構造的な、あるいはモデル形成的な「プロブレマティック」の存在の証拠ともなるものでもある。しかしながら、アルチュセールの解決法の観念論的性格は、それとじつによく似たR・G・コリングウッドの「絶対的前提要件」の理論と比較することで判断できるだろう。しかし理論としてはそれは、比較的流動的なソシュール的なパロール対ラングの関係を解決するのに、後者(モデルないし体系)を前者(パロール)が一つの可能な返答であるような情況とすることによって行なう、という利点を持つ。

(6) さてわれわれが、構造主義的な体系の優先性とか「プロブレマティック」とか「象徴的秩序」とかの強調という観点から意識とか主体の位置を再評価するとき、どうしても探求しなければならない領域を示す「無意識」という言葉がある。すでにもう明白なことであるが、構造主義者にとって無意識と意識との関係は、物質と精神《スピリット》、肉体と精神《マインド》、一義的にはシニフィエとシニフィアンとの関係でさえない。ラカンにとって無意識な現象を主体の知から隠蔽するという事実は——

> ……ほとんどまったく問題にならない。このシニフィアン連鎖の構造が開示するのは、それが述べていることとはまるで違った何かを言うために私が自由にそれを使えるという可能性——その言語が私自身と他の主体たちに共通であるという程度に——なのである。それは、主体の（だいたいにおいて定義しがたい）思考を変装させる技術、つまり真理を求める主体の場所を指示する技術よりは、発話においてもっと強調される価値のある機能である(39)。

ラカンのいう無意識とはそれゆえ、ときおり意識の領域の中に侵入して来たり、夢という変装によってその存在をそれとなく知らせてくれる、われわれがフロイトのイドについて抱いていたイメージ、あの暗い内奥の欲望の貯蔵場所のことではない。むしろそれは絶対的な透明性、われわれの個々の精神よりも無限に広大で、われわれの精神の発達はその無意識の内部の精神の位置によっているというそれだけの理由で無意識であるようなものである。

> 原始的な深淵から湧きあがり、より高い意識のレベルに上昇して来る、何か鈍く、重く、醜悪で野蛮な、まさに動物的な、そういう無意識の欲望が存在するからこそ無意識が存在すると考えるのは間違いである。それとはまったく反対に、無意識があるから、つまり、その構造と効果において主体を逃れる言語があるから、そして、言語のレベルにおいて意識を越えるものがつねにあるからこそ、欲望が存在するのであって、欲望の機能が位置するところはまさにそこなのである(40)。

したがってラカンにとって心理的・情緒的深さとは、みずからの内奥の（無意識の、過去の、あるいは何であれ）深淵に対する主体の関係の中にあるのではなく、むしろ、すぐあとで見るように、言語的回路によって内包される「他者」に対する自己投影的関係、そしてそのあとではじめて、第二の自我《アルテル・エゴ》あるいは鏡像に対するように、自分自身に対する関係にある、ということなのだ。

このようにして意識というのは言語学で言う「移動語《シフター》」と似たものになる（これはヤコブソンの用語で、メッセージの送り手の場所を指示し、実際にコンテクストに応じてその指示対象を移動させる代名詞のような語のことを言う）(41)。「私は文字たちに挟まれた語であった」というようにドニ・ロシュ*は、この主体感、意識感を、安定した実体というよりはむしろ一種の構築として、古い意味でのエゴというよりはむしろ関係のあり場所として、表現している(42)。このように、ある種の構造主義者にとっては、神経症と精神病の間の距離の一種の倫理的再評価があって、両者はいまやまったく別な現象である。神経症というのは、みずからを認めることのできない抑圧の動きで、一つのシニフィアンから別のシニフィアンへの飛躍をくい止めるのに、一個のシニフィアンに固着することによって、何らかの形で超越的なシニフィエ、あるいは一つの神をみずからに選ぶことによって、それを行なおうとするものである。それに対して精神病は、ある任意のパラダイムについてのあらゆる可能な変種を書き出したものにすぎない――

フロイトにとって偏執病が取りうるさまざまな形はすべて、ただ一個の「私は彼を愛する」という基本的命題に反駁するさまざまな方法から結果する、ということが知られている……。もしフロイトが言うのが、観淫症／露出症の倒錯とサディズム／マゾヒズムの倒錯とが同じ本能の対立形であるという意味ならば、われわれはそれらの中にある任意の言表を変形させるさまざまな方法を見てよいということになる。このように、サディズムとマゾヒズムを結合させることは、主体のなんらかの基本的「性質」ないし神秘的決定に訴えるであろうような何かよりも、テクストと文法的機能を優先させるということから結果的に生じるであろう。サディズム的性質とかマゾヒズム的性格はなく、あるのはただ、その条件項が移動する一個の言表の特定の効果だけである(43)。

一つの運動としての構造主義の最もスキャンダラスな面――マルクス主義者（アルチュセール）にも反マルクス主義者（フーコー）にも同様に見られる戦闘的反ヒューマニズム――は、人間性とか、人間（あるいは人間的意識）は人間研究の理解可能な実在ないし分野であるという理念などの古いカテゴリーの拒絶として概念的には理解されなければならない(44)。しかしながら、倫理的ないし心理的観点からはつぎのことが指摘されなければならない。このような「象徴的秩序」を持ち上げるということは、それに付随して、昔ふうの主体とか個人、および個の意識を屈辱的な地位におとしめることにもなり、けっしてこの立場の代弁者たちが言うほどに問題がないわけではないのである。特に、もし「象徴的秩序」があらゆる意味の源であるとすれば、それは同時にあらゆるクリシェの源でもあり、われわれの文化を充満させているもっと低劣な「意味効果」すべての源泉そのもの、ハイデッガーの言う意味での不確実なるもののまさに巣窟である。資本主義以前の、それどころか個人主義以前の、民話とか神話とかについての構造的研究を強調するあまり、おそらく不明になってしまったこの教義の一面がこれであり、そのためわれわれは、現代の社会において、冷たい社会すなわち原始文化の「神話」や「野生の思考」に当たるものがじつはジョイスでもフッサールでもなく、むしろベストセラーや広告文、バルトの言う「神話学《ミトロジー》」であることを忘れてしまっている。(45)であるから、われわれが言語に所有されて、われわれが自分で言語を書いていると信じているときでもじつは言語がわれわれを「書いている」という事態は、ブルジョワ主観主義からの究極的解放などであるよりは、むしろ制限的情況なのであって、それに対してつねにわれわれは戦わなければならない。このように、「象徴的秩序」が精神的征服を表象すると言えるのは、それが取って代わった架空の段階という有利な地点からである。というのは、主体の死とは、もしこれが未来のなんらかの社会主義世界の集団的構造を特徴づけるとされているのだとすれば、同時にそれはポスト産業独占資本主義の知的、文化的、精神的退廃をも十分に特徴づけるものでもある。

しかしながらわれわれは、構造主義のこの本質的主題を、構造主義独自の内在的発見というよりは、構造研究の中のもっと基本的なある傾向、すなわち翻訳・解読の重視、をいわば動機づけるものとして見ることもできるであろう。

事実、特徴的なイメージ用法——地質学的隆起とか知の考古学とか——は、このような構造主義的活動の特徴を与えられたものの表層を越えること、現象の背後の、まったく違った性質を持った現象ないし力の存在を推論することを繰り返し主張している。このような解読への情熱をレヴィ＝ストロースほどにうまく表現した人はいない。彼は「子供時代から私を地質学に駆り立てた強烈な好奇心」のことを語りながら、「ラングドック地方の石灰質高原の断面の二つの地層の接線を追ったこと」を回想してつぎのように語る——

あらゆる景観は巨大な無秩序として現われ、そこに望みどおりの意味を勝手に与えることができる。しかし農業的実験、地理的偶然、歴史時代と先史時代の変身を超越したかなたに、すべての他のものに先行し、それに命令し、そしてそれに大部分の説明を与えてくれる意味、他のすべての意味の中で特に重大であるわけではない意味があるのではないか。その薄くにじんだ線、岩の残骸の中に残された形と粘稠度のほとんど見分けがたい差異が、今日私が乾ききった土壌を見ているところで、遠い昔に二つの大洋が時代を異にして接していたという事実を証言している。途中のあらゆる障害を乗り越え、急な断崖、地すべり、やぶ、耕地を越えて、小路や柵などにもお構いなしに続いてきた、数千年の停滞の証拠をたどろうとするあまり、人はまったく方向感覚をなくしてしまうように思える。しかしこのような不服従にはもっと高位の意味（maître-sens）――確かにかすかで迂遠なものではあるが、しかし他の意味のそれぞれがその意味の部分的な、あるいは変形された置き換えであるような意味――を取り戻すという目的を持っている。現に奇跡がときに起こるように、いまここに奇跡が起こったとしよう。ひそかな裂け目の両側に、種の異なる二つの緑の植物が、それぞれ最も適した土壌を選んで現われたとしよう。岩そのものの中に、まったく同じ瞬間に、複雑な渦巻きを持った二種類のアンモナイトを、それぞれの模様の違いから両者の間に数万年の距たりがあることがわかるアンモナイトを、見たとしよう。そのとき、突然、時間と空間が混じりあい、その瞬間の生きた多様性はさまざまな時代を並列させ、それを不朽のものとする……。私自身はより深い理解能力の波に洗われて、その中でさまざまな時代と場所とが応答しあい、ついに共通のものとなった言語を語りあう。(46)

現実の持つ本質的に暗号書記法的性質へのこのような愛着を見れば、なぜレヴィ＝ストロースが、人類学を歴史学（その対象は意識的行動）と区別して、その対象を無意識およびその体系（これを解読するために、利用可能なデータを用いる）であると主張するのかがわかる。[47] 同時にまた、なぜマルクスとフロイトがともに、レヴィ＝ストロースだけでなく構造主義全体に対して理論的にアピールするのかもわかる。フロイト理論は「地質学がその規範《カノン》をなすところの方法を個々の人間に適用すること」[48] であるからである。そしてフロイト主義とマルクス主義が地質学と共通するのはつぎのような確信なのである——

理解とはあるタイプの現実を別なタイプの現実に還元することからなり、真の現実とは明白に表面に現われたものではけっしてなく、真理の性質を測るにはそれが捉えがたい度合によればよく……〔生きた経験と現実との〕二つの秩序間の移動は不連続であり、現実なるものに至るには、まず実在的なるものを否認し、そのあとではじめて、あらゆる感傷主義を除去したあとの客観的総合の中にそれを統合すること。[49]

したがってわれわれがここで改めて見るのは、すでに別なところでもっと詳細に述べた[50] 象徴の哲学と記号の哲学との敵対関係、すなわち、シニフィアンとシニフィエ、おたがいの間でのさまざまな記号体系、そしてまさに記号とその指示物とがたがいにともかく同質であるような視点と、それに対して、記号だけでなく、記号体系そのものについてさえも、これらのレベル間が基本的に不連続であること、つまりその恣意性を主張する視点との間の敵対関係である。このコンテクストからわれわれはわれわれの概念上の優先性を逆転させて、フロイトの無意識観を単に記号の恣意性についてのそのような教義のうちの最も影響力を持った教義の一つとして、あるいはラカンの表現を使えば、あの有名な精神のための定式S－sにおけるシニフィアン(S)とシニフィエ(s)とを分離する横線としてもよいかもしれない[51]。いずれにしろ明らかなことは、文学的分析のコンテクストからは、両方の概念とも——無意識の概念と言説のレベル間の恣意的関係の概念とも——本質的にある特定のタイプの解釈作用の比喩表現であって、そこでは、最初の素朴な読みは二番目の、分析的な読みに取って代わられ、その二つの読みの間の何らかの基本的不連続が最初から予想されている、というかむしろ規定されているのである。このようにして、昔の「内在的」批評の第二の読みが、あくまでも最初の印象に忠実に、それを分節化し、さらに精妙に意識化することだけを狙いとしていたのに対して、新しい構造的解釈は、その第二の読みの間、それまでテクストの「自然な」読みの間は無視されていた、非機能的な、一見無意味と思える要素に対してのみ向けられる。全面的に遊離し、冷静なこの読みは、ちょうど分析家が誰か他人の夢の目録作りをするように、テクストの目録作りを行なう——たとえば、主人公が支配的な母親（と何回もの離婚歴）を持つとか、そのスパイには妹がいて、その妹が一度は変装して彼の妻の役をやらせられたとか。このような解釈（われわれがスリラーや恋愛物語と考えていたものが、じつは、二つの違ったタイプの部族パターンであることを証明するような解釈）に内在する驚きの威力は、もっぱら、われわれが作品を最初に読んだときに、根本的な二項対立がそこから展開するはずのこれらの微細な意味化要素を無視して来たということから来ている。

もちろん究極的には、シニフィアンとシニフィエとの間に何らかの本質的異質性があるという教義は、フーコーとデリダの場合、西洋の哲学的・形而上学的伝統の根源的批判の道具となるだろう。なにしろこの伝統は、経験と知、言語と思考との同一性をつねに強調し、全面的存在の理想、究極的な単一義的概念の蜃気楼の記号のもとに、その仕事を実行して来たのである。(52) まず第一に言語の話し言葉の次元を基礎にした言語モデルの投影としてはじまったものが、書記法《スクリプト》（エクリチュール）の理論に究極的に変身してしまうのは、この理由からなのである。

3

(1) シニフィエの次元の研究は（言語学に対するものとして）構造的意味論とか記号学的意味論と呼ばれてきた。しかしそれにもかかわらずそれがはなはだしく逆説的な事業であることに変わりはない。シニフィエをそのようなものとして考える考え方そのものが、それが一つの一貫したシニフィアン体系としてすでに分節化されているということ、つまり、意味化され、それ自体の記号体系の中に再構成ないし同化されているという意味で溶解しているということを前提としているとも思える。パロールそのものの構成的発現行為がなければ、われわれはシニフィエを「いわば巨大なクラゲにもたとえられるような、分節的明確さも輪郭も不確かな、曖昧な概念の塊り(53)」としてしか考えることができない。それ以外のやり方でそれを語ることは、説明の都合からシニフィエをそのようなものとして取り出すことでさえ、それがすでに何らかの決定的なタイプの組織的構造体を見つけたということ、あるいは言いかえれば、われわれがシニフィエと考えて来たもの、あるレベルで、ある特定のタイプのシニフィアンに関して、じっさいにシニフィエであったものが、別なレベルでは、そのシニフィエのなんらかの低いレベルに関しては、それ自体が一個の意味作用体系であった、というように一種の無限後退に陥ることになるだろう。この時点でわれわれにできることは、シニフィエ／シニフィアンの対が持つはなはだしい構造的非対称性、つまり前者は一種の自由浮遊的な自律的組織体として存在しているのに対して、後者は裸眼で直接見ることがけっしてできないということを指摘することだけである。

(2) しかしながら構造主義運動におけるロラン・バルトの特権的地位を作りあげているのは、ある曖昧さである。というのは、構造主義を特徴づけている特有の役割と専門領域の分布においては、レヴィ＝ストロースが人類学を確保し、ラカンとアルチュセールとがそれぞれフロイトの解釈とマルクスの解釈をエネルギー源とし、デリダとフーコーは、前者が哲学史、後者が観念史のそれぞれ書き直しを約束し、そしてまた一方では、グレマスとトドロフは、言語学と文学批評一般を科学に変形させることに専念し、ここではメルロ＝ポンティが、もし長生きすれば、哲学そのものの中央の席を占めたであろうような、そういう情勢の中で、ロラン＝バルトに回ってくる残された役割は、本質的に社会学者の席であるということになるだろう。事実、広告とイデオロギーに充満した文明における架空の対象や文化制度などの基本的には社会学的な研究といってよいものをやっているのが、バルトであり、彼の『神話作用』は、時事的ニュースのピンナップを寄せ集めたすばらしい絵本（ボクシングの試合、誰かの新しい『フェードル』、冬季競《ヴェル・》輪場《ディヴ》での〔福音伝道師〕ビリー・グレアム、旅行案内書《ギド・ブルー》やステーキ・フリットの神話、ストリップ、ニューモデルの車）、『モードの体系』はファッションの構造研究、『記号の帝国』〔邦訳『表徴の帝国』〕は日本列島に限なく存在するさまざまな記号――人体や形式美を持った庭園という文字で書かれた巨大なスクロールないしテクスト、障子と学生のヘルメット、茶の湯とトランジスターラジオ――を読んだもの、そして最後に、文学的記号、社会制度としての文学の理論がある。

　しかしもちろんバルトはまず第一に文学批評家と考えられている。上に掲げたいくぶん奇抜な特徴づけが第一に有用なのは、文学作品そのものの構造自体が持っているある種の奥深い曖昧さ、それが他の、もっと本来的に社会学的な記号体系に同化され、そしておそらくそのためのパラダイムとして機能することを可能にするような、文学の言語的構成が持つ何かを指し示すことがある程度までできるからである。このことが最も明白になるのは、バルトが扱わねばならないシニフィエのタイプ、彼の研究の特権的対象、あるいはもっと古風な表現をすれば、彼が強迫観念的に取りつかれているテーマあるいは素材を分離して取り出すことである。というのは、すでに見たように、実験の目的のためにそのようにシニフィエから分離できるのは、非常にはっきりした内部構造を持ったシニフィエだけなのである。

　バルトの認知の最も典型的な対象を特徴づけているものは、私の考えでは、意味《シニフィエ》された物の中の一組の二重標識、それぞれに還元不可能で、通約不可能で、まったく違ったレベルで作用している二重機能を持った構造である。それはまるで、二つの異なったタイプのシニフィアンを投影し、その交差部分にあると思えるこのような曖昧な構造を持ったシニフィエのみが、記号の透明性の下で一種の濃密さ、一種の抵抗として感じられるかのようだ。この二重構造は最近のバルトの著作に明示的に語られている。ファッションの対象、服飾上の項目は（少なくともそれがファッション雑誌に記述されている限りにおいて）同時に上流社会とファッションそのものを意味する。それぞれの項目は二つの可能な効用を持ち、それは同時的に行使することができる。一方では、金持ちとその生活様式との空想上の一体化を可能にし、他方では、現在流行しているものすべてをそれ自体で一時的に具現化させるファッションの記号として働くのである。

しかしこの同じ二重構造はバルトの初期の著作にも暗示的にあった。たとえばミシュレのことを書いた書物の中で、バルトはある任意の地点における歴史的テクストに対する二つの同時的動機づけを仮定している。歴史そのものの線的な公式の物語（バルトはこれは取り上げない）と、実存主義的テーマおよびモチーフの一種の結合体《コンビナトワール》ないし相互作用、この時期のバルトに特徴的な比喩表現を使えば、水平次元と垂直次元の交差とがそれである。それに対して『ラシーヌについて』では、批評家の実践は、社会的儀式として、慣習的光景としての遊戯、社会秩序の制度化された記号としての古典的言語と、それに対するフロイト的強迫観念、象徴的成就、精神的空間などのより深い、私的なゾーンとの間に、ある緊張を生み出す。事実、最も最近の研究である『サド、フーリエ、ロヨラ』では、バルトはもう一度そのような記号と肉体との緊張の描写に戻っている。というのは、これら三人の明らかに異質な対照をなす著作家たちが創造しようとしていたのは、新しい言語すなわち記号体系なのであり（サドの乱痴気騒ぎの数学的組合わせ、内的・演劇的視覚の刺激のためのロヨラの機械的な道具立て、衝動とその調和的相互作用のためのフーリエの壮大な分類体系）、そして他方では同時に、このような記号体系は空虚で、三人の場合ともに、言葉にならない生理学的内容あるいは〈物質《ヒューレ》〉による外層を必要としている。

しかし、バルトがこのような二重構造の最も明示的な顕現を発見するのは、バルザックの『サラジーヌ』解説である『S／Z』においてであり、ここではそれは物語の中の物語という形を取る。バルトの研究は魅力的な対象についての思考であると同時に、批評的テーゼの発展でもある。というのは、バルザックのこの中編小説は、われわれに対してみずからを語りかけると同時にその主題についても語り、芸術と同時に欲望を語り、そのいずれもが物語の枠組と実際の話の中に、強調が逆転した形で、同じように存在しているのである。外枠では、語り手は聴き手を誘惑するために話を語る。一方、話そのものの中では、芸術家が自分の欲望のために破滅し、最後の破局の中でその欲望の表象――ザンビネッラの彫像一体と肖像画一枚――を残していく。この情熱はナルシシズムであり去勢である。夢中になった芸術家は現実に自分自身のイメージを愛するカストラートの中に見る。そのため、象徴的去勢ないし性的放棄のジェスチャーは、ここではそのまま芸術的生産性の源そのものとして働く。ちょうど物語の別の場所で、それがランティ家の謎めいた運命のまさに源（ザンビネッラのプリマドンナとしての成功）であることがわかるように。このようにしてこの寓話は、古典的芸術の起源について、資本化の起源について、そしてその両者の関係について語るところがある。しかしそれはそれが語られるための枠組を手つかずのままに残しはしない。むしろそれは語り手と聴き手を同様に汚染させ、両者は最後に、たがいの欲望を成就させることのないまま、非＝性化された、非＝性化的雰囲気の中で別れていく。

このような作品を相手にしては、われわれは明らかに、グレマスならば目的論的・伝達報道的軸線の重ね置きと呼んだであろうものを扱わなければならない。つまり、一つは、ある対象に対する欲望とかかわる〈同位性《イソトピー》〉あるいは語りのレベルであり、もう一つは、メッセージの発信にかかわるものである。ここで起こる逆転――メッセージが対象に取って代わり、いわば失われた対象についてのメッセージとなる――は、やがて見るように、構造主義的解釈一般を大いに象徴するものであって、ここに、オランダ派絵画における〈だまし絵〉composition en abyme* のように、その研究の中に挿入されても少しもおかしくない。

このようにシニフィエがひとたび研究のために分離されてしまうと（はたしてそのような分離が可能だ

として）、ことの性質からして、それはおのずから記号体系に変わる。ソシュールがみずから警告したように、「われわれがシニフィエを調べるにしろシニフィアンを調べるにしろ、言語は、言語体系に先立って存在するであろうような観念にも音声にもかかわらず、その体系の結果として生じた概念的あるいは音声的差異とのみかかわる」(54)のである。結論として言えることは、われわれがいやしくもシニフィエについて語ることができる限りにおいて、それはシニフィアンによるその組織体の痕跡をまだ残しているか、さもなければ、分析家みずからが、それを可視的なものにするために、それを暫定的に新しい記号体系に組織化した、ということであろう。

このようにしてわれわれはふたたび、シニフィアンあるいは言語そのものを組織化するのに貢献した、あの差異的対立と差異の中の同一性という構造を、シニフィエの中に見出すことになる。たとえば、バルトのミシュレ研究の中に——たとえそこでは原理はいまだ明示的に定式化されていないにしても——われわれは二項対立の組合わせによる本質的テーマの組織化を見ることができる——恩寵と正義、キリスト教と革命、一方における魅惑、麻酔、不毛、「乾いた死」と、他方における血、女、英雄、エネルギーなど。このような組合わせはいついかなる時にも高度の複雑性に達することができる（そして興味深いことに、のちのバルトはそれらを記号学的等式に作り直している）、しかし本質的にはそれは、物語そのものの統辞法的軸線に沿って絶えず戯れているところの、ソシュールなら垂直レベルの連合と呼んだであろうものを形作る。このようにして、バルトにとって、鍵となる挿話はこれらの二項対立によって高められ、強化される——

ミシュレにとって「血」は「歴史」の肉体的実体である。たとえばロベスピエールの死を見よ。二つのタイプの血がそこではたがいに向きあっている。一つは貧しく、乾いて、とてもやせているので、流電気的エネルギーという形での人工的な血液補給を必要とする。他方、テルミドール（フランス革命暦の熱月）の女たちのタイプのそれは、最上級の血であって、上質の多血質のあらゆる特徴をあわせ持つ——温暖、赤、裸身、栄養満点など。これらの二つのタイプの血が面と向きあう。そこで「女＝血」が「神父＝猫」を食べる……。ロベスピエールの死に際してのこのような乾燥（電気的）と充満（女性的）との出会い全体は……ミシュレにおいて、肉体的屈辱行為のように定められている。つまり、冷たい男が、零落してボロをまとい、だらしなく口を開けたまま、緋色のベルベットをまとった、栄養と歓喜に満ちあふれた富裕な女に見つめられている、[55]言い換えれば、まさに不毛の典型が勝ち誇った熱気の前にさらされ、なすすべを失っている図である。

バルトの後の展開を見ると、はじめは（バルト自身にとってさえ）心理学的あるいは実存的テーマ[56]の研究と思えたに相違ないものが、じつはあるタイプの言説、肉体そのものの素描であった、ということが明白になる。ミシュレはまさにこのような身体的次元において格別に豊かで、歴史的行為者の身体的ヒューマーを前にしたときに彼が感じる特定の感覚の高まり、あるいは偏頭痛的嘔吐感がそうである——

ミシュレの形容詞はユニークだ。それは触覚を印す。問題の肉体の基本的実体を位置づけ、どのように違った特性の男をも、自然の形容語句のやり方ではもはや概念化することのできない観念上の動悸を印すのである。ミシュレは脱水乾燥したルイ一五世とか冷たいシェイエス*という言い方をし、このような名称によって事態の本質的な動きに対する彼自身の判断を下す――液性、粘着性、空虚、乾燥、電気など。(57)

このような垂直次元の場は、古い批評用語では無意識であったが、それがいまや肉体なのである。そしてバルトにとって肉体とは、私的現象としての強迫観念と、「未知の、ひそかな肉体の装飾的な声」(58)としてのスタイルそのもののまさに源なのである。しかしじつは、もしわれわれが無意識と肉体とをシニフィエそのものの本質的形相と理解すれば、この二つの定式の間には何の矛盾もないのである。

あらゆる感覚的認知はすでにある種の言語への組織化である、というふうにも考えられる。確かに、晩年のメルロ＝ポンティがそのころ出現しはじめていた構造主義に共感を寄せたのは、ほかならぬこの理由からであった。かりにつぎのような状況を想像してみよう――年季を積んだ博物学者にとって、たがいに入りまじりあって茂っているやぶや灌木の無秩序な下生えも、おのずから秩序体に分類され、それぞれのタイプの葉の特有の輪郭がそれぞれの決定的な種の可視的記号と標識《マーク》として識別される。あるいはまたつぎのような状況を想像してみよう――まったく見知らぬ風景も、このような知識を持った認知力の人には、その言葉がまだわからない一種の言語、素人から見れば混乱したでたらめな空間的眺めにすぎないのに、明白な植物の形態を通じてすでに判然とした一つの秩序として見えてくる。このことがまさに、ドイツ・ロマン派が有機的自然の言語という神秘的解釈を展開させたときに、彼らが漠然と感じていたことであった。それはまた、バシュラール的分析の背後に潜む論理的根拠でもあり、バルトもときおりそのような分析を実際に行なっている。しかしそのバシュラールの位置についてはバルトはどうも確信が持てずにいるようである(59)——

バシュラールが水をワインと正反対のものとして見ているのは確かに正しい。それは神話的にはその通りである。しかし社会学的には、少なくとも今日では、それほど確かではない。経済的あるいは歴史的状況がこの役割をミルクに転じてしまったのである。いまではミルクがほんとうの反ワイン……分子濃度からも、表面のひだのクリーム状の、それゆえに催眠的性質からも、火の正反対なのである。ワインは人〔の手足〕を切断し、外科的で、〔錬金術的に〕変質させ、産み出す。ミルクは化粧品的で、結合させ、封印し、回復させる。さらにそれは、子供らしい無邪気さと連合して、非＝反発的で非＝密集的な力、平静で白く澄んだ、現実的なものと同じ土台に立つ力の証拠となる(60)。

というのは、シニフィエの次元を純粋な状態で完全に分離して取り出すことがけっしてできないように、このレベルで〈自然〉と〈文化〉とを区別しようとしても無駄なことであり、真にバシュラール的な「物質の精神分析」に属するものと、認知そのもののレベルで作用している文化的あるいはイデオロギー的神話として識別できるものとを区別しようとしても無益なのである。バシュラールの仕事は確かに影響力も巨大であり、暗示的ではあったけれども、何よりもそこに欠けていたのが言語の理論なのである。つまり彼は、あらゆる認知の体系は何らかの意味ですでにそれ自体が言語であるということを自覚することなく、感覚認知を言語的分節化に同化している。

しかしこのシニフィエの垂直的深さ、これは言葉にならないもの、肉体的なもの、顔の色や身体的気質などに基盤を置いているように思えるのだが、これこそがまさに、バルト自身の言語の独得の深さをも説明する。というのは、彼のスタイルは、シニフィエに二つ目の声を与え、第一のシニフィアンそのもの、つまりテクストの中にそれが最終的な正式の異本を見出す前に、その組織的構造を分節化しようという一つの試みなのである。彼のスタイルは、本人もよく承知しているように、名詞と形容詞、新造語のスタイルなのだ——

概念は神話の構造要素だ。神話を解読しようと思えば、概念を命名できなければならない。辞書はある程度の概念を提供してくれる。善良、慈悲、健康、人間性などなど。しかし定義によって、それを提供するのが辞書であるという理由で、それらの概念は歴史的ではありえない。私が最も頻繁に必要とするのは、限られた偶然的事項と結びついた束の間の概念だ。この意味で新造語を避けることができない。中国というものと、フランスの小市民がしばらくまえに中国について抱いていた観念とは別のものなのである。小さな鈴、人力車、阿片窟とが特徴的に混じりあったものを言うには、sinity という名称以外にありえないのである。[61]

新造語はしたがって実体を命名するものである。ちょうど形容詞（催眠的《ソピテイヴ》とか乾燥《ドライ》＝電気的《エレクテイカル》）がその機能としてシニフィエ全体のより大きな構造に、ある任意の詳細を付加するように、そしてまた、ちょうど定冠詞と大文字がその固執と反復とによって対象を新しい関係に分節化するように（「言語として、ガルボの特異性は概念的なタイプのものであり、オードリー・ヘップバーンのそれは実体的であった。ガルボの顔は観念であり、ヘップバーンの顔は出来事である[62]」)。

究極的には、このスタイルの狙いは、テクスト表層のデータから新しい、ともかく統合的な実体を生み出すことにあり、このことはたとえばつぎのようなネロ的愛撫の喚起（『ブリタニキュス』論議から）に見ることができる——

ネロは陶酔させる人である。なぜなら陶酔とは、それが成就されないうちは死を知らないのである。この「横滑り」の葬儀的代用品は毒にある。血は高貴な演劇的事物であり、剣は修辞的死の道具である。しかしネロが望むのは、ブリタニキュスの純粋で単純な抹消であって、彼のめざましい破滅ではない。ネロ的愛撫と同じく、毒はうまく取りいる。愛撫と同じく、それはまた手段ではなく、効果だけを生む。この意味で、愛撫と毒とは直接の命令の一部であり、そこでは計画から犯罪までの距離は絶対的に縮小される。ネロ的な毒はいずれにしろ急速な効き目を持った毒であって、その利点は遅滞ではなく、裸体性、血ぬられた演劇の拒否にある[63]。

このように、観念がつぎつぎに展開していくというよりは、まさに語彙そのものの物質性によって横方向に喚起されていくような、華麗にして倒錯的なスタイルによって、そこに生起するのは、不安定な概念的実体、つまり、言語の向こう側を暗闇に包みながらシニフィエの形相そのものがわれわれの眼前で溶解し形を変えていく姿なのである。スタイルの人工性の機能そのものがみずからをメタ言語として宣言し、みずからの非永続性によって対象そのものの本質的無形性と短命性を表示する。

われわれが上に述べた二重機能性の現象については、それを説明するための理論をバルトはすでに初期の著作の中で展開している。この理論（「文学記号」の理論として知られるものであるが、この用語はソシュールの用語よりもはるかに限定的な意味で理解しなければならない）は彼の最も大きな影響を与えた理論書『零度のエクリチュール』で表明されている。一つの慣習化された活動——のちの彼の言い方では「主体性の制度化」に当たるもの——としての文学は、意味を持つと同時に標識《ラベル》をも持つところの曖昧にして二重機能的な実質の原形そのものなのである——

私はフランスの高等中学《リセ》の五級生だ。ラテン文法の本をあけてつぎの文を読む。イソップかパエドロスから借りたものだ。quia ego nominor leo. 立ちどまって考える。この文章にはなにか曖昧（両義的）なものがある。一方では十分に明白な意味を持つ——「なぜなら私の名はライオンだ」というように。そしてもう一方では、この文は明らかになにか別のことを私に伝えるためにそこにある——私、つまり五級生の生徒にそれが呼びかけているという限りにおいて、それが私に言っていることは明白だ——私は文法の例文で、属詞の一致についての規則を示している、というように。(64)

このように、文学はその構造の複雑さゆえに、通常の言語研究の対象が持つ透明性よりは高い力にまで構築されたものである。そこでは普通のシニフィエ／シニフィアンの関係は、コードそのものの性質とかかわるようなさらにもう一つのタイプの意味化作用によって複雑化されている。このようにして、個々の文学作品は、それ自身の決定的内容を越えて、文学一般をも意味することになる。先のラテン文と同じく、それが実際に意味するものを越えて、それはまたつぎのようにも言う――私は「文学だ」。そしてそのように言うことによって、それはわれわれのために一個の文学的産物としての正体をあらわにし、文学の消費というあの特定の歴史的・社会的活動へとわれわれを巻きこむ。このようにして、一九世紀小説では、「単純過去《パセ・サンプル》」と語りの三人称とはともに、われわれが読んでいるのは正式の文学的語りなのだということを警告することがその機能であるような記号なのである。そしてこのような特殊な標識ないし「記号」は、言語の歴史におけるある任意の時期の全体的な言語的規範集合（これはどうやら「文学のこちら側」にある）とはその性質がどこか違っており、それはまた上に述べたスタイルとも違っている。スタイルとは、「ほとんど文学を越えたもの――作者自身の肉体と過去から生まれたイメージ、話しぶり、語彙である[65]。」

このようにして、これらの文学的「記号」の歴史は、一方における言語の歴史、他方におけるスタイルの漸進的変化とは根本的に違った、歴史的な文学検証の様式の可能性を提供してくれるであろう。むしろそれは一種の文学制度そのものの歴史ともなるであろう。というのは、文学的「記号」は、あらゆる任意の時期における読者と文学的生産物、そして作者と製品との間にえられる必須の距離を明かすからである。バルトは自分の発見を要約し、そのような記号の歴史の軌道を思い描いてつぎのように言う――

まず第一に文学手工業の職人的意識が、痛ましい律義さ、不可能なものの実現の苦悶へ押しやられ（フローベル）、つぎに文学も文学についての思考もともに一個の書かれた実質の中に融合させようという英雄的な意志（マラルメ）、つぎに、いうならば休みなく文学を翌日まで延期することによって、自分がいままさに書こうとしているということをことこまかに表示し、そのうえでまさにその宣言そのものを文学に変形することによって、文学的同語反復をうまく回避しようという希望（プルースト）、つぎに、いかなる単一義的シニフィエにおいてもけっして休止することなく、語＝対象の無限数の意味を故意に体系的に増殖させることによって、文学的誠意に攻撃を加えること（シュールレアリスム）、そして最後に、これと逆のプロセス、文学的言語におけるある密度、一種のエクリチュールの白さ（しかし潔白さではない）を希望するほどの意味の希薄さ——私がここで考えているのは、ロブ＝グリエの作品である。(66)

この理論は本質的には『文学とは何か』におけるサルトルの基本的立場を、さらに念入りに作りあげたもので、サルトルによれば、まさにその構造によって作品は聴衆を措定、まさに選択するのである。バルトによれば、文学的「記号」こそが本質的に読者を選択する。そして、じつにさまざまな記号や標識《マーク》の複合体があればこそ、ベストセラーがベストセラーとして常連の読者には認知でき、共産主義的小説がある特定の読者層にはそれが共産主義的小説であることがわかり、本格的前衛文学がその本性を明示し、そして同時にそれに必要なタイプの読み方と距離を公示する。しかしバルトとサルトルの方法論的相違は、サルトルが内容による選択（これが本質的にサルトルの分析の大きな負担であった）と、それ自体としてなんの意味もないこれらの特定の「記号」の作用（だから「単純過去」は他の過去時制とは違った過去の叙法を支配するのではなく、それは単に「文学性」の存在を示すにすぎない）とを区別していることである。

この関係性の言語（その最も単純なのはしばしば認知可能な内集団《イン・グループ》的語彙ということとほとんど変わらない）は、英米批評ではしばしば「音調《トーン》」という言葉で説明されてきたものである。しかしながらバルトは、一般大衆の伝統的同質性を確信しているために、けっしてこのような記号体系と実際のスタイルそのものとを根本的に区別しようとはしなかった（バルトにとってスタイルとは、記号を消去し、一つの言語＝対象として純粋密度に最も近づくという意味で、サルトルの図式における詩の機能といくぶん似たところがある）。

バルトの理論の独創性は、サルトルのこの本が構想したのとはやや違った結果を生じさせたことにあった。サルトルにとって真の文学が成就されるのは、それを読む大衆が万人であるとき、社会革命のプロセスによって名目上の大衆と実際の大衆とがまったく同一であるときだけなのである。バルトにとってもまた、文学的「記号」ははなはだしい政治的・倫理的嫌悪の対象である(67)。記号がある任意の社会集団と私との併合を標識化する限りにおいて、それはまた他のすべての者の排除をも意味する——階級と暴力の世界では、最も無害な集団併合といえども、不当な攻撃というネガティヴな価値をともなう。しかし客観的状況はかくのとおりであるから、私はどうしてもある種の集団に属さないわけにいかない。たとえそれが、集団の消去をうたった集団であったとしてもこの事実は変わらない。私が存在しているというその事実によって、私がかかわっている集団から他を排除する罪を犯すのである。このようにして「記号」を使うことは一種の歴史的宿命であって、階級の世界への転落、階級の世界の容認を標識化することになる。文学が現代において本質的に不可能な事業であり、自己解明的プロセスであるのは、まさにこのような理由からなのである。みずからの普遍性を措定すると同時に、それをするために文学が使う言葉そのものが、普遍性を実現不能にするものとの共謀性を表示するのである。

しかしバルトの場合、文学的「記号」の概念は――サルトルの予測したあの究極的なスタイルのユートピアを依然として投影し続けながらも――もう一つの、もっと暫定的な解決の論理的可能性を少なくとも提供する。この解決は作品そのものから文学的「記号」を無理やり抹消すること、あるいは言い換えれば、一種の「白のエクリチュール」を実践すること、つまり、作者の存在も大衆の存在も感じられず、厳格な中立性とスタイル上の禁欲とが文学の実践の中に内在する罪悪感の赦免を託するような、一種の文学言語の「零度」に近づくことである。(68) この状態は、私の考えでは、社会生活の領域における一種の絶対的孤独、つまり厳格な政治的論理によってわれわれを抑圧的社会制度と結びつけているあらゆるもの（人格の内にあるものも外にあるものも）が強圧的に抑制されてしまうような状態と等しいものに思われる。

この概念の価値はその思弁的特性に照らして計ることができるだろう。というのは、バルトがこれを書いていた時期には、そのような「白のエクリチュール」の例は一つも存在しなかったのである。彼の同時代の主要な例はカミュの『異邦人』であるが、これはいまのわれわれには様式的で修辞的、まさに記号の充満したエクリチュールそのものと見えるようになってしまった。（別な意味で、もちろんこの判断は文学の不可能さについてのバルトの直観の正しさを証明するばかりである。なぜならエクリチュールは白のままにとどまることはできず、はじめはある種の空白であったものが、徐々に一つのマンネリズムに変わりはてたり、記号の不在が記号そのものになったりする。）そのとき以来、ロブ＝グリエはより徹底した、説得的な記号抹消の具体例と感じられるようになった。少なくとも、彼の作品が主体の消滅に基づいている限りにおいてはそうである。しかし私としては、たとえばウーエ・ジョンソン*の小説とか、あるいはジヨルジュ・ペレク*の『事物』とかに見られるような、このようなスタイル上の中立性を持っていても、もっと政治的色彩の濃いもののほうが好ましいように思える。

バルトの全体的姿勢における転換（私はこれを〈認識論的切り口〉と呼ぶことには躊躇する）は、文学的記号のこのような限定的理論のかわりに、イエルムスレウによる「コノテーション」と「メタ言語」の区別から引き出されるもっと複雑な理論を持ってくることによって、その正体を見きわめることができる。「コノテーション」と「メタ言語」というこの二つの言語現象はどちらの場合も、二つの別々な記号体系がかかわっていて、ともかく両者はたがいにある関係を持つ。しかしメタ言語は他の言語をその対象とし、他の言語に対してシニフィアンとして機能し、したがって他の言語はそのシニフィエとなる。このようにしてバルトの注釈は、たとえばミシュレの言語とかラシーヌの言語といった、もう一つのもっと一次的な言語を抽象し、それを新しい違った形で利用可能なものにするという意味でメタ言語である（ここでは、すでに述べたように、新造語は、われわれが扱わなければならないのは一次言語つまり対象言語ではなく、むしろメタ言語なのだということを再確認する機能を持つ）。それに対して、コノテーションの現象、つまりイエルムスレウがこの語に与えている限定的・専門的な意味では、より基本的なあるシニフィエに対してシニフィアンとして位置するのは一つの言語体系全体なのである。だから一次的言語体系にはじつは二つのシニフィエがある。一つはその正規の内容で、テクストの進行につれてわれわれはそれを連続的に受けとる。もう一つは形式が全体としてわれわれに送る包括的なメッセージである。フローベルのスタイル批判はだからメタ言語の形を取るが、フローベル自身の言葉の全体はそれ自体でコノテーション的体系をなす。というのは、それは「文学」を意味し、そしてわれわれに繰り返し繰り返し「私は職人的タイプの文学であり、私はスタイルの職人が作った特殊な工芸品だ」と訴えるからである。

メタ言語の理念についてはのちにまた述べる。いまはつぎのことだけを言っておく。文学的記号の制限的理論をもっと一般的な言語学の理論に同化することは有用ではあるけれども、コノテーションの現象の個々の現われは、われわれがそれらを何らかの包括的メッセージないし内容としてよりはむしろ個々の記号と徴候としてまさに考えることができるときに、より直接的にわれわれに利用可能であったのだと私は感じざるをえない。しかしこのような転換のもっと重大な結果はどこか別のところにある。つまり、新しい用語法は記号の零度の可能性そのものをさえ排除してしまい、その可能性は――確かにこれはユートピア的可能性だ――それにもかかわらずその政治的意味あいを依然として持ち続けるのである。構造主義というものを、(たとえばサルトルの実存主義と社会参加《アンガージュマン》に対立するものとして)、非政治的現象、ド・ゴール派フランスのイデオロギーの反映と考えるのは単純すぎる考えである。これは、まず第一に、『テル・ケル』誌を中心に結集した戦闘的左翼を忘れることになる。しかしながら、構造主義が新たに制度化の方向に動き、フランスの大学組織の中に同化されるにつれて、昔のような絶対的孤独という選択肢は失われ、零度という概念の本質的に政治的な緊張は、旧式の科学的客観性の中に冷却していきかねないようだ。かつては差異的欠如と感じられていたものが、いまでは徐々に、単なる登録されない、非機能的な不在になってしまうのである。

(3) シニフィエをシニフィアンから切り離すための――シニフィエそれ自体がその一種の翻訳であるような、より深い自律的なある層を仮定するための――基本的な一歩を踏み出すには、一連の二項対立としてのシニフィアンの概念から、それに対してシニフィアンがいまや矛盾として考えられるにいたったこのような対立を解決する試みであるような概念へと、われわれがほとんど気づかぬままに移動することである。バルトの二重目的をこのような条件項の中で新たに見ることができるのではないかという問題についてはここで答えなくてもよいかもしれない。事実、われわれがこのような再定式化が稼働しているのを見るのは、まず第一にレヴィ＝ストロースの仕事においてである。このようにして、オイディプス神話の分析をもう一度思い出せば、物語を構造化していた二重対立（過大評価対過小評価、家族対地球）は、結局、原始的精神のためのより基本的な二律背反の表現、すなわち、ひとりの人間は地球だけの産物ではなくていかに二人の人間の産物であるかを表現したものであるかがわかる。まさにこの点こそが、レヴィ＝ストロースが、ある任意の神話的素材が不確定な出発点を満足すべき解決へと変形することを求めるための形としての、かの有名な多数の変数を持った等式を仮定した点なのである[69]。

　しかし純粋思考のレベル、上部構造のレベルでは二津背反と感じられたものも、具体的な社会全体という観点からそれを見るときは矛盾として見えるかもしれない。レヴィ＝ストロースのオイディプス神話の解剖は、まさに彼がその社会的コンテクストを抽象化しているがゆえに仮説的なものであった（そしてついでに言っておけば、人類学者が基礎構造を説明するのに技法とか経済的機構ではなく、結婚のパターンとか部族の構造によってそれを行なう、そのときの方法の権威をレヴィ＝ストロースはエンゲルスに仰いでいるのである）。

　これがレヴィ＝ストロースがカドゥヴェオ・インディアンの顔のいれずみのような現象に注意を向けるときに起こることである。その分析全体をここに詳細に述べるにはあまりに豊かすぎるので、つぎのことだけを言うにとどめる。彼はこのような対称と非対称の相互作用を持った顔面装飾のデザインを、「二元論の二つの矛盾する形に対応する複雑な状況、結果的に対象の軸とそれが表象する固形の軸との間の二次的対立によって実現される和解となるもの[70]」として見ている。この対立は、視覚的スタイルはその様式によって、そしてそれ自身のとりわけ絵画的な手段によって克服することができるのであるが、それはカドゥヴェオ社会における社会機構の三部分形式と二部分形式との間の緊張を本質的に反映している。カドゥヴェオ族がこの緊張を克服できるのは、「彼らはこの矛盾を意識するようになってしかもそれを生きるということができないので、彼らはそれを夢想するにいたった[71]」のである。芸術はこのように神話的な物語と同じく、文化が具体的に解決することができないものを形式的条件項によって作りあげることであると見ることができる。あるいは、われわれのいま使っている用語法で言えば、この見方から見た芸術とは、本質的に二律背反とか矛盾とか感じられるシニフィエの記号体系、つまりシニフィアンのレベルの分節化であるということになるだろう。

このような見方はどうしてもわれわれに「対立」と「矛盾」の関係についての反省をうながす。そしてその反省が成就されるのは、このような矛盾がより意識的なレベルの言説をみずからの中から生成するものとして理解されるときの、その仕組みを説明できたときでなければならない。グレマスの「意味作用の基本構造」の研究が目指しているのは、このような説明なのである。これは、レヴィ＝ストロースの「調理法の三角形」に対照させて「意味論的四角形」と命名してもよい。そしてそれは、ある任意の出発点Sから、意味の可能性の全複合体、まさに完全な意味体系を引き出すことのできる方法を固形化したものである。

もしグレマスの好都合な例を[72]使って、かりにSを任意の社会における結婚規則とすれば、この意味論的四角形からわれわれはその社会における性的慣習や可能性についての完全な表や目録を作成することができる。-Sは排斥されたり異常と考えられたりする性関係（たとえば近親相姦）として読むことができるだろうし、単純否定の$\bar{S}$は婚姻によらない性関係、つまり現行の結婚体系に規定ないし法制化されていない関係、たとえば女性の側の姦通などがこれに当たる。第四項の$-\bar{S}$は異常な禁じられた関係の単純否定、言い換えれば異常でもなく、明白に禁じられていない性関係、たとえば男性の側の姦通などを指すと理解することができる。

　このようにグレマスの四角形は本質的に、矛盾とか反対（対当）とかの伝統的な論理概念を分節化したものである。いわば、$\bar{S}$は単純な非＝Sであり、-Sはもっと強く、ポジティヴな反＝Sと考えなければならない。この意味でまさにわれわれの出発点（Sの内容の選択）はじつは、みずからの中にそれ自身の反＝S、それ自身の弁証法的な対立物を含むという意味で、二項対立である。言いかえれば、婚姻法の成文化ということはその構造そのものの中にすでに禁止という概念を含む。だからグレマスのメカニズムの第一の利点は、明白に静的な自立構造を持ったあらゆる概念ないし条件項を、それが構造的に前提とし、その理解可能性の基盤そのものとなるはずの二項対立へと分節化しなければならないという義務をわれわれに課することにある。

このメカニズムに内在するつぎの作用は、まさにある任意の項の対立物（$-S$）とその単純否定（$\bar{S}$）との差異についての無意識の思索であるということになるだろう。この意味で、メカニズムを「分節化する」ということは、一つの項とつぎの項との間のギャップを測るために、それらの項を何度も繰り返して試してみるということを意味するだろう。このようにしてそのような分節化は、そうした物語形式（ここでは精神はつぎつぎに仮想上の可能性に遭遇する）に完全に整合するようになるだろう。しかしそれは同時に、ギャップをうめる（解決可能な矛盾を「解決」する）なんらかの仲介概念を発明するという形を取るかもしれない。あるいは最後に、このメカニズムは一種の静的価値体系として機能し、そこでは外部から（つまり、ある任意のプロットのさまざまな必要性から）やってくる素材は、四角形構造の中での位置を与えられていると同時に、その体系内での象徴的に意味化された要素に変形されてもいる。これが基本的にグレマスがベルナノスの中で作用していることを証明したものであり、その意味論体系を彼は生と死の間の基本的象徴的闘争の分節化であると証明したのである。しかしながら、この抽象的構造をベルナノ

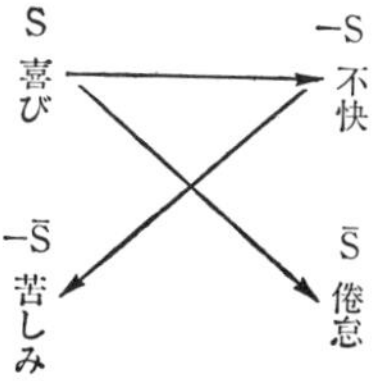

スの作品の具体的内容と置き換えるとき、右のような関係図がえられる。(73)

　しかしベルナノスの登場人物や彼の小説の中の出来事などが、なんらかの意味でこれらの項の間のギャップをうめる試みとして考えられるかぎりにおいて、われわれは多数の複雑な形成とか可能な仲介のことを語ることができる。論理的には、形成とか仲介とかは四角形の四つの項の間の可能なすべての二項関係の形を取るのであるが、しかし特にここで強調したいのは、最初の対立の一種の中立化作用としての「中性《ニューター》」の概念、二つの対立の否定項の合一、一つは論理的にそれに先行し、しかしながらその後者の零度あるいは休止状態として現われる、その両者の合一である。ベルナノスの場合、このことは明らかにある種の一次的な無感覚か無関心という形を取るであろう。この四角形の他の一次的側面については、文学と神話学には無数の仲介的人物像がある。たとえばトリックスター(74)がそうだ。そしてこれらの仲介的人物像の本質的な機能は、ポジティヴとネガティヴを合一させること、彼ら自身の複雑な人間的特徴を通して、あるいは彼らの行動の敏捷さを通して、対立を解決ないし決着させることにある。想像的ヴィジョンはこのようにして、それ自体で一種の論理的証明ないし論証となる。もし聞き手がそのような仲介的人物像を視覚化することができれば、彼はつまりみずからの抽象的ディレンマに具体的解決の可能性を暗黙のうちに認めたということになる。

　しかしながら実際には、われわれがある任意の概念を分節化できるのは、可能な四つの位置のうちの三つだけであることがしばしばで、最後の一つ、$\bar{S}$は依然として精神にとっての暗号あるいは謎である。このようにして、さきに触れたレヴィ＝ストロースの有名な調理法の三角形(75)は、われわれの「基本構造」の四つの基本項の三つに沿って容易に再定式化できる。

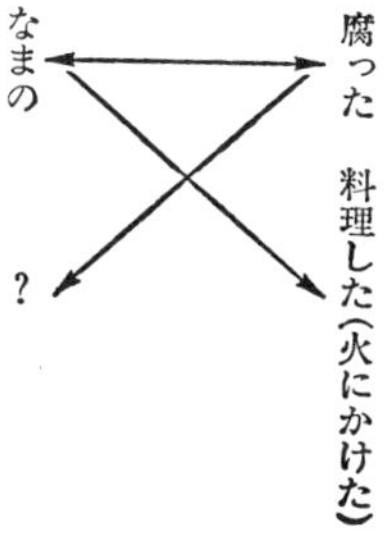

したがってこの時点で、このモデルの展開は二つの異なった方向を取るだろう。一つは、抽象的な用語法の代わりに具体的内容（燻製肉、煮込み肉、蒸焼き肉）が来る場合で、これはその基本的体系に従って、個別的に価値設定が行なわれる。もう一つは、失われた項（「新鮮な」）を求めるという形を取る場合で、これはつまり、弁証法哲学ですでにおなじみの「否定の否定」にほかならない。まさに、否定の否定がこのように決定的な跳躍であり、このように新しい意味の生産ないし生成であるからこそ、上に掲げたような不完全な状態における体系（四つの与えられた項のうち三つだけ）というものにわれわれはしばしばぶつかるのである。このような状況のもとで、否定の否定ということがしたがってこのメカニズムが完成させなければならない第一の仕事となる。

文学批評の領域から一例を挙げれば、ディケンズの『つらいご時世』がよかろう。この作品がよく知られていて比較的短いということもあるが、第一の理由は、ディケンズの唯一の教訓的小説あるいは「論題」小説として、この作品には作者が二項対立という形でわれわれにはすでに定式化してくれている観念内容が含まれているからでもある。『つらいご時世』の中にわれわれは二つの敵対的な知的体系と見てよいものが相対峙するのを目撃する。一つはグラドグラインド氏の功利主義（「事実！　事実！」）、もう一つはシシー・ジュープとサーカス一座に象徴されるような反＝事実の世界、つまり想像力の世界である。この小説はまず第一に教育者の教育、グラドグラインド氏の非人間的体系からその反対の体系への回心を扱ったものである。だからこの作品を構成しているのは、グラドグラインド氏に対して行なわれる一連の教育《レッスン》であって、われわれはそれを二つのグループに分け、二種類の質問に対する象徴的解答としてそれらを見ることができる。あたかもそれは、$\bar{S}$と$-\bar{S}$という項を生成しようとする小説のプロットというものは、結局は、想像力を拒み否定したときになにが起こるか、あるいは逆に事実を否定したときになにが起こるか、といった謎の解決を視覚化するための一連の試みとほとんど変わらないかのようだ。グラドグラインド氏の体系の産物は少しずつ、否定の否定、想像力の拒否が取るであろうさまざまな形をわれわれに示してくれる——息子トム（窃盗）、娘ルイーザ（密通）、あるいは少なくとも密通の計画、模範的生徒ブリッツァー（非難、一般的に魂の死）。このように不在の第四項が舞台の中心に現われる。プロットは結局、それに想像上の存在を与えようという試み、いつわりの解決と受けいれがたい仮説を通り抜けて、ついに、物語素材という形で適切な具体化が実現されるための試みにすぎないのである。

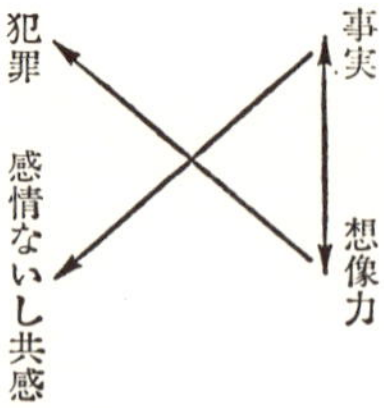

この発見によって（グラドグラインド氏の教育、遅まきながらのルイーザの家族愛体験）、意味論的四角形が完成し、小説は終わりになる。

4

したがってわれわれは、運動は同じであって同じではないことを認め、それを言うことに反対してはならない。なぜならわれわれは「同じ」と「同じではない」という言葉を同じ意味で使ってはいないからである。そしてそれが「同じではない」のは、それが別なものと交わりがあって、これによって同じものとは切り離され、それを持たず、別のものを持つ、そしてそれゆえに「同じではない」ものとして語るのが正しいからである。

——プラトン『ソフィスト』

前節で学んだ教訓は、方法論的にしろ、概念的にしろ、なんらかの意味ある方法でシニフィエとシニフィアンを分離することは結局不可能であるということであった。このことを自覚することから、構造主義の第三の契機《モメント》が生起する。この契機によって注目の焦点は記号全体に移動する。というよりはむしろ、記号を創造するプロセス、シニフィアンとシニフィエがそれぞれ契機であるようなプロセス、つまり意味化作用のプロセスに移動する。ここでまさに、シニフィアンとシニフィエを概念的に分離しておくことの困難が方法論的利点となる。というのは、そのような分離の瞬間、それを眺めている目の前でみるみる消えてしまうような両者の間の束の間の空隙においてこそ、意味化作用そのものが立ち現われるのである。しかし、その対象は外在的対象として研究できるような静的なものではなくて、いわば一つの認知形式、同じものと別なものとの展開されるべき相互作用についての意識であるので、意味化作用を強調することは一つの神秘、言語による意味の具現化の神秘という形を取ることになり、その限りでは意味化作用の研究は一種の瞑想である。このことによって、意味化作用を扱う論者たちの錬金術的秘密主義が説明できる。このような秘教性は、バルト的な意味でまさに記号（表徴）として、儀式と神秘の存在を意味化する方法として、儀式的言語の時間的な展開を通して対象そのものの聖なる特性を強調する方法として、理解することができよう。だからラカンのスタイルがマラルメのスタイルを暗示し、デリダのスタイルがハイデッガーを暗示し、その両方が彼らの時代の運動そのものの中にイニシエーション（秘伝）としてのテクストの本質を表現したのは、けっして偶然ではない。

(1) ラカンの教義は、具体的には口述のセミナーの形を取り、治療過程をまさにその対象にしているのであるが、明らかにそれは手ほどき的なもので、その全体的方向についてはある程度の感触しか得ることができない。すでに触れたように、彼の教義はフロイトのトポロジーを言語学的用語法で翻訳したものからなり、そのため結局は、フロイトがすでに扱った一見経験的現象、あるいは実在的現象でさえも（欲望、オイディプス・コンプレックス、死の願望）、そのすべてが言語モデルによって再定式化されることになる。意味化作用とその出現に関しての精神分析の特権的立場は、その研究対象が事物そのもの——たとえば性欲それ自体――というよりは、欲望の生起、あるいは欲望の生起不能、のプロセスであるという事実によって測ることができる。だから、精神分析的理解とはすでにその本質からして、ある任意のタイプの意味化作用がそこにあり、なおかつそこにないという薄明状態における、同一性と差異、存在と不在についての高められた意識なのである。[76] ラカンにとって、幼児《インファント》(ラテン語の infans とは「言葉を知らぬ」の意)の言語習得は幼児が象徴的秩序体に到着することである。この創始の事実によってラカンは、ちょうどレヴィ＝ストロースが自然と文化を対立させたのと同じやり方で必要と欲望を対立させる。必要も欲望もある意味では操作概念にすぎない。純粋に身体的な必要は、自然状態と同じく実際には存在せず、それは「象徴性《ザ・シンボリック》」の領域を通過するときにたちまち欲望に転換してしまい、そこでそれは社会的性格の価値を賦与され、さまざまな形において特に別なもの(他なるもの)と連合する。

ラカンの考え方を複雑なものにしているのは、彼にとって言語とは、主体がその中から立ち現われるところの「イド《それ》」あるいは無意識(「それが《エス》あったところに、わたし《イッヒ》はなるであろう」というのが、フロイト自身の古典的定式なのである)であると同時に、主体がその中へ立ち現われるところのあの象徴的領域、主体がそれによって最終的にみずからの立場と機能とを決定するところのあの同格者たちのグループでもある。このようにしてオイディプス・コンプレックスは、ラカンが「父の名」と呼ぶものを手がかりとして究極的に解決されるのであるが、ラカンの言う「父の名」とは、主体によるつぎのような発見のことである。すなわち、主体はみずから父になる(本質的には架空の野心)ことは望まず、ただ単に父性そのものが定義され、一個の役割として区別されるための象徴的領域において、みずからの機能あるいは「名前」を引き受けることだけを望むという発見である。このような「架空的なもの」と「象徴的なもの」との対立は、主体自身のイメージへのみずからのエネルギー賦与と、言語的秩序そのものに関する意識の二次的状態の究極的容認との相違として理解することができる。

言語と無意識との同定については、ラカンの有名な「無意識は他者の言説である」という謳い文句との関係でこれを行なうのが最もよいだろう。この謳い文句はわたしには思想というよりは一つのセンテンスに思える。という意味は、一個の概念の表現として役立つのではなく、思索の場を区画し、釈義の対象として、このスローガンがそこにあるということである。[77] 無意識が他者の言説として考えられるべきだということは、ただちにわれわれを、あらゆる可能な順列にそれらを結合し直すことがわれわれの任務であるような一組の条件項に対峙させることになる。非常に一般的に言えば、言語的状況にかかわってくるのは、ただ単にあらゆる経験的な他者体験に先立つ抽象的な他者性のカテゴリーだけでなく、つまり具体的・経験的他人ではなく、これらの二つの要素とともに、さらに第三者、わたし自身の第二の自我《アルテル・エゴ》、あるいは自分についての自分のイメージ（究極的にはこれは、子供が最初に自分が外的イメージを所有していることを知る幼児の鏡像《ミラー》期から来る）でもある。われわれが他人の言語経験もまたこれらのさまざまな次元に分節化されると考えるのをやめるとき、われわれは徐々に、発話の行為は最も複雑な（架空的な）投影と交差的同定作業にかかわり、そこでは他者性そのものがわれわれが習慣的に無意識と呼んでいるものに特権的な場所を譲り渡すのだということを自覚するようになる。

しかしながら、ラカンの教義の形式が含意するのは、これらの事柄は抽象的に知るのではなく、むしろ生きられなければならないということである。事実、夢とか機知とかの特権的立場は、まさに、われわれがそれらを理解できるのは、ひとえにそれらが構成している現出のプロセスをもう一度援助することによってであるという事実からくる。だからまた、たとえば、われわれがラカンのセミナーの内容を吟味するとき——たとえば数字とか最初の統一性から言語体系を生成することの論証に費やされるセミナー(78)——どうしてもつぎのような印象を避けることが困難となる。つまり、この体系における意識あるいはコギトの公的な価値はなんであれ、ラカンの訓練に本質的にかかわっているのは、「同一性」と「差異」についての直観的感覚としての前意識、あるいはわれわれが意味化作用の現出と呼んできたものの刺激と分節化である。

しかしながらこれまではわれわれは、この教義のうちの相対的に哲学的ないし認識論的次元だけを述べてきた。ここでたとえば神経症とか欲望の原因論といった、より特徴的にフロイト的現象と感じられるものを扱う段になって、わたしはラカンの体系について、無謀にもつぎのごとき手短な記述をあえて行なうことにしよう——母の体験は、そこから幼児が唐突に切り離されるところの最初の充満の体験である。このようにして、母との離別は結局一種の一次的欠如あるいはbéance(ぽっかりあいた裂け目)となり、習慣的に去勢(男女ともに)と感じられるのはこのトラウマ的体験である。注意したいのは、ちょうど言語が一種の「ベアンス」すなわち「他者」に向かって開いた口(それはけっして充満そのものではなく、その構造からしてつねに形成された不完全さで、「他者」の参加を待っている)であるように、ファロスもまたペニスそのものというよりむしろ「象徴的なもの」の領域の一部として理解されなければならないということである。ファロスはこのようにして言語的カテゴリー、失われた充満性の象徴そのものであり、性欲は、その充満性を回復し、ファロスを再所有しようという試みであるかぎりにおいて、その喪失の追認でもある。ということは、ラカンにとっての神経症とは本質的に、去勢を受け入れることができないこと、生命そのものの中心にある一次的欠如を受け入れることができないこと、すなわち、その最初の本質的充満に対する無益で不可能なノスタルジア、実際になんらかの形でファロスを再所有することができると信じることである。それに対して真の欲望とは、不完全さを承認すること、時間を承認し、時間軸における欲望の反復を承認することであり、欲望の混乱が生じるのは、究極的満足の錯覚と虚構性を生き続けさせようとするからである。ラカンの禁欲主義はこのようにたとえばウィルヘルム・ライヒのごとき人物の性的楽観主義とは反定立をなす。ライヒなどのオルガスム教義の行きつくところは、構造主義者ならさしずめ全面的満足の神話、デリダの弾劾する全面的現前の神話に類比できるもの、と考えるところであろう。このような究極的確実性を達成する試みとしての神経症の概念と、デリダが西洋哲学の伝統の中に見られるなんらかの究極的・先験的シニフィエの必要を弾劾することとの間には近親関係があることについては、すぐあとで述べることになる。目下のところは私は、ラカンの去勢の中に心的《サイキック》なものの一種の零度——全意味体系あるいは言語体系が必然的にそのまわりに有機的に組織化されるところの、あの本質的な委託された不在——を見ようとするのは、言葉遊びにすぎるということはない、と感じている。

(2) デリダが構造主義において占める特別な位置は、前節で提起した最初の問題を彼が拒否するということがその根本にある。その問題というのは、シニフィアンに関してのシニフィエの究極的身分の問題、もっと普通の言葉で言えば、思考と言葉の関係の問題である。それをデリダは拒否するわけであるが、しかし彼にとってこの問題は、たとえそれが誤った問題ではあるにしても、それが西洋哲学全体におけるはなはだしい無秩序について徴候的であるという意味で、有益な問題なのである。この点で彼はハイデッガーの歴史批判に最も密接に従っている。もっとも、彼が自分の考えを定式化するときに使う用語は、ハイデッガーが自己表現をするときに用いる用語とは違ってはいる（「自己尋問」Seinsfrage の神秘と存在についての黙想の喪失）のであるが。デリダはまたニーチェを喚起するが、ニーチェの超越批判と西洋形而上学批判は彼自身の立場と似ていなくもない。思考と言葉の関係という問題そのものの中には「現前」の形而上学が隠されていて、その含意するところは、単一的実体が存在し、純粋現在が存在し、われわれは対象と一回かぎりの出会いをすることができるという錯覚、意味が存在し、それが本来的に言語的であるかどうかを「決定する」ことが可能であるはずの意味が存在するという錯覚、なんらかの具体的あるいは永遠的な方法によって獲得することのできる知といったようなものがあるという錯覚である。これらの概念はすべて基本的には絶対現前という最初の形而上学の本質（ヒュポスタシス）であり、これによって主体は（サルトル的な即自《アン・ソワ》の錯覚に似ていなくもない意味で）、彼自身の断片的体験がどうであれ、どこかに絶対的充満が存在するということを信じることができる。このような現前信仰こそがまさに、西洋的思考の「禁域《クロチユール》」あるいは概念的最高限度《シーリング》を形成するのである。そしてデリダ自身のディレンマは、彼自身がその伝統の一部であり、その言語と制度に逃れがたく巻きこまれているという事実、言葉と用語法とによって現前の形而上学を非難し、そしてその言葉と用語法とは、使用したとたんにみずから凝結し、自分がもともと追放するはずの現前の幻影をかえって永続させる道具になってしまうという不可能な状況（これはバルトの文学の不可能性の説明に似ている）に追いこまれているという事実にある。

だからこそ、言語に対して一種の暴力を加えるという最後の手段が取られるのであって、この手段によってデリダは（ハイデッガーと同じく、そして二人とも語源学的議論というプラトンの先例にならって）、自分の使う言葉の内部に特別な場所をあけておいて、自分の用語法が名詞の実体の幻影的な秩序体にまとまってしまわないようにしているのである。そしてまた、差異 différence あるいは差延 différance の概念によってデリダは、英語でなら differ（相違する）と defer（引き延ばす）というように区別できるものの間にある深い同一性を強調しようとする。差異とは（これはすでに見たように、言語的構造そのもののまさに基本であり、ある意味で自己同一性の感情と同じだ）その本質的時間性における差延 differance あるいは deferring であり、その構造はまったくのプロセス、けっして静的現前としてとどまることがないもの、われわれがそれを意識するに至った瞬間にも、時間的にわれわれの手の届かないところへ横滑りして、そのためその現前は同時に、同じ瞬間に、不在でもある。

この差延が言語において取る形をデリダは「痕跡《トラース》」と呼ぶ。デリダが上に述べた言葉対意味の偽りの問題を無効にするのは、このトラースの概念を通じてである。というのは、すでに存在する文ないし語、すでに言語的形式を取った思考の背後にまわることは、「起源の神話」の特権に屈服することであり、たとえば世界創造以前の物置部屋におけるように、一方における純粋音声、他方における純粋意味あるいは純粋観念などといったものの存在する、生きた統一体がまだ起こる以前の過去へ、人工的にわれわれをもう一度置こうとすることであるからだ。あらゆる言語はトラースであると言うことは、意味化作用の逆説を強調することでもある。つまり、ともかくこのことを意識するようになるためには、そのことがすでに起こっていなければならず、それはつねに過去の出来事、たとえ直前の過去であっても過去は過去なのである。だからここでわれわれも、実存主義者たちが彼らなりの意味で好んでいるヘーゲルの文を思い出してみよう――"Wesen ist, was gewesen ist"（本質とはすでに起こったことである）。この定式は、ヘーゲルが知の静的カテゴリーをはなはだしく歴史的で時間的な運動の中の現象へと翻訳するための定式であり、われわれの目下のコンテクストからいえば、「意味はその構造そのものにおいてつねにトラース、すでに起こったことである」と訳すこともできる。

このような考え方の帰着するところは、記号はつねにどこか不純であるということである。記号を前にしたときのわれわれの不確定さ、それがあるときは透明、あるときは障壁として現われ、われわれが心の中で純粋音声と純粋意味との間を行き来することができる、その両義性——こうしたことはすべて、問題のこの現象についてのわれわれの知識が不完全であることの結果というよりは、言語そのものの構造に基づくのである。記号は必然的にトラースであると言うことは、いかなる記号にも、物質的に、あるいは概念的に、焦点を合わせることができるということ、記号は物質でもあり物質でもなく、その内部に必然的に外部性を持つということを認めることになる。この意味で、現前の神話は純粋パロールの神話、書かれたものに対する話されたものの優先性の神話である。一連の分析(プラトン、ルソー、ソシュール、フッサール)の中でデリダは、口承的なものに与えられた本能的特権の究極の源をたどれば、意味の絶対的透明性の幻影、言いかえれば絶対的現前にまでさかのぼることを証明してみせる。デリダの体系はこのようにマクルーハン主義によって価格設定されたあらゆるものを逆転させる。しかしマクルーハン主義運動の違大な業績——たとえばウォルター・J・オングの『言葉の現前』——は、エクリチュールの進化と性心理的発達の諸段階との間に同一性があるというほどにまでデリダの説を確認し、事実、デリダと関連して二つの対立物として読むことができ、両者は、文化的現実の同じレベルについてそれぞれ肯定的、否定的に語ることによって、大いなる同一性を持つ。

このような話し言葉の思いあがりを否認することからつぎのことが起こる。デリダにとってあらゆる言語の本質的構造は、それが文学以前の口承文化の言語であっても、本質的に書き言葉の文化である。それを彼は「原エクリチュール」archi-écriture と名づけるのであるが、その目的は、あらゆる言語がみずからのうちに持ち、そのうえにあらゆるのちの経験的文字体系が築かれていくはずの、このような本質的外部性あるいはみずからとの距離を強調するためなのだ。このことが意味するのは、まず第一に、テクストと意味との間にはつねにギャップがあるということ、評釈とか解釈とかはテクストそのものの存在論的欠如から生成されるということである。しかしそれは同時にまた、テクストは究極的意味を持ちえないことを含意し、解釈のプロセス、連続的なシニフィエの層がつぎつぎに展開し、そのそれぞれの層が今度はそれ自身で新しいシニフィアンないし意味作用の体系へと変換されていくというプロセスが本来的に無限のプロセスであるということを含意する。

雑誌『テル・ケル』(一九六〇年創刊)を中心に結集したグループにとって、ハイデッカーの形而上的批判と顕著な類比性を持ち、事実ハイデッガーの強い影響を受けてもいるデリダの思想が、政治的内容を獲得することができるのはまさにこの点においてである。私はじつは『テル・ケル』グループの特徴を(その雰囲気の中からマルクスその人が生まれたあの左翼ヘーゲル主義者にちなんで)「左翼ハイデッガー主義者」というように言いたいのであるが、その理由は、彼らが権威主義と神中心主義とを、ある「絶対的シニフィエ」への献身と同一化しているからである。しかし、共産党と密接なつながりを持ったこれらの作家たちが、一九三〇年代はじめのシュールレアリスム運動以来の最もラディカルで独創的な政治概念を体現していると言うのは、言いすぎというものである。

というのは、エクリチュールの理念の説明的な力についてのデリダのもともとのヴィジョンには、マルクス主義のための場所があけてあったと言ってよいからである。確かにその中にはフロイト主義というものが、フロイト主義そのものが言語とエクリチュールについての省察を内包するという程度には、含まれていた。意識と無意識との関係図を伝えるためにフロイトが喚起した「なぞの便箋」[79]を思い出してみれば、書くことの類比が心理分析のモデルを満たしている度合いを知ることができる。哲学的にしろ、文学的にしろ、このようなテクストの螢光透視法、語義学的にしろ、統語論的にしろ、文字学的類比の現前についてのこのような詳細な探求は、デリダの実際の体系そのものとは対立して、デリダの方法の特徴的なものを作っていると言ってよいだろう。それは一つの規範であって、それはこのような比喩的内容を、たとえそれが一見して筋の通らないものであっても、作家とエクリチュールとの関係について特権的で徴候的である、あるいは言い換えれば、西洋形而上学の伝統の概念的枠組の中での現前の神話についてのその作家の実践に特権的で徴候的であると見る、そういう規範なのである。このような分析の可能性の一例を挙げておこう。それは、ジッドの『背徳者』が、生まれ変わって、福音書にはもういらなくなった〈むかしのアダム〉を再発見するのを明示するときの用語のことである――

福音書にはもういらなくなった〈むかしのアダム〉、私をめぐるすべてのもの、書物、教師、家族、そして私自身までもが除去しようと努めた人物。彼はすっかりやつれはて、あまりに多くの加重［書き加え］surcharges のための見分け［判読］が困難になっているので、それだけになおさらその人物を再発見することが肝要で立派なことに私には思えたのである。そのとき以来私は、教育というものがその人物のうえに描きあげた dessiné 第二の習慣的存在［人物］を軽蔑した。私はこれらの幾層もの重ね刷り super-impression をふるい落とさねばならなかった。

私はみずからを重ね書き写本 palimpsests になぞらえた。私は、同じ紙のうえのごく最近の文字の下に、もっと古い限りなく貴重なテクストを発見する学者の喜びを知った。隠された秘密のテクストは何なのか。それを読むためには新しいほうのテクストを消すことが必要ではないか。(80)


このようにして『背徳者』はテクスト解読の物語となる。作中の象徴的風景、オアシスと青々としたノルマンの農場は、一つ一つが可視的エクリチュールの形式を持ち、自然は春とか年ごとの降雨とかの装いで、文化は土壌の耕作の方法によって、たがいに統合して人間みずからの筆跡を刻む。このような分析のもう一つの次元もここからそう遠くはないところにある。というのは、この作品は一方では私有財産と土地所有の矛盾に関するかなり意図的な省察であり、他方、同性愛のテーマもまた重ね書きのイメージそのものによって動機づけられていると言ってよく、そのため、エクリチュールの最も深い層――「いわば最悪の事態におけるかたくなな忍耐」(81)――がまず第一に上部の層と区別できるように、最下層は必然的に上部層と「異なって」いなければならないほどなのである。サルトルがかつて言ったように、悪には失敗の趣味がある。そしてジッドにとって悪は（ミシェルが結局最後に密猟者たちを助けて自分自身から盗ませる状況を参照）、ある絶対的・本源的な現前の神話に忠誠を尽くしたことへの制裁なのである。

このような方法（しかもジッドの寓話の構造にまさに忠実なこの方法）が本質的にアレゴリーの性質を持つことは注意しなければならない。デリダ自身の分析を読んだ者はかならず、その分析が非常にしばしばフロイト的解釈の古い形、いわゆる男根的象徴性に逆戻りすることを思い知らされるであろう。だからフロイトの初期の「科学的心理学のための計画」についての研究(82)では、デリダは Bahnung という語を(「道をつけること」frayage あるいは「突き抜くこと」piercing through の意味であるが、標準版フロイト全集では「促通」facilitation というきわめて不完全な訳語が使われている)、精神《サイキ》のさまざまな部分間の経済的関係を強調するためのこの用語を、テクストを刻む行為と性的挿入の行為の二重イメージとして解釈する。だからフロイトは(フロイトは「空白の紙にペンから液体を放出することからなる」エクリチュールの性的象徴性は十分に意識していた(83))彼の意に反して利用されていることになる。しかしながらこのようなエクリチュールとセクシュアリティとの象徴的相関性についての最も完全に仕上げられた例は、デリダの『グラマトロジーについて』の中にあって、ここでは、書き言葉は話し言葉の単なる「付録《シュプレマン》」であるというルソーの説には、エクリチュールと自慰との無意識な同一化が隠されていることが証明されている(ルソーの説明ではまた自然の代用品ないし置き換えの意味で「サプリメント」でもある)。

このような分析をアレゴリー的と言ったからといって、それが偽りの分析であるということを主張するのではない。事実、ルソーの分析はこの点で最も説得力があり、ルソー自身の独立した心理研究の中にその確証を見ることができるだけでなく、本質的にくすぐり的、ポルノグラフィ的表象としての一八世紀文学のより全体的な境位を見てもそのことはわかる。しかし、ある任意の用語(ルソーの〈付録《シュプレマン》〉とかプラトンの〈ファルマコン〉)があらゆる種類の本質的内容の象徴的投資(賦与)を誘い、それゆえに作品全体の探究のための一種の徴候として働くときの、その手がかりとなるなんらかの観念連合を理由に、デリダの方法を弁護することは――まちがっているとは言わないにしても――誤解を招くことにはなるだろう。むしろ、キー・ワードは、それが記号であるかぎりにおいて、シニフィアンとシニフィエとの間の根本的ギャップ——あるいは差異 différence、あるいは差延 différance——をみずからのうちに含む。すなわち、われわれがけっしてその「究極的」意味——純粋現前となり、みずからを同一化することができるような意味——に到達することができない基本的ギャップを内包する。このようにして、記号はシニフィエの一つの「レベル」からもう一つの「レベル」への永遠の運動であり、そしてそこからさらに今度は無限後退的に追放されていくという意味で、記号の構造そのものがアレゴリー的である。

『テル・ケル』グループがデリダの本質的概念を、盗用ではなく、完成に導くと言えるとすれば、それは以上のコンテクストからである。事実、彼らの集団的労力の記念碑であるジャン゠ジョゼフ・グーの『古銭学』の際立った特長は、教父的・中世的な四つのレベルの解釈体系の包括的な構築学への回帰である。なぜなら、グーがここで目指しているのは、経済的レベルであれ、心理分析的レベルであれ、政治的レベルであれ、言語学的レベルであれ、価値体系全体の基本的同一性、つまりいかに「(価値の)階層性が確認されるか」ということなのである——

秩序と従属の原理。そしてそれによって大多数の(複雑で多様な)〈記号〉(製品、行為と身振り、主体、客体)が、多数のなかのある数の聖なる権威のもとに整列する。凝縮のある時点で、価値は貯蔵され、資本化され、中心化され、任意の要素にある特権的な表象性を——みずからがそのなかの要素であるところの多様化された集合内に、表象性の独占権をさえ——賦与する。昇進(促進)。そのなぞめいた起源はそこで消去され、価値の標準および基準としてのこれらの要素の超越的役割におけ

るそれらの独占を絶対的（超然として無制限）なものにする。(84)

価値についてのさまざまな局所的研究の豊かな類比的内容――マルクスの金銭と有用品の分析、フロイトのリビドー分析、ニーチェの倫理学の分析、デリダの言葉の分析――はそれ自体、これらのさまざまな次元を支配するさまざまなカテゴリーの隠された相関関係の記号《しるし》である。金、男根、父あるいは君主あるいは神、〈満ちた言葉〉parole pleine あるいは話し言葉の神話。これらの絶対的標準の起源のためのパラダイムは、マルクスの言う交換機構の四段階である。単純段階（一対一の関係の瞬間、ラカンの鏡の段階に等しい）、発達した段階（一種の多形的価値体系）、一般化した段階（共通価値という抽象的な観念が生じる）、そして最後に、金銭的あるいは絶対的段階（金は有用品循環から除外され、絶対的基準となる、ちょうど父が殺され、〈父の名〉に変形され、ちょうどラカンの精神分析にとって、象徴的去勢が性器段階にセクシュアリティを固着するように）。このプロセスのもう一つの基本的瞬間は――そしてこの論証に政治的・革命的内容を与えるのがこの瞬間なのであるが――進化のプロセスそのものの抹消ないし掩蔽であり、それによってブルジョワジーは真の労働における価値の源泉を自己自身から隠蔽し、性的進化の他の瞬間を倒錯の辺土《リンボ》へと追放し、父親殺しのあらゆる痕跡《トラース》を破壊し、あらゆる書き言葉的言語の顕現を、話し言葉そのものの単なる「付録」へと同化する。

政治的倫理は――それはデリダでは暗示的に、『テル・ケル』グループではあからさまに述べられるのだが――このようにして「抹消された発生起源の実体化された結果に対する闘争」(85)として現われる。そしてそれをこのように表現することは、マルクス主義的枠組のなかでのこの立場の限界と同時に、その価値をも理解することである。私はすでに別の場所で、(86)経済的相同関係の通俗マルクス主義的用法――マルクス主義の経済用語への本質的にアレゴリー的な翻訳――と、階級闘争の具体的状況に思考をもう一度根づかせようとする真により革命的な身振りとを区別した。『テル・ケル』の政治をこのようなコンテクストから本質的に定義すれば、あらゆるレベルでの超越的シニフィアンに対して、あるいは意味ないし絶対的現前の究極的に実体化された次元に対して闘争する戦闘的無神論、ということになるだろう。それは『存在と無』のサルトルの事業の継続と見ることもできるが、ただ違うのは、いまや存在という用語もカテゴリーも否認され、サルトルの作品の倫理的結論であった非＝存在における相対的に静的な忍耐のかわりに、『テル・ケル』が予測するのは、時間ないしプロセスに対する、現実そのものの〈痕跡《トラース》〉であるような痕跡の一種のテクスト生産性ないし生産力に対する、一種の同意である。文学の領域では、ジュリア・クリステヴァがこのような観念について最も体系的な発言をしていて、文学形式の古い形而上的理念のかわりに、自己生成機構としてのテクスト、テクスト生産の永続的プロセスとしてのテクストの理念を置く。

　したがってこのような生産性を抑圧することは、うえに述べた無限後退のプロセス、シニフィアンからシニフィエへの無限の意味の受け渡しに対する恐怖の結果起こるものである。ブルジョワないし神経症患者（サルトルの言う「卑劣漢《サロー》」）はこのような差異の純粋時間性のなかに生きることはできず、なんらかの心安まる超越的シニフィエの教義に結局救いを求めなければならない。そしてそれはどのようなレベルのものでもよく、神でも、政治的権威でも、男っぽさ《マチズモ》でも、文学作品でも、あるいは単に意味そのものでもよい。このようにして、『テル・ケル』グループでは、ラカンとデリダに分散されていた含意が改めて強力に結合し、その力は、究極的に革命的とは言えないにしても、ブルジョワの伝統のなかでは少なくとも爆発的に批判的なものである。

同時にまた、その基礎となっている体系が究極的に自己矛盾をはらんでいることも認めなければならない。あらゆる究極的・超越的シニフィエを否認し、究極的・根本的現実内容を命令するあらゆる概念を拒絶するという行為そのものによって、デリダが最後に行きついたのは、新しい概念の発明、エクリチュールそのものの発明であった。文学的な面からは、デリダ自身の分析の力強さは——ジャン＝ジョゼフ・グーの精巧さの多声的構成は言うまでもなく——独得で特権的なタイプの内容としてエクリチュールを孤立化し、改めて価格設定することから来ていると言ってよいだろう。エクリチュールはこのようにして、基本的な解釈コードないし説明コードとなり、そのコードは、解釈行為の階層制のなかで下層に配置される他のタイプの内容（経済的・性的・政治的）に対して優先性を持つものと感じられる。もしそうでなければ、つぎのような、いかにもデリダ的な議論に特徴的な一節の持つ力強さを説明することはできない——

エクリチュール、文学、意味ある刻印は西洋の伝統ではつねに精神、息、〈言葉〉あるいは〈ロゴス〉に外在する肉体・物質と考えられてきた。そして魂と肉体の問題はそれが——逆に——みずからのメタファーを貸していると思えるエクリチュールの問題から疑いもなく派生している。(87)

この逆転は、それが選択肢のどれを選ぶかという問題を提起するというかぎりにおいて、不誠実である。なぜなら、もし精神＝肉体という問題が特権化されるならば、痕跡《トラース》と差延の理念全体が、生命は具現化されるか身体的に肉化されなければならないという基本的必然の一つの現われであることになる（他にも現われはあるが、ここでは言語レベルの現われを言う)。われわれはここで同じこと、二つの類比的コードないし説明的体系を表現する二つの方法のどちらを選ぶかを迫られている――言語を選ぶか、それとも生命あるいは有機体を選ぶか。この段階では、この選択はいかがわしくも形而上的択一のように見え、そしてデリダの痕跡観は、いかがわしいことに、本来それが弾劾するはずであったタイプのさらにもう一つの存在論のように見える。

しかし私はデリダの体系がマルクス主義とは全面的に和解不能であると言うつもりはない。事実デリダが、現前あるいは意識の逆説的構造――つねにすでにある場所に、ある状況に、つねにともかく時間的・存在的にみずからが先行している――を強調することによって、彼の思想はここでアルチュセールの「つねにすでに与えられた」toujours-déjà-donné という理念にもう一度結びつく――

> 起源の哲学とその有機的概念というイデオロギー神話の代わりに、マルクス主義がその指導原理として確立するのは、あらゆる具体的「客体」の複雑な構造――対象そのものの発達を支配するだけでなく、対象の知を生産する理論的実践《プラクシス》の発達をも支配する構造――の所与性を認識することである。したがってわれわれはもはや起源の本質を扱う必要はなく、たとえ知がどんなに遠く過去にさかのぼるものであっても、つねにあらかじめ与えられたもの (un toujours-déjà-donné) を扱えばよいのである。(88)

このようなコンテクストから「痕跡」という理念が、あのいつまでもスキャンダラスなマルクスの発見

――「人間の存在を決定するのは人間の意識ではなく、逆に社会的存在が人間の意識を決定する」(89)――を伝えるための、めざましく象徴的な方法となるのである。マルクスのこの決定は、一つの所与としてつねに意識を超越する「すでに与えられたもの」のなかに感じとられるのであって、この決定がどのように徹底的に形を変えて現われようとも、エクリチュールとしての言語の地質学的堆積物という視覚的表象を持つときに、かならずこのことは起こる。このような次元は当然シニフィエの究極的岩床とも見られるもので、それは、それ自体一つの概念あるいはシニフィアンとして定式化されることのけっしてない、それゆえにすでに述べたような種類の無意識的神学的固着によってはけっして理解することのできない、しかしシニフィアンの無限後退・飛行の下に床面を設定する、そのような基礎構造ないし「社会的存在」のレベルである。しかし事情がこの通りであるなら、デリダが排斥するヒュポスタシス（基礎・実体）は、それが結局は一つのタイプの記号ないし概念的カテゴリーへの固着作用となるという意味で、超越的〈シニフィアン〉として考えるほうがより適当でなければならない。われわれが暗示してきたシニフィエの究極的次元は、しかしながら、このように（通俗マルクス主義の経済主義がやろうとしているように）実体化することはできない。なぜならそれはつねに個人の意識を越え、個人の意識が生じる究極的土台であるからだ。

しかしながらこのディレンマは、すでにはしがきで触れたように、構造主義の出発点の反映である。言語的体系によって現実を語ることを選び、新しい言語学の用語法でもう一度哲学の問題を表現することは、必然的に恣意的・絶対的決定であり、言語そのものを特権的な説明様式にする決定である。現代人も先行者たちもますます言語モデルを使って説明することが多くなったということは、流行上の変化を頼みにしているわけではないにしても、〈時代精神《ツアイトカイスト》〉を頼みにはしているわけで、すべては言語であるという理念が返答不能であると同時に弁護不能であるということを認めるほうが、一層誠実のように思える。

デリダはこのことをよく知っているので、構造主義そのものが現前の神話という魔法にかかっているという究極的結論におもむくことになる——

現前性の形而上学の基盤は「記号」という概念によって揺さぶられた。しかし……超越的あるいは特権的シニフィエはなく、そこでの意味化作用《シニフイカシオン》の領域あるいは戯れには限界がないということを証明しようとすれば、「記号」という概念も語も拒否しなければならず、このことはとうてい人のできることではない。意味化作用のためには「記号《シーニユ》」は、シニフィエのシーニュとして、シニフィエを指向するシニフィアンとして、そのシニフィエとは違うシニフィアンとして、その意味は常に理解され、決定されてきた。もしわれわれがここでシニフィアンとシニフィエの根本的相違を消去するのであれば、われわれはシニフィアンという言葉そのものを、本質的に形而上的概念にかかわるものとして放棄しなければならない。レヴィ＝ストロースが『なまのものと火にかけたもの』のはしがきで、「はじめから記号のレベルに直接身を置くことによって感覚的なものと知的なものとの対立を超越しようとした」と述べるとき、彼の行為に必然性、力強さ、正当性が備わっているからといって、われわれは記号の概念はそれ自体では感覚的なものと知的なものとの対立を超越できないということを忘れてはならない。記号の概念は、そのそれぞれの局面において、記号の歴史の全体を通じて、この対立によって決定されてきた。記号の生命力はこの対立とこの対立が作りあげる体系からえられる。しかしわれわれは記号の概念なしではいられない。なぜならわれわれがこの形而上的共犯性を放棄すればかならず、われわれがこの共犯性に対して向けている批判行為をも放棄しなければならず、シニフィアンとみずからのなかに吸収してしまった――あるいは同じことを別の言い方で言えば、完全にシニフィアンを外在化してしまった――シニフィエの内的同一性における差異を消去してしまうという危険を冒すことにならざるをえない。(90)

このようにデリダの思想は、みずから批判する立場にある形而上学を越えたという安易な幻想をみずからに拒否する。それはまた、たとえ否定の否定によってであるにすぎないにしろ、古いモデルを脱ぎ捨てて、そのような批判によってその存在が含意されてきたところの未踏の境地へとやって来たという幻想をも拒否する。かわりに、デリダの哲学的言語は、みずからの概念の牢獄の壁面を手さぐりで進み、あたかもそれが、他の者たちがいまだに思いもよらない、ありうる一つの世界にしかすぎないかのように、その世界を内部から記述するのである。

5

(1) 構造主義のこのような最終的瞬間、あるいはむしろ構造主義についての構造主義的批判の最終的瞬間によってわれわれは、記号の静的概念内部にある時間性そのものの事実と経験が持つ破壊的効果――徐々に古い体系の外皮を押しひらき、あからさまに眼前に突き出てくる破壊効果――を目撃することができた。ここでどうしてもわれわれは構造主義的な歴史の再発明のことを語りたくなる。事実私にとっては、

「差延」différanceという言葉は、最小の差異的出来事を命名し、その最も微小な種子のなかに時間の神秘を探り出そうという試みのように思える。デリダはこのことをよく知っていて、もし彼がそこにかかわる基本的プロセスを記述するのに「歴史的」という言葉を使うのを躊躇するとすれば、その理由は、彼にとってヘーゲルは形而上学者であり、「歴史」（線的継続性、観念論的連続性、一連の「現前」の連なり、などからなる幻想としての歴史）は西洋の伝統の形而上的装置の一部であるからなのである――「もし〈歴史〉という言葉に差異の究極的抑圧のための動機性が含まれていないのであれば、ありうる差異は、そもその最初から、完全に〈歴史的〉な性質のものでしかないことになるだろう(91)。」

このような歴史の再発明は、われわれの時間概念の根深い再組織化と同一であり、デリダの用語法から予想できるように、特に現在という概念についての徹底的批判と同一である。ある意味ではまだ決定されていないが、真の歴史性が可能なのは、絶対的現在についてのこのような幻想が追い払われ、時間の向こう端からもう一度坑道に現在という穴があけられたときだけである。だからこそ、またしても、芸術作品がこのコンテクストから特権的な研究対象となるのだ――

> 作品のこのような歴史性は、作品の過去、作品が作者の意図そのものにおいてみずから先行するためのあの睡眠と徹夜、にだけあるのではなく、現在に存在することの不可能さ、どのような絶対的同時性あるいは瞬間性のなかに再開することもできないその不可能さにもある(92)。

このように、時間についての新しい、底深い歴史意識は、ソシュール的な同一性と差異が取る究極的形式――瞬間そのものにおける現前と不在、われわれの目の前での静止からの時間の生成――である。

ここで構造主義はついに外側の限界に触れることになる。そしてこのことでつぎのことを指摘しておく価値がある。時間性がここで構造主義的条件項によって見えるようになったのは、ひとえにそれが記号そのもののなかに潜在する時間性であって、対象の時間性でもなく、生存の時間性でもなければ歴史の時間性でもないからである。

このような分離が一貫して保持されているのは、歴史に対する構造主義的立場についての最も完全に構築された所説、つまりアルチュセールの所説においてである。すでに述べたように、アルチュセールにとって、概念世界と現実世界とは完全に切り離されていなければならない。だから歴史の概念の問題は本質的にモデルの問題であって、現実の問題ではないのである。

われわれはわれわれの全員をいまだに支配しているあの偏見――現代の歴史性の本質そのものをなす偏見、それについてのそれが知であるところの現実の対象の「特質」そのものによって知の対象に影響を及ぼすことによって、知の対象と現実の対象とを混同させようとするあの偏見――の驚くべき力についての幻想を捨てなければならない。[93] 歴史についての知（識）が歴史的でないのは、砂糖についての知が甘くないのと同じことなのである。

いくぶん強調の仕方は違うけれども、グレマスも同じことを言っていて、[94] 彼は、理解というものは、たとえそれが通時的出来事を対象にする場合でも、本質的に共時的プロセスであるとする。したがって、われわれが概念的に歴史をかりに「把握する」ことができるとすれば、その限りにおいてそのような把握は真の通時態を共時的条件項に翻訳するという形を取ったにちがいないということになる。それゆえ、現実の通時態、現実の歴史は、直接到達しえない一種の「物自体」Ding-an-sich として、精神の埒外にはみ出し、時間は不可知なものとなる。

アルチュセールの立場も同様である。もっとも、アルチュセールのほうがおそらく用語法としては一層一貫していて、通時態も共時態も概念的カテゴリーであり、「生きた」歴史（個人の経験）と「客観的」歴史（集団としての運命の展開）こそが不可知なものであることを指摘する。思考様式としての通時態はこのように、彼にとっては「時間の時間、人生とか、時計とかの時間の連続性のなかで読むことはできないが、生産そのものの特定の構造のなかから構築しなければならない複合的時間[95]」、言いかえれば、一組の虚構的・仮説的変化モデルである。このことは共時態についても当てはまり、アルチュセールにとって共時態とは、同時代の豊かさ、さまざまなレベルの現象がたがいに階層的に秩序化されている複雑な「ドミナントによる構造」structure à dominante の豊かさから抽象したものなのである。

このようにアルチュセールの立場には、経験的・現実的歴史概念とヘーゲル的・観念論的歴史概念の両方に対する攻撃があり、それを彼は二つの弁証法的対立としてたがいに同化させる――

> ここでわれわれは可視的な経験的歴史の対蹠地にあって、そこではあらゆる歴史の時間は単純な連続体の時間であり、「内容」は単にそこで起こる出来事の空虚な形にすぎず、それを歴史家がそこで、この連続体を「時代分け」するために、さまざまな編集技法を用いて秩序化しようとする。普通の歴

史の平板な神秘を作りあげている連続と不連続のこれらのカテゴリーのかわりに、われわれが扱わなければならないのは、もっと複雑な、それぞれのタイプの歴史に特有のカテゴリーであって、そこでは新しい論理的形式が介入し、「運動と時間の論理」のカテゴリーが昇華したものにすぎないところの、確かにヘーゲル的な図式が高度に近似的な価値しか持たず、その価値にしたところで、カテゴリーの近似によってそれを近似的（指示的）に用いるという条件があってはじめて成り立つ——なぜなら、もしわれわれがヘーゲル的カテゴリーを適切なカテゴリーと受けとらねばならないとすれば、それを用いることは理論的に不条理、実際にむなしいこと、あるいは破局的なことになってしまうところなのだ。(96)

(2)　どうやらわれわれは、それ自体本質的にきわめて弁証法的な、立場を逆転すべき地点にまで来てしまったようだ。というのは、この地点では、歴史はみずからの歴史的本質をきわめて深く確信してしまっているので、歴史は歴史としての歴史を超越し、突然に非歴史的なタイプの知の対象となるのである。このことは比較的外在的にレヴィ＝ストロースの作品においてすでに起こったことで、レヴィ＝ストロースにとって、歴史と現代的・西洋的（「熱い」）社会との一体化は、結局、原始的・冷たい社会と無＝歴史的社会との一体化、そしてその両者を包摂することのできるより広い、第三の条件項（構造）を措定する必要ともかかわってくる。ということはつまり、歴史的思考としての歴史と、社会そのもののなかの歴史的変化についての力学的内蔵原理としての歴史とを混同すること、少なくとも同一化することである。その結果は、一つには、歴史（つまり「西洋」）の出現は、レヴィ＝ストロースにとっては、はなはだしく偶然的なこと、けっして起こる必要のなかったことであり、他方では、実際の変化は人間の行為というよりは対象と関連し、歴史はものの歴史となるということとなるということである(97)——

〈神話的思考と論理的思考の〉相違は、そこにかかわる知的作用の質に関係するというよりは、これらの作用が指向する事物の性質に関係がある。科学技術の専門家たちは自分たちの領域のなかではこのことはずっと以前から知っていた。鉄の斧が石の斧よりすぐれているのは前者が後者より〈よりよくできている〉からではない。いずれも等しくよくできてはいるけれども、鉄は石とはとにかく同じものではないのである(98)。

だからレヴィ＝ストロースとルソーを同一化することは、二人の基本的哲学的立場における驚くべき同一性の印なのである。

しかし、同じように特権的な他の多くの形式のなかで「歴史」が単なる一つの精神の形式であるこのようなプロセスを、おそらく最も徴候的に示すのは、ミシェル・フーコーの仕事である。フーコーの『言葉と事物』が特にわれわれに興味があるのは、すでに見たように、構造主義的立場が結束していたと思われるような種類のモデルの歴史を、彼があからさまに構築しようと試みているからである。

フーコーの分析において、デリダの分析における「現前の形而上学」の観念とかなり似た位置を占める批評概念は、表象の概念、言葉を換えて言えば、観念の対象との関係、あるいは言葉と事物との関係という概念であり、その関係においては前者はなんらかの意味で後者のミメーシス（模倣）の位置にある。フーコーの目的は、「古典時代(もちろんこの意味は一七・一八世紀)を通じて表象の理論と言語の理論、自然的秩序と富と価値との間に存在していた一貫性」を論証することにある——

一九世紀の冒頭に完全に変化するのが、この比喩関係である。表象の理論はあらゆる可能な秩序のための全体的基盤としては消えてしまう。自然的静止画、事物からの最初の文学的秩序化としての言語、表象と事物そのものとの不可欠の中継としての言語が、今度はかわって消去される。底深い歴史性が事物の中心にまで貫通し、事物を孤立させ、事物そのものの一貫性によって事物を定義し、時間の連続性が内包する秩序の形式を事物に押しつける。交換と流通の分析が生産の研究のために道を空け、有機体の分析が分類学的特徴の研究よりも優位に立つようになる。そしてなによりも、あらゆる言語はその特権的立場を失い、それ自身の過去の濃密さそのものと一貫した一つの歴史の単なるもう一つの比喩にすぎないものとなる。しかし事物が少しずつ事物中心になり、みずからの発展のなかにのみ知的理解の原理を求め、表象の空間を放棄するにつれて、西洋の知の歴史上はじめて……今度は人間が現われる。ここから生まれ出るのは、新しい人間主義のすべての怪獣《キマイラ》、人間についての全体的、半実証主義的、半哲学的省察と理解されている〈人類学〉のあらゆる安易な解決なのである。しかしながら、人間が発明されたのはごく最近のことで、たかだか二百年、われわれの知のなかの一個の単純な皺にすぎなく、知がさらに新しい形式を見つけたときには人間もまた消えてしまうことを思えば、心も慰められ、深い安らぎを覚えるのである。(99)

このような新しい歴史理論を要約するには、言語に与えられた運命をたどってみるのがよい。言語はこうした分析の道標となる。まず第一にルネサンス（ここでは世界は本質的に神の書、エクリチュール、テクスト、ヒエログリフであった）、つぎに古典時代（支配的な文法と論理の一体化）、そして現代（本質的に歴史的な、あるいは生成的な言語学）。歴史はこのように徐々に言語を抹消していくことを特長としていて、いまや構造主義の出現とともに、歴史あるいはすでに時代遅れになった思考形式としてのコギトに対して、言語を（あるいは「象徴的体系」全体を）優位に置くという考え方にまさに帰ろうとしているように見える。

このパラダイムはすっかりおなじみのもので、事実フーコーのこの本のおもしろさは、具体例として使われている材料（言語学、生物学、経済学）の珍しさにおそらく比例している。フーコーの前著『狂気と非理性』は、それほど標題的ではないが、それでもそれが提示する狂気の歴史という目標そのものについては、より顕著であった。しかし鍵となるそれぞれの「瞬間」は同じであった。まず中世的瞬間——狂人はジプシーのように自由にヨーロッパをさまよい歩き、真の「愚者の船」に乗って水路を旅し、船のなかでは「愚者（道化）」は神のごとき特権と知恵を持つと考えられた（シェイクスピアにおいてもまだそうであったように）。古典的瞬間——そのころ現われはじめた理性という観念が自分自身の暗黒の反対物を生成し、狂人がはじめて世間の目から遮蔽されるために、最初の気狂い病院ができ、その時期がデカルトのコギトと同じなのである。ロマン的瞬間——シャラントンの狂人たちが一九世紀の人間愛の受取人となり、狂気は犯罪ではなく、病気と考えられるようになる。そして最後にわれわれの時代——偉大なる狂人、ニーチェあるいはヘルダーリンあるいはアントナン・アルトーなどが絶対的経験を具現し、人格の限界、精神の限界、まさに現実そのものの限界についての秘密を所有していると感じられる。

これらの二作からあからさまに現出する方法論的問題は、ここに記述されている瞬間の内容に関係するというよりは、むしろ一つの瞬間からつぎの瞬間への経過と関係する。一つの瞬間とつぎの瞬間との間のこのように根源的な断裂（地震、底深い隆起、地震計的破裂）を記述するときのフーコーのイメジャリーそのものが、このディレンマの解決というよりは、批准・追認を構成する――「たぶんいまだに問題を措定するときは来ていない。われわれはおそらく思考の考古学がもっと堅固に基礎づけられるのを待たなければ、それが直接的・実証的に記述することが可能であるところのものをもっと徹底的に計測することはできず、それが対象とする特異な体系も内的連接環も記述することができず、それができてはじめてそれは外側から思考のまわりをめぐり、それが逃亡する方向について疑問を呈することができる。目下のところは、これらの断裂を、それが現われるままに、不明なものも明白なものも、経験的順序に従って受け取るだけで十分である。[100]」しかし、モデルの形式は利用可能な経験的データの量によって修正されることはけっしてないということを理解するには、モデルの理論は特権的立場になければならない。

実際に起こったことはこうだ。「同一性」と「差異」の教義が純粋差異を記録する以外のことにかけては無力であるということがここに露呈され、われわれが扱わなければならないのは、一つの内在的に一貫した共時的瞬間からつぎの瞬間への根源的で無意味な転移としての、極端な形の変異観念ということになる。しかしいま、フーコーの枠組は、なぜこうでなければならないかを理解できる立場にわれわれを置いてくれる。言いかえれば、歴史というものはたとえば理解の一形式に還元し、そしてそのうえでそれらの諸形式の間の連結環を歴史的に理解しようなどということは不可能なのである。ここでポンジュ*が木について述べたことを思い出す。木は何度となくみずからの木＝性を逃れようとし、結局はただ葉をさらに生産するだけに終わってしまう——「木の助けを借りて木から逃れることはできない」のである。超越的シニフィエとしての「言語」にできることは、特定の言説様式としての歴史を理解することだけである。そしてさまざまな形式の継起を前にして、すなわち歴史みずからが重商主義からポスト産業主義にいたる資本主義のライフ・サイクルとしてしか理解していないそうした諸形式の継起を前にして、言語はただ唖然として手をこまねいているだけなのである。

6

(1) すでにわれわれは、構造主義を理解するのに最もよいのは、哲学的フォルマリズムとして、現代哲学のいたるところで行なわれている全体的運動、ポジティヴな内容からの離反、シニフィアンのさまざまな教条主義からの離反の尖端部分として、それを捉えることであると述べてきた。構造主義のパンテオンに祭られたフロイトとマルクスの両義的な立場にしても、このように基本的傾向を理解することによって明白なものとなる。なぜなら両者とも、ヘーゲル以後の西洋の体系的哲学の末尾につながり、両者ともに交互に新しい方法として、あるいは新しいタイプの内容として、つまり一方における歴史的唯物論と精神分析的解釈学、そして他方における弁証法的唯物主義とリビドー理論との交替反復として、理解することができるのである。すでに見たように、構造主義はこれらの二つの方法を同化することを目指し、それをシニフィアンとシニフィエの間のギャップの双生児的異本として読む。そして一方では、構造主義はまた、二つの体系の個別的内容を無視するか、さもなければそれをアレゴリー的に解釈するかの傾向がある。

このようなフォルマリズムへの衝動は、もっと別な意味でロラン・バルトの文学的科学と文学的批評の区別、ある任意の言表についての「意味」Sinn と「意義」Bedeutung とのフレーゲ*とカルナップ*の古い区別（言表の不変の形式的有機体と、読者の連続的生成行為によって行なわれる意味作用ないし変動する評価作用）の一種の焼き直しの中にも、徴候的に作用しているのを見ることができる。したがってバルトの仕事は、われわれが自由に好きな内容なり解釈コードなりで埋めることのできる変数を持った等式のようなものである。[101] バルト自身がこのような規定に忠実であったことは確かで、彼の批評的実践にはじつにさまざまな異なった批評コードが現われる。あるときはそれは傷痕《トラウマ》による説明であり、『トーテムとタブー』のフロイト主義であり、ラカンのフロイト主義であり、またあるときはそれは『テル・ケル』のエクリチュール志向の解釈であったりする。しかしこのような交替反復は、なるほど解釈者の名人芸を示しはするけれども、方法そのものの概念におけるある種の基本構造上の欠陥、ほとんどアレゴリー的な弛緩——いかなる特権的内容をも拒否することが、結局はどの種類の方法でも無差別に使ってよいということにもなりかねないような欠陥と弛緩——を暗示することになる。

　同時に、構造主義は、その他の偉大な現代のフォルマリズム（プラグマティズム、現象学、論理実証主義、実存主義）と同様、それが否定する特定のタイプの内容の本質からして、そうした内容を前にしたときのこのような強い反発感を分節化するのに役立ってきた。構造主義の場合、特権的な過誤の形はエゴあるいは主体の実体性という観念である。それが主体をもう一度単なる関係性、言語あるいは「象徴的なるもの」の体系へと溶解させようと試みるかぎりにおいて、構造主義をわれわれはつぎのように理解することができる。つまり、構造主義とは、生命の夜明けの集合的性格についての歪んだ意識のことであり、われわれ個人個人の存在を組織化している、大量生産的商業主義の網の目ほどにはたぶんサイバネティックス的ではないもの、そのすでに集合的である構造についての、いわば不鮮明な省察のことである、というように。この意味で、エゴに対する、エゴの見せかけの姿に対するこのような攻撃は、明らかに反観念論的衝動である。しかしながら、それは、新しいタイプの客観的科学あるいは意味論を作ろうという比較的実証主義的な主張と重なっている。しかしこれらの実証主義的要素——たとえば脳そのものの構造のなかに二項対立の源を位置づける望み——を見ても、われわれがこれから話題にする体系の他の構造的成りゆきに較べてそれほど啓示的であるわけではない。

さてここでようやく、これまで長いこと棚上げにしてきたレヴィ＝ストロースがオイディプス神話について行なった分析の呈示に戻ることにする。思い出していただきたいが、挿話の四つの基本タイプ（近親相姦、家族殺し、奇形、怪物）はそこでさらに二組の対立関係に分けられ、一つは親族関係にかかわるもの（過大評価、過小評価）、もう一つは人間と自然の関係を扱うもの（人間はみずからを自然から解放することに成功したり失敗したりすることを交替反復する）である。さらに別な節では、われわれはレヴィ＝ストロースにとって神話とは本質的に、架空の様式において現実の矛盾を解決する手段であることを見た。このように、オイディプス神話は、親族体系と自然との間の矛盾についての瞑想として見られるようになる。つまり、有機的生命を親族規則と親族配列のパターンによって全面的に包摂・吸収することができないことに対する概念的な愛想づかしの反応であって、それはたとえば顔面のいれずみといったような規模の、純粋に動物的なものの一種の芸術的昇華・装飾と考えてもよい。神話とは——

そこで、人間の土着性を公然と信じる社会にとって……この理解から離れて、われわれのひとりひとりがじつは男と女の結合から生まれるという事実の認識へと移動することが不可能であることを表現する。この困難を乗り越えることはできない。しかしオイディプス神話は、最初の問題——人は一人から生まれるのか、二人から生まれるのか——とそれから派生した問題、おおよそつぎのように定式化できる問題——同じ者から同じ者が生まれるのか、違う者が生まれるのか——との間を橋渡しする一種の補助的論理を提供する。このようにして相互関係は徐々に崩壊し、親族関係の過大評価と過小評価の関係は、土着性からの逃亡の試みと逃亡の不可能性との関係に等しいのである。(109)

これはなかなか巧妙な解釈ではあるが、しかし、それは特定の経験的な神話学の問題に対する一回限りの解決にとどまるものではけっしてない。上に述べた対立関係は本質的には「自然」と「文化」の対立関係であり、オイディプス神話が文化そのものによるみずからの起源についての瞑想にかかわるものであるかぎりにおいて、また、神話形成が文化そのものの単なる偶然的な一部ではなく、その構成的な一部であるかぎりにおいて、ここに解釈されているような神話には、それ自身の存在に対する指示（言及）も含まれる。このようにレヴィ＝ストロースにとって、この特定の神話の解釈は（他のすべての神話の解釈と同様）、究極的に、神話の明白な特徴を開示するものであって、その特徴とは——

まさに誇張、一つのレベル、あるいはいくつかのレベルによる他のレベルの増殖の結果起こるもので、言語そのものにおけるように、意味化作用を意味化（記号化）するという機能を持たなければならない……。そしてもし、いったいどのような究極的シニフィエをこれらの意味化作用――すべてがたがいを意味化し、しかし究極的には何かと関係しないではいられない――が指示するのかと問われるならば、本書〔『なまのものと火にかけたもの』〕が提示する唯一の答えは、神話とは、それがみずからその一部であるところの世界という手段によって、その神話を精妙化させる精神を意味する、ということでなければならない。(103)

したがって、この地点で、バルトの仕事の基礎をなしている二重機能性（記号はあることを意味すると同時に、それ自身の記号としての存在を指し示す）はここで、「内容」はまさに形式そのものであるという徹底したフォルマリズムに単純化される――詩についての詩、あるいは小説家についての小説などと同じように、神話は神話学的プロセスについてのものである、というように。このような方法によってはじめて、レヴィ＝ストロースは外来的内容、輸入された外部の「意味」の外在的集合体を、彼の神話の構造分析であるところのこれらの純粋の相関的等式のなかに持ちこむことを避けることができる。このようにしてはじめて彼は解釈を避けることができるのであるが、しかしそのときの彼の避け方は、究極的には、「構造主義」の形式（言語モデル）を新しいタイプの内容（究極的シニフィエとしての言語）に変える結果になる。

このことが単に個人的な偏向ではなく、むしろ全体としての体系の必然的な構造的歪みであるということは、文学批評から引き出したもう一つの具体例によって判断できるであろう。というのは、われわれは新しい文学批評において最も顕著に構造主義的であるものにはまだ触れていないのであって、この文学批評のプロット等式こそじつはフォルマリストたちが始めた研究の継続と思えるものなのである。構造主義的批評の最も特徴的な特色は、まさに形式の内容へのある種の変換にあり、そこでは構造主義的研究の形式（物語は文のように、言語的言表のように組織化される）は内容についての命題に変わる――文学作品とは言語についてのものであり、パロールそのもののプロセスをその本質的主題に取る、というように。このようにして、一連の驚くべき論文において、トドロフは、『千夜一夜物語』のような物語集の主題そのものが語りの行為そのものとして見られるべきこと、登場人物の心理の唯一の定数（あるは作品の基盤となる心理的前提要件の唯一の定数）は物語を語り、そしてそれを聞くことに対する強迫観念にあること、人物を構成単位として定義するものは、物語を語らなければならないという事実であり、人物の究極的運命という視点からは、「語りは人生に等しく、語りの不在は死に等しい」[104]ことなどを証明した。まったく同じように、『オデュッセイア』のような原始的叙事詩に目を転じ、そしてパロールの概念を拡大して、語りだけでなく、嘆願、自慢、海の精《セイレーン》、嘘（一つ目巨人《キュークロープス》の挿話）などをもそこに含めるならば、徐々に、詩の中のほとんどすべてのものが発話行為そのものの前景化、言葉という出来事の前景化と思えるようになる。この点で予言は特に意味深い。というのは、予言は実際に起こるであろうすべての出来事を倍加（反復）するかぎりにおいて、予言によってわれわれは出来事の実存的直接性ではなく、すでに語られた出来事として、発話そのものの単なる確認を、その出来事のなかに見ることになる――「すべてはあらかじめ語られていて、語られるものすべては起こる」[105]のである。

　さてもっと複雑な、『危険な関係』のような文学作品に目を転じれば、そこに類比的構造が存在することにわれわれは気づく。書簡体小説にはあらゆる種類の表示があふれていて、その大部分は指示的なものから文学的なものへの小さな移動の形を取り、そのなかで手紙の書き手はわれわれの注意を書き手自身の活動、あるいは通信者その人の言葉、書くこと《エクリチュール》とそのものの事実へと向けさせる。書くことと読むことの効果はこのようにして小説内部の出来事の身分にまで昇進し、しまいには、手紙が語っているはずの「現実の」出来事にとってかわることになる。

しかしこのような疑いようのない構造的特異性からトドロフが引き出す包括的結論は、構造主義的解釈一般に徴候的な結論である――

> ラクロはこのようにして文学の底深い特質を象徴する。『危険な関係』の究極的意味は文学そのものについての命題なのである。あらゆる作品、あらゆる小説は、その出来事の織物によってみずからの創造の物語、自分自身の歴史を語る。ラクロやプルーストのような作品は、あらゆる文学的創造の根底にあるこの真理をあからさまなものにするだけである。このようにして、ある任意の小説ないし劇作品の究極的な意味に達しようなどという試みがいかに無駄なことであるかが明白になる。作品の意味は語りそのものの中、作品がみずからの存在についてしゃべる、そのことの中にある。このようにして小説はわれわれを小説自身の現前のまえに導く。そして小説はそれが終わるところから始まると言ってよい。というのは、小説の存在そのものがその陰謀の最後の連結環であり、語られた物語、人生の物語が終わるところ、まさにその地点で、語る物語、文学の物語が始まるのである。(106)

要するに、われわれがここで扱わねばならないのは、構造分析のレベルにおける重複――すでにフォルマリズム批評において行なわれているのを見たことのある、形式みずからの形式への同じ回帰、あの同じ逆説的な自己明示を伴った重複――なのであり、かつてフォルマリズム批評がその究極的内容としての作品の誕生を見たところに、いま構造主義者は、ある任意の作品の内容を「言語」そのものとして読んでいる。そしてこのことはなにも、個々の批評家の側の単なる偶然とか特異性などではなく、モデルそのものに内在する形式的歪みなのである。

であればこそわれわれは『テル・ケル』グループの実践には、その究極的意味がエクリチュールないし言語であるような複雑なアレゴリー的構造がかかわっていることに気づいたのであり、同じようにして、〈交換〉という観点からのさまざまな解釈（たとえばジャック・エールマンのコルネイユの『シンナ』分析とか、トドロフの『デカメロン』の物語の読み）(107)(108)には、レヴィ＝ストロースがはじめてその親族体系研究においてソシュールの『講義』をマルセル・モース*の『贈与論』に同化して以来、構造主義は一貫して交換と言語的回路を同一視して来たという程度に、暗示的な言語的内容、あるいは伝達的内容がかかわってくるのだ。このような自己明示はもう一つ別の形で働いているが、それは、グレマスが物語の語りの構造に対して、ある契約の不履行と究極的な再設定という形でみごとに説明することによって与えた、あの潜在的内容のことである。(109)このような説明が持つ政治的意味あいとはまったく別に、ここで明白なことは、社会契約の観念がレヴィ＝ストロースから出ているかぎりにおいて、それは法律としての、すなわち要するに言語そのものとしての文化一般の起源のことを意味するということである。このような投影効果あるいは錯視現象は、別な、もっと周辺的なタイプの研究、たとえばフロイトの幻像《ファンタズム》概念についてのラプランシュとポンタリスの研究などにも見られるが、この原始的な誘拐シーンに起源を持ち、去勢という特権的イメージを伴う幻像のことを、彼らはまた究極的に一種の起源についての省察、つまり言うならばそれ自身の起源についての省察であると解釈する。(110)

だからといって、このような解釈が必然的に誤りであるというのではない。ちょうどフォルマリストが、彼ら自身の視座から、あらゆる作品の本質的内容はその作品そのものの生誕に「ほかならない」と主張するのが正しかったように、あらゆる言表には言語についての、言い換えればその言表それ自身についての、ある種の側面的陳述がかかわっていて、その構造そのものの中に一種の自己明示を含み、一つの発話行為として、そしてパロール一般の再発明として、みずからを意味する、というように考えてよいことは確かなのである。

この現象を最も完璧に説明したのがロマン・ヤコブソンで、彼は、フォルマリスト的衝動を新しい構造主義的問題集合体に完全に転移させて、いまは、このような自己指示性（言及性）を伝達行為全体の特有の決定的不均衡の結果と見ている。彼は伝達行為の構造をつぎのように見ている——

〈発信人〉は〈受信人〉にメッセージを送る。そのメッセージが機能するためには、メッセージにはつぎの三つがなければならない。まず、指示された〈コンテクスト〉（もう一つ別な、いくぶん曖昧な名称で言えば、「指示物《レファレント》」）、受取人がキャッチでき、言葉による、あるいは言葉化できる〈コンテクスト〉。つぎに、発信人と受信人に対して（あるいは別な言葉で言えば、メッセージのエンコーダーとデコーダーに対して）全面的に、あるいは少なくとも部分的に共通な〈コード〉。そして最後に、〈コンタクト〉、すなわち発信人と受信人の双方が交信状態にはいり、その状態を維持することができるための、両者間の物理的チャンネルと心理的連結である。これらのすべての要素が間違いなしに言語的交信状態にはいった場合を図式化すればつぎのようになるであろう——

コンテクスト
メッセージ
受信人………………受信人
コンタクト
コード

これらの六つの要素のそれぞれが言語の違った機能を決定するのである。[11]

ということは、いかなる言語的発話も、本質的にこれらの要素のうちのどれが特に他の要素よりも強調されるかによって、その性格が決定されるということになる。このようにして、発信人の立場を強調すれば、「表現的」あるいは「情動的」なタイプの言語が生まれ、それに対して受信人の立場を強調した言語は、呼格的あるいは命令的な種類の言語（「動態的《コナテイヴ》」機能）と考えられる。コンテクストのほうに比重が傾けば、指示的あるいは外延的（明示的）な強調ということになり、他方、交信のコンタクトないしチャンネルを強調した場合のことを、ヤコブソンは、マリノフスキーにならって、「交感的《ファテイツク》」な言表として特徴づける（「おびただしい儀式化した定式の交換……すべてが交信を長びかせるだけの目的で行なわれる対話……」）。[112] だから、このような説明によれば、言語の「メタ言語的」機能とは、そこで使われるコードを強調する機能、すなわち、「発信人および／あるいは受信人がたがいに同じコードを使っているかどうかをチェックする必要があるときにはかならず」われわれが頼りにする「注解的」機能、のことになり、他方、「そのような〈メッセージ〉への焦点調節 Einstellung、メッセージのためのメッセージへの集中は、言語の〈詩的〉機能である」[113]ということになる。

言語的行為あるいは言語的対象についてのこのような綜合的・構造的観点を使えば、すでにわれわれが物語の自己指示（言及）性と呼んだもの（すなわち、言語そのものを一つの究極的内容として見る立場から物語を解釈すること）を、あらゆる文学の静的・不変の属性として見るのではなく、むしろ歴史的・状況的観点から見ることができるようになる。確かにヤコブソンにとっては、メッセージ要素への「焦点調節」によってそのような詩の特徴をうまく説明することができる。しかしそれはたぶん歴史的主張というよりは方向指示的信号である。しかしながら、物語分析に関しては、いまや、歴史的観点から自己指示性の現象を理解すること、あるいは言い換えれば、そのような解釈を決定的歴史的状況の論理のなかに基礎づけることは、あらゆる構造分析の任務となっている。このことが終わったときはじめて、私の考えでは、このような形式から内容への地質学的変化はじつは比較的最近の文学的・言語学的現象であって、しかもそれが現代においてはある意味で絶対的なものとなってしまった現象であるということが明らかになるだろうと思う。このようにして、自己指示性というものが、無意識の流行として、むかしふうの、より伝統的なタイプの内容を持った現代の作品をも支配していることを証明することができる。たとえばシムノンの小説である。彼の小説は、指示的な面でも（シムノンの「心理」、彼の「人間の心についての知識」）、無限に反復可能とさえ思えるプロット構造の頑強さの点でも、非現代的と考えられてきた。おなじみの定式によって、メグレ警部は決定的性格あるいは心理学的症例研究にとりかかる。しかし重要なことは、彼が合理的推論ないし帰納的発見によって犯罪を解決するというよりは、想像力の飛躍によって解決するということなのだ——メグレの結論は、問題の人物が解決されるべき犯罪を犯しているのをメグレが視覚化することができるか否かによって決まるのである。メグレはこのようにして、一定数の行為を行なう潜在性を持った人物を目の前に想像、まさに再発明しなければならなくなる。ということがいったい、小説家が自分の登場人物を前にしたときと同じく、メグレは自分の容疑者を前にしているということでなくて何であろうか。メグレの「解決」——これによってもう一つ小説が完成する——はこのようにして、じつは、シムノンが自分の主要人物——犯人ないし容疑者——を視覚化しつつまず第一に新作を構想した、そのときの最初のインスピレーションの複製にすぎないのである。このことは単にメグレは本質的にシムノン自身であるというのではない。作品の制作そのこと自体が、創作行為を行なう作家の無意識の自画像であり、ある衝動の一種特有の構造的屈折、それが現実に向かい、真の指示物に向かう途中で、われ知らずに鏡に衝突してしまった衝動の構造的屈折なのである。したがってわれわれは、シムノンの小説の本質的内容は小説を書く行為そのものであるが、しかしその内容自体が探偵小説の形式によって隠され、そのようなエクリチュールのかわりに、「想像力」とか「心理的洞察力」とかの概念を置き換えることによって変装されている、と言ってよい。

それが構造主義そのものの中に現われるかぎりにおいて、このような形式から内容への横すべりがいかにして起こるかを理解するのは困難ではない。曖昧さは言語概念そのものにあり、言語がパロールの抽象的構造も指せば、実際の発話の具体的社会関係をも指すのがいけないのである。この二つの意味の間の目に見えない移動がおそらく最も明白に見てとれるのが、ラカンの精神分析である。まず象徴的秩序（あるいは言いかえれば、純粋な非人格的な言語体系そのもの）の概念から始めておきながら、そのあとで、「私」と「他者」との関係といったような、言語的回路の状況のすべての具体的内容をこっそりとそこへ再導入してしまうのである。このような解釈の現実の内容は、このように、言語分析からではなく、個人間の関係から来ていることがわかる。そしてまた言語の特有の構造はまさにそれが含む他者との内蔵された関係（「〈私〉と〈あなた〉、言表の送り手と受け手とがつねに一緒に現われるための、あの記号論的法則」[114]）にあると反論してみても、なんの意味もないのである。あらゆる発話行為は個人間の関係であると言ってみても、命題としてはそれは、あらゆる個人間の関係は発話行為であると主張するのと同じではないのである。

7

「いいえ、なんにも見えません」と私が言う。「もう一ぺんだけやってみたまえ」と彼が言う。それで私は顕微鏡を目に当てるが、やはりなにも見えない。ただときどきぼんやりしたミルク状のものが見えるだけ――調節不良の一現象だ。そこには鮮明な輪郭を持った植物細胞がいきいきと休みなく動きまわっているのが見えるはずであった。「ミルクみたいなものがいっぱい見えます」と私が言う。それは、彼の言うところでは、私が顕微鏡をきちんと調節してないからであって、彼はそこでもう一度私のために、というよりは彼自身のために調節する。そして私はもう一度のぞいて見るが、見えるのはミルクだけなのだった。

——ジェイムズ・サーバー『わが生涯と困難な時代』

(1) 目のイメージは認識論的無秩序を描写するための特権的言語をしばしば提供してきたように思える。こうしてマルクスとエンゲルスは繰り返し観念論の幻影——文化の自律性とか上部構造一般についての理念——を目の網膜に事実を逆さに映す反転の結果として説明したのである。(115) 上に略述した現象を説明するのに、私もまたこれと関連した比喩を使ってみたい誘惑にかられる。その現象とは、いくつもの言説の中で歴史がただ一つの可能な言説にすぎないような、そうした視点をもってしては、その素材を歴史的に扱うことはできないということ、そしてさらに、形式が内容へと方向を変え、フォルマリズムがその構造的内容の欠如をそれ自身の方法が持つ本質によって補うといった、さらに一層徴候的な傾向のことである。

サーバーに起こったことはつねに私には象徴的に思えたのであるが、それは構造主義に起こることについて象徴的であるだけではない。サーバーによれば、かんかんに腹を立て、「まるで俳優ライオネル・バリモアのように全身をふるわせはじめた」植物学の教師のもとで、サーバーはさらに苦労を重ね、ひどい目にあったあとで、突然に彼は「斑点や小さなぽつぽつや点々の色とりどりの星座」を見ることができたという。ところが教師のほうは、そこで生徒の描いた図に対して描いた本人のようには満足しない。「〈それはきみの目じゃないか！〉と彼は叫んだ。〈きみのレンズの固定の仕方が悪いから、レンズが反射しているのだ！　きみの描いたのは自分の目じゃないか！〉」(116)

どうやらここから一つの格言が引き出せそうだ。みずからのなかにそれ自身の特定の状況についての理論を含まないような哲学、それが扱う対象についての意識だけでなく、なんらかの本質的自意識のための余地をも残さないような哲学、みずからが知ることを予定されていることを知り続けると同時に、みずからの知についてのなんらかの基本的説明をも与えてくれないような哲学、そんな哲学は結局は知らず知らずに自分の目を描くことになるのである。これとは関係のない具体例が欲しければ、ヴィトゲンシュタインの言語のゲーム理論を思い出すだけでよい。そこでやがて明白になるのは、哲学者が描いているのは絶対的なものの中の言語ではなく、英米系の哲学者の特定の言語習慣であるということなのである。なにしろ彼らは、ソクラテスの例にならって書物なしに作業を進め、自分たちの精神をまるでポケットを返すように裏返しにして、そこにどのような実際的な問題がはいっているかを見ようとするような連中である。

ここできっと、構造主義にだって自意識の理論があるという反論が出るであろう。われわれがこれまでそれについての議論を引き延ばしてきた、メタ言語の概念がまさにそれではないか。なぜならメタ言語こそがまさに言語の領域において自意識がとる形であり、それはみずからを語る言語、そのシニフィエがそれ自体で記号体系であるような一組の記号なのであり、だから、メタ言語こそ、記号学がプロセスとしてみずからを意識するための媒体であり、そうであればこそ、さまざまな形で構造主義のなかに再現するのだ(アルチュセールにおいてはそれが、単なるイデオロギーに対立するものとして、「理論的実践」という形をとる)、と。

しかし私はそれを、自意識の理論を展開させることは構造的にできない、体系についての自意識であるというようにむしろ記述したいと思う。それは真の自意識が行なうような最も基本的な機能を果たすことができないのである。つまり締め金を締め、実験に対する観察者の位置を測り、つぎの引用文中でバルトを当惑させているような無限後退に終止符を打つといったことができないのである――

人間の知が世界の生成に参加できるのは、一連の連続的メタ言語、そしてそのそれぞれがみずから決定されたその瞬間にたちまち疎外化されてしまうような、そういう連続的メタ言語によってはじめて可能なのである。この弁証法をもう一度形式的な用語で言えばつぎのようになるだろう。分析者がみずからのメタ言語によって修辞的シニフィエについて語るとき、彼は無限のタイプの知の体系を開始させる（あるいは取り戻す）。なぜなら、万一誰かが（誰か他の者、あるいはのちには自分自身が）自分の書いたものの分析をしなければならなくなり、その潜在的内容を明かそうという事態になったとき、この誰かは新しいメタ言語に頼ることが必要になり、今度はそのことが彼を暴露することになるだろう。そしていつかはきっと、構造分析が対象言語の位に移り、それがもっと複雑な体系に吸収され、今度はその体系がそれを説明するということになるだろう。この無限の構築はなにも精妙複雑なものではない。それは研究の一時的で、どこか宙づりにされた客観性を説明し、人間の知がその対象によって真と言語とを一体化することを宿命づけられるいかなる時点においても、人間の知のヘラクレイトス的特徴ともいうべきものを確認する。これこそがまさに構造主義が理解しようとしている、つまり、言表しようとしている一つの必然であり、記号学者とは、みずからの未来の死を、みずから世界を命名し理解したときに用いたまさにその用語によって表現する者のことである。(117)

このようにして共時的確実性は相対的歴史主義のパトスのなかに溶解する。そしてその理由は、モデルの理論でみずからをモデルとして認識するときはかならず、この基盤をなしている前提そのものが破壊されてしまうからなのである。

構造主義者たちの文体的特徴をことさらに説明するものは、メタ言語の概念が持つこのように特異な後退的構造である。彼らはみな、なんらかの意味で、けっして与えられてはいない、そして究極的には言語そのものと一体であるところの、もっと基本的な対象言語についての注解を展開させているものとして自分たちのことを考えている。たとえばバルトが『S／Z』で採用している注解形式、デリダが組織的に、そしてすでに見たように哲学的動機によって、他の哲学者たちの言語に対する（いや、じつは彼らの言語についての考え方に対する）語注《グロス》としてしか言語を使おうとしないこと[118]、これらはあらゆる構造主義的思考に共通する釈義的・第二級的構造の最も極端な例にすぎない。だからこそ数学的形式化に対する、グラフや視覚的図式に対する彼らの偏愛がある――これらはいずれも、注解の言語からは永遠に手の届かないある究極が対象言語を意味するように仕組まれた構造主義的秘密文字《ヒエログリフ》であって、それこそまさに「言語」そのものにほかならない。だからこそまた、彼らのあのような文体も出て来る。秘伝的であれ純白であれ、レヴィ＝ストロースの高踏的文体と古典的パスティーシュであれバルトの逆なでする新造語であれ、ラカンの自意識的・精妙すぎる予備的コケットリーであれ、アルチュセールのいかめしい、テロリスト的からいばりであれ――このような文体すべての中に、自己からのある種の距離、いわば文体的レベルでの不幸な意識とでも呼びたいものがある。彼らみずからの体系の用語によって、彼らはけっしてヘーゲルのような一次言語の平静な濃密さの中に参入することができない。そして構造主義者の職業的二重性（彼らは構造主義者であると同時に、ある特定の学問領域での専門家である）は、このようなはじめからの文体的・存在論的分散を反映しているだけなのである。

(2)　このような認識論的不確定性の直接的結果は、理論的なものではなく、実際的なものである。というのは、私の考えでは、ここから大部分の、構造主義的研究の特徴をなす純粋に経験的な枠組――ミシェル・フーコーがその最も明示的なスポークスマンであった枠組[119]――が生まれているからである。このような条件のもとでは、古い専門化した学問は、むかし構造主義が別な瞬間に投影しているように思えた、具体についての巨大な科学の中に溶解することができない。そのかわりに、専門化した学問はたがいに不安な競合関係のなかに共存していて、そのことが、たとえばレヴィ＝ストロース的人物が自分では純粋に人類学的陳述であると考えているものを哲学的に批判されて憤激するとか、グレマス的人物が、別個の学問としての言語学の専門的な操作が一見無関係な心理分析や政治の領域へと外挿されるのを目にして憤激するとかの現象を説明する。

もっと一般的には、ある任意のテクストについての綿密で慎重に制限された作業がまさに、そのような問題点が提起され、堂々と措定され、そしてそれがそれ自身の条件項によって解決されるのを妨げているということに注意してよい。そのような研究の形式そのものこそが、本書で一貫して強調してきた理論的二律背反を無限に先送りにする、あるいはまさに忘却へと追いやってしまうのである。これこそが経験主義一般の基本的推力ないし動機であり、それは古典的イギリス派の経験主義であれ、ニーチェの経験主義であれ（ここではニーチェを本質的に反ヘーゲル的、反弁証法的思想家と見るジル・ドゥルーズの解釈に従っておく）、現代の論理実証主義のそれであれ、変わるところがない。要するに、弁証法的な意味で具体的なものの代わりに、別々の個別的なものを代入すること、個々のデータを取り出すけれども、全体はけっして視界に入ってこないので、それと全体との関係はけっして扱われたことがないのである。このような研究姿勢の実際上の利点は、ある領域の基本的な哲学的前提要件がかかえるやっかいな問題、やや形而上的な問題を一時凍結したまま、その任意の分野における作業ができるということである。しかし、これをイデオロギーとして見た場合は、それは専門的な知的学問が必然的に基盤にしているはずの具体的な社会的・歴史的状況へ最終的に立ち返ることができないという結果になる。だから、もともとオグデンとリチャーズといったような思想家の経験主義的処理方法とみずからの弁証法的メカニズムとを区別できそうに思えた思考の流派であったものが、しまいには、実際に、類比的な哲学的反論を受けても仕方ないことになるのである。

(3) 同じ存在論的分散、同じ個別的経験的断片化が、われわれが指示対象の身分を決定しようとするときにどうしても起こる。なにしろ、指示対象の存在については、記号理論そのものがカッコに入れると同時に肯定もしているのである。この問題は、マルクス主義が扱うべき種類の問題――たとえば上部構造と基礎構造との関係――をわれわれが提起するとき、特に重大な問題となる。それではわれわれは社会生活の中での言語そのものの位置という問題を扱わねばならないのか――ソ連でマル論争*の最中に激しく論議され、スターリンによって決着、というよりはむしろ粛清されてしまったあの問題を（「簡単に言えば、言語を基底の中にも上部構造の中にも信置づけることはできないのである(120)」)。しかし目下のコンテクストからは、この問題は結局言語の本質論にかかわってくるので、このままの形で扱うことはやめにしなければならない。なぜなら、存在するのはただ特定の諸言語と言語の諸体系、あるいはさらに結構なことに、特定の言語的対象と行為、われわれのまわりの世界に経験的にすでに存在していて、その他の歴史的全体性の構造要素との最も多様な種類の関係を持つところの、さまざまなタイプの記号、なのである。しかしこのように「言語」(あるいは「意味」)の概念そのものを拒否することは、結局は構造主義的研究の出発点と根本的前提要件そのものを否認することにはならないのか。

構造主義の最も重要な理論家たちが言っているように、指示対象はつねに新しい記号体系という形の中に再吸収されていくものであるから、指示対象にはなんの問題もないのだと主張するのは、単に問題をすりかえるだけで、問題の解決にはならない。なぜなら、基礎構造がそれ自体記号体系、あるいはそのような記号の複合体であることは誰しもが認めるところで、ただはっきりしないのは、そのような体系が、マルクス主義が上部構造をなすと見ているところの、もっと明白に言語的な記号に対して、はたしてどのような関係にあるのかということである。共時態も通時態もそこにはかかわる。それは単に二つあるいはそれ以上の体系が「同時に」対等な関係にあるのかどうかという問題であるばかりでなく、それぞれにおいて別々に、しかも同時的に起こる変化の間に対等な関係があるかどうかという問題でもある。

この問題を解決するために構造主義は二つのたがいにかなり違った戦略を展開させて来たように思える。そしてこの問題は、単なる理論的な問題であるだけでなく、実際の研究の形と方向に直接強い影響を持つものなのである。第一の解決法、二つのうちではましなほうの解決法を見ると、私はどうしてもサルトルの基礎構造概念を思い出すのであるが、それは、文化的次元での出来事がそれに対する一種の反応ないし応答であるところの、一つの〈状況〉として社会に条件づけられた要素という概念である。ある現実の社会矛盾の空想上の解決として神話や原始芸術を見るレヴィ＝ストロースの概念もそのようなものである。そして他の場所で述べたように、あらゆる実際的目的からして、このような説明はわたしには完全にマルクス主義と矛盾しないと思える。なぜなら、それは階級闘争ないし経済的発展という事態のなかでのイデオロギー的対象の機能を明らかにしようとするからである。(121) アルチュセールの解決法は、思考と理論がもっと根本的な不確定性《プロブレマテイック》のレベルでの移動と再構築とに基づいて調整しあうというもので、レヴィ＝ストロースのこのような見方と矛盾しないようにも見える。しかしながらこれには、受け入れ可能な実際的解決といえども理論的に完全に満足すべきものではないことを証明するという長所がある。というのは、その条件項そのものによってわれわれは、不確定性のなかでの変化と「現実世界」での変化との未解決の問題にまともに向きあわなければならなくなるからである。この問題をレヴィ＝ストロースもほんとうには解決できなかったということを理解するには、レヴィ＝ストロースが〈矛盾〉と呼んだものは本来なら〈二律背反〉、人間精神のディレンマ、と名づけられるべきであること、そして社会生活における、より基礎的な矛盾をともかく「反映」するのはこの二律背反の概念であることを思い出せばよい。このような「反映」あるいは関係の本質をめぐる理論的問題は、分析的実践がどのような結果を生み出そうとも、依然として未解決のままである。

ところが、この問題を扱うのにこれまで構造主義が用いてきた手段のなかで、他のどれよりもとびぬけてありふれた戦略は、〈相同関係《ホモロジー》〉とか〈異種同形《アイソモーフイズム》〉といった概念なのである。前者はリュシアン・ゴルドマンが一般化した用語で、彼の仕事は、現在使っている意味では本来的な構造主義的ではないけれども、それでも、一つの現象のさまざまな「レベル」間の構造的平行関係は、たとえばラシーヌの悲劇とポール＝ロワイヤル*のイデオロギー、一九世紀小説の形式と市場組織そのものの構造、などの間の関係を論証するためのこのような戦略的技法を暗示した。構造的なレベル間の相互関係についてのこのような静的視点は私から見れば――なるほど方法論と分析の厳格さは一層増してはいるけれども――テーヌやシュペングラーの作品に見られるような種類の全体的時代様式と本質的に違っていないように見える。そしてなるほど、ある時代を調査しようという者は、誰でもはじめは、なんらかの意味でその時代の思考構造の特定性を発見しようとし、そして、これらの思考構造と、その時代の社会的・経済的現実のなかで通用している他の、同じく特定の構造との間のユニークな関係について正確に知ろうとする。

しかし確かに、これらのさまざまなレベルの構造が「同じ」であるという抽象的な保証をえたところで、なに一つ達成されはしないのである。実際には、すでに言語的性格を持った文化的対象から言語構造を引き出すほうが、経済領域そのものからそれを引き出すよりはるかに容易なのである。このような相同関係はじつは大急ぎで前者を後者に投影したものでしかないことが多く、そのため、それ以後の両者の「同一性」を聞かされても少しも驚かないのである。たとえ例外的なことがあるにしても、その同一性が有効なのは具体的な現実そのものに対してではなく、単にその現実から引き出した概念的抽象に対して有効であるにすぎない。このような教義が知識人を駆り立てて、少々の才覚があれば自分たちの頭のなかで歴史的現実についての自分たちなりの分析を作りあげることができると信じこんでしまう、そのかぎりにおいては、この教義は、基礎構造的コンテクストと社会的土台そのものの抵抗から意識を分離させることによって、知識人の職業的観念論を補強してくれる。したがって、方法としては、相同関係を求めることは、理論的にも、イデオロギー的にも、批判はまぬがれないのである。

(4) 認識論の観点からこれまで暗示されてきたことは、意識的にしろ無意識的にしろ、構造主義が留置人として囚われているのは、むしろカント的批判哲学のディレンマという牢獄であるということであった。[122] われわれの検証の結論にあたって、哲学的伝統についてこのような無意識の要点反復を行なうことは、まったく意味のないことではない。というのは、われわれはある意味ではこの物語の続きは知っていて、ある種の歴史主義的・弁証法的思考が精神的カテゴリーについてのカント流の静的説明を転換させて、論理とプロセスの展開のなかでの歴史的モーメントに変えてしまうことができたこと、そして、この新しい遠近法によって、それまで知りえなかった〈物自体〉が突然に、経験そのものを作りあげている主体と客体とのさまざまな関係の複合体における一個の決定的分節作用にしかすぎないことがわかったこと、そういうことをわれわれはすでによく承知している。ルカーチは、古い静的な論理的カテゴリーがヘーゲル的弁証法によって変形するありさまをつぎのように描いている――

最も抽象的なカテゴリーが持つ意味化能力でも、その能力の運動と相互関係の中でその能力を提示する手段を提供するということ、そしてこの意味で形式論理学の「内容の欠如」は、単に形式論理学の意味化能力そのものの一つの極端な例にすぎないこと、さらに、まさにその理由から、客観的現実と人間の主観的認識のさまざまな問題が〔なんらかの新しい〕弁証法的論理を構成すること……以上の

ことを理解したということ……このような業績は、まさにヘーゲルひとりのものなのであった。(123)

もちろん、驚異的な弁証法的ギア・チェンジとか単なる推薦というのならともかく、そうではないこのような哲学的再転向が、それだけを取り上げたときに、いかなる現実的内容も伴わない、純粋に形式的な転向であるとは考えられない。

だからこそ、グレマスの最近の省察――彼が意味論でもなく記号学《セミオロジー》でもなく、むしろ記号論《セミオティックス》という名で考えるようになった学問分野がかかえている任務についての省察――がわれわれに興味深く思えるのだ。このような学問分野は、意味の生産そのものをその対象にするというかぎりにおいて、われわれがこれまでに繰り返し強調してきた、シニフィアンからシニフィエへ、言語的対象からメタ言語への無限後退という問題をどうしても解決しなければならない。しかしながらいま、そのような無限後退を意味の本質のヴィジョンそのもののなかに含めることによって、それが可能なのである――「意味化作用とはこのようにして、言語のあるレベルから別のレベルへの転位、ある言語から別の言語への転移にすぎず、意味とはそのような〈コード変換〉の可能性にすぎない。(124)」

コード変換としての、一つのコードからつぎのコードへの翻訳としての真理――私はむしろ（グレマス自身の類比的表現を借りて）真理効果はまさにこのような概念操作にかかわる、あるいは概念操作の結果として生じる、というふうに言いたいくらいだ。これが、真理に到達するプロセスについての完全に正確な形式的定義であるだろう――たとえこの定義がこの真理の内容についてなに一つ前提要件を出していないし、このようなコード変換操作がすべて同等な力ないし「妥当性」を持った真理効果を生むということをかならずしも含意していないにしても。それでも、その定式は――デリダ的な意味で――構造分析を構造そのものの神話、対象が持つなにか永遠的で空間的な有機体という神話から解放するだけの利点は持つであろう。それは「客体（対象）」をカッコのなかに入れるだろう。そして分析的実践というものを時間軸上の一つの操作「にしかすぎない」ものと考えるだろう。それはこのようにして、構造主義的手続を真の〈解釈学〉hermeneuticsとして説明することをはじめて許すであろう――もっとも、この語がフランスでリクールとともに、そしてドイツでガダマーとともに獲得したあの神学的意味あいは、ここではほとんど関係がないのであるが。事実、ここで予測する解釈学は、既存のコードやモデルの存在を明かすことによって、そして分析者自身の位置をもう一度強調することによって、もう一度テクストをも分析プロセスをも、等しく歴史のあらゆる風にさらすであろう。哲学の歴史にはこのような新しい方法論的展開をなしとげさせるだけの不易の宿命は働いてはいない。しかし私の考えでは、このような展開、あるいはなにかそれに似たものの犠牲のうえではじめて、共時的分析と歴史意識、構造と自意識、言語と歴史という、あの二つの、通約不能な要求が和解することができるのである。

原注

I 言語モデル

（1）Ferdinand de Saussure, *Cours de linguistique générale* (Paris, 1965, third edition), p. 157.
（2）Milka Ivić, *Trends in Linguistics* (The Hague, 1965), p. 61 に引用。
（3）E. Buyssens, "La Linguistique synchronique de Saussure" (*Cahiers Ferdinand de Saussure*, Vol. xvIII [1961], pp. 17-33) に引用。
（4）Jean Paulhan, *La Preuve par l'étymologie* (Paris, 1953), p. 12.
（5）Pieter Geyl, "The National State and the Writers of Netherlands History," *Debates with Historians* (London, 1955), pp. 179-197 を見よ。
（6）Antoine Meillet 宛て一八九四年一月四日付書簡——*Cahiers Ferdinand de Saussure*, Vol. xxI (1964), p. 93.
（7）Émile Benveniste, *Problèmes de linguistique générale* (Paris, 1966), p. 39 に引用。
（8）*Cours de linguistique générale*, p. 149.
（9）*Ibid.*, p. 166.
（10）Ivić, *Trends in Linguistics*, pp. 97-100 を見よ。
（11）*Cours de linguistique générale*, p. 168.
（12）C. K. Ogden and I. A. Richards, *The Meaning of Meaning* (*London*, 1960), p. 5, n. 2.
（13）N. S. Troubetskoy, *Principes de phonologie* (Paris, 1964) に再録。
（14）Ivić, *Trends in Linguistics*, pp. 196-197 および Maurice Leroy, *Les Grands courants de la lin-*

guistique moderne (Paris, 1966), pp. 166-167 を見よ。トリエルのこの本の古典的序論にはまだ翻訳がないので、つぎにその部分訳を掲げておく——「いかなる発話された語も、それが音韻的に孤立していることから結論されるであろうようには話し手と聞き手の意識において孤立してはいない。われわれが発音する語はすべて、そのなかに概念的反対物を持つ。そればかりではない。ある語を発音するに際して集合するさまざまな概念的関係の総体のなかで、反対概念あるいは概念的反対物の関係こそが唯一の関係であり、それは最も重要な関係でさえない。そのかたわらに、そしてそのうえに、発話されたこの一語と多少とも概念的に関係のある無数の他の語が現われる。これらの語はその概念的な親族である。これらの語はみずからの間で、そしていま発話された語に対して、分節化された全体、つまり語のフィールドあるいは言語的記号のフィールドと呼んでもよいような一つの構造をなす……。」(p. 1)

さらに通時態の問題について——「このような方法は歴史と発達を否定するものではない。現代思想の極端な歴史主義支配に反対するあまり、〈生成〉よりも〈存在〉を優先させるのは間違いである。〈生成〉の永遠の流れにもっと正確に、もっと科学的に近づくことの必要は依然変わるはずがなく、問題はただ、フィールドの調査と〈生成〉そのものの調査とをいかに結合させるかということなのである。もしフィールドの構造が発話の静止状態（あるいは静止したものと感知される状態）の純粋存在においてのみ可視的なものとなるのであれば、もし言語的・概念的集合と意味の相互依存だけが考慮されるのであれば、それならば歴史が誕生するのは単にさまざまな静的瞬間の比較として、つまり、ある横断面から別な横断面へと不連続的に移動し、つねにその対象として全フィールドを取り上げ、つねにそれをその同じ対象の初期および後期の相対的配置と比較する、そのような説明としてだけである。実際の生成そのものの流れに究極的にどの程度まで近づくことができるかは、対置された切断面の密度によって決まるであろう。現実の時間が実際にそのまま概念化されることはけっしてないということは、この方法もまた他のあらゆる方法と同じく、すなわち個々の語から出発する純粋に歴史的な方法とさえ同じく、一つの欠陥を持っているということであるから、かならずしもそれは非難には価しない……。」Jost Trier, *Der deutche Wortschatz im Sinnbezirk des Verstandes* (Heidelberg, 1931),

p. 13.

(15) Troubetskoy, *Principes de phonologie*, p. 334. しかしながら突然変異の理念そのものはソシュールの共時態の概念と同時期のものと考えられる。というのはオランダの植物学者ド・フリースが一九〇〇年に突然変異を再発見する以前には、この概念は普及してはいなかったからである。

(16) *Cours de linguistic générale*, p. 43.

(17) 上掲書、pp. 125-126.

(18) *The Meaning of Meaning*, pp. 4-5.

(19) たとえばつぎを見よ。Wittgenstein, *The Blue and Brown Books* (New York, 1958), p. 42――「文が意味を持つのは言語体系の一員としてだけである。すなわち計算法（微積分学）のなかの一つの表現としてである。そこでわれわれは、いわばこの計算法があたかもわれわれが口にするあらゆる文の永遠の背景であるかのように想像し、一枚の紙に書かれたり口にされたりするその文は孤立したままであるけれども、思考の精神行為としてはその計算法はそこにある――すべてがひと固まりになってそこにある、と考えたくなる。さてそこで、ある意味で計算法全体があるにちがいないと考えたい誘惑が同時に消えるとき、われわれの表現と並んである特定の種類の精神行為が存在するはずだと〈仮定〉することにはなんの意味もないことになる。」

(20) T. W. Adorno, "Society," *Salmagundi*, Nos. 10-11 (Fall 1969-Winter 1970), pp. 144-153.

(21) N. Slusareva, "Quelques considérations des linguistes sovietiques à propos des idées de F. de Saussure," *Cahiers Ferdinand de Saussure*, Vol. xx (1963), pp. 23-41.

(22) チョムスキーの変形文法が独創的なのは、ソシュール的モデルの逆転、言語メカニズムをもう一度パロールすなわち個々の発話行為のなかに移し替えるための一種の否定の否定、から来ているようだ。ソシュールに対するチョムスキーのコメントを見よ――「彼はこのように、文形成の基底にある循環プロセスを捉えることがまるでできなかった。そして彼は文形成をラングの問題であるよりはむしろパロールの問題であると考えているようだ。」(Noam Chomsky, *Current Issues in Linguistic Theory* [The Hague, 1964], p. 23.)

(23) W. Doroszewski, "Quelques remarques sur les rapports de la sociologie et de la linguistique: Durkheim et F. de Saussure," *Journal de psychologie*, Vol. xxx (1933), pp. 82-91 の他に Robert Godel, *Les Sources manuscrites du cours de linguistique générale de F. de Saussure* (Geneva, 1957), Addendum, p. 282 も見よ。

(24) 確かに「集団的精神（esprit collectif）」という表現が *Cours de linguistique générale* に二度出て来る（一九ページと一四〇ページ）ことはここで指摘しなければならないが、しかしこの表現には哲学的意味は実際にはない。

(25) *Cours de linguistique générale*, p. 98.

(26) 「自然的」という語はソシュールの語ではなく、編者が加えたもの（Leroy, *Les Grands courants de la linguistique moderne*, pp. 106-108 を見よ。）ソシュールの記号の「恣意的」性質についての教義に対するエミール・バンヴェニストの有力な批判（"La Nature du signe linguistique," *Problèmes de linguistique générale*, pp. 49-55）は私には正しいと同時に誤解を招きやすいものにいつも思えた。もちろん関係が恣意的であるのは話し手に対してではなく、むしろ分析者自身にとってなのである。そしてシニフィアンの恣意的性格の教義は私には構造主義全体において本質的な権能付与的・機能的役割を演じているように思える（デリダの痕跡の教義を見よ―）。つまり、以下で見るように、精神分析における無意識の仮説にほぼ当たる役割である。

(27) Stéphane Mallarmé, *Oeuvres complètes* (Paris, 1945), pp. 363-364.

(28) Troubetskoy, *Principes de phonologie*, p. xxvii.

II フォルマリズムの冒険

(1) Leon Trotsky, *Literature and Revolution* (New York, 1957), p. 180 を見よ――「形式分析の方法は必要ではあるが不十分である。」以下ロシア語表記については、すでに印刷されている名前や表題を除いて、国会図書館式の字訳にそのまま従った。

（2） Eichenbaum, "The Theory of the 'Formal Method,'" ***Literatura*** (***Teoria, Kritika, Polemika***) (Leningrad, 1927), p. 129, あるいは ***Russian Formalist Criticism: Four Essays***, trans. Lee T. Lemon and Marion J. Reis (Lincoln, Nebraska, 1965), p. 117 を見よ――「ヴァセロフスキーは叙事詩的反復を独創的演技のためのメカニズムとして（萌芽的な歌として）説明した。しかしこのような現象の遺伝学を説明してみても、たとえそれが正しいものであっても、その現象が文学の事実として明らかになるわけではない。ヴェセロフスキーとその他の民族誌学派のメンバーは〈スカース〉特有のモチーフやプロットを説明するのに文学と習慣を関係させる方法を取った。シクロフスキーはそのような関係づけに反対はしなかったけれども、〈スカース〉の特殊性を説明するためだけにこの関係を利用することに異議を唱えた。彼は特別に文学的な事実を説明するものとしてのその関係に異議を申し立てたのである。文学遺伝学の研究が明らかにすることができるのは手法の起源だけであって、それ以上ではない。」

（3） Yury Tynyanov, ***Death and Diplomacy in Persia*** (London, 1938), p. 224.

（4） Boris Tomashevsky, "La Nouvelle école d'histoire littéraire en Russie," ***Revue des études slaves***, Vol. VIII (1928), p. 227, n. 1.

（5） Mallarmé, ***Oeuvres complètes***, p. 368. しかしながら、このような分離は、詩学の対象を言語学の対象から区別することによって、詩学を言語学から切り離すことにしかならないように見える。実際には、まさにこの最初の出発点こそが、このような詩的パロールをある決定的なタイプの独自の言語的発話とすることによって（たとえば装飾とか原始的段階の言語とか、などではなく）、詩的パロールの研究を言語学そのもののなかに再統合するのである。ロマン・ヤコブソンの仕事がこのような統合の最も顕著な証拠である（本書二一二―二一四ページを見よ）。

（6） Shklovsky in "Art as Technique" (***Russian Formalist Criticism: Four Essays***), p. 12 に引用。

（7） Viktor Shklovsky, ***O teorii prozy*** (Moscow, 1929), p. 227 (or ***Theorie der Prosa***, trans. G. Drohla

[Frankfort, 1966], p.164). シクロフスキーの *Sentimental Journey* (trans, Richard Sheldon [Ithaca, NewYork, 1970]), p.233のつぎの文章と比較せよ——

「芸術の新しい形式は周辺的形式の正典化によって創造される。プーシュキンはアルバムの周辺的ジャンルから派生し、小説は恐怖物語から、ネクラソフはヴォードヴィルから、ブロークはジプシーのバラードから、マヤコフスキーは滑稽詩から派生する。」

(8) Marcel Proust, ***A la recherche du temps perdu*** (Paris, 1954, 3 vols.), Vol.I, pp.653-654.

(9) Jonathan Swift, ***Gulliver's Travels*** (in *Selected Prose Works* [London, 1949]), pp.189-190. 異化作用の技法（筆者はそれを「否定的アレゴリー」と呼んでいるが）についての有益な歴史的展望はつぎの論文に見られる——Dmitry Ciževsky, "Comenius' Labyrinth of the World," ***Harvard Slavic Studies***, Vol.I (1953), esp. pp.117-127.

(10) Erich Auerbach, ***Mimesis*** (trans. Willard Trask [Princeton, New Jersey, 1968]), p.366に引用。

(11) 形而上的——「私はそれが根であることを忘れていた。言葉は消え、言葉といっしょに事物の意味も、その使用法も、人間がその表面に記した弱々しい標識のすべても消えてしまっていた。私は背中をまるめ、私をおびやかすこのこぶだらけのまっ黒ながさがさの塊を前に、ひとりきりで坐っていた」(***LaNausée*** [Paris, 1962], p.179)。社会的——「教会のなかで、ローソクの光を頼りに、ひざまずく女たちの前に立つひとりの男がワインを飲む」(***La Nausée***, pp.63-64)。サルトルの他の作品からの例については拙著***Sartre: the Origins of a Style*** (New Haven, Connecticut, 1961) を見よ。

(12) ***O teorii prozy***, pp.24-25 (***Theorie der prosa***, pp.28-29).

(13) ***O teorii prozy***, p.245 (***Theorie der Prosa***, pp.184-185).

(14) ***O teorii prozy***, p.63 (***Theorie der Prosa***, p.63).

(15) Kenneth Burke, "Lexicon Rhetoricae, ***Counterstatement*** (Chicago, 1953), pp.123-183 および Yvor Winters, "The Experimental School in American Poetry," ***In Defense of Reason*** (New York,

1947), pp. 30-74 を見よ。

(16) *O teorii prozy*, pp. 73-74 (*Theorie der Prosa*, pp. 68-69).

(17) アアルネ式分類法については Stith Thompson, *The Folktale* (New York, 1967), pp. 413-427 を見よ。

(18) Vladimir Propp, *The Morphology of the Folk Tale* (Austin, Texas, 1968), pp. 101-102 and 108-109.

(19) ここから「物語はまだ知らない法則に従って集められ配列される」というシクロフスキーの主張に対するプロップの評言が出て来る。「この法則はすでに決定されている」とプロップは断言するのである。(*Morphology of the Folk Tale*, p. 116, n. 6.)

(20) Arthur C. Danto, *The Analytical Philosophy of History* (Cambridge, England, 1965), pp. 236-237.

(21) 近代社会においては欲望は自然的なものではなく習得されるものであり、小説の語る物語はある仲介者ないし第三者から欲望を習得することであるというルネ・ジラールの仮説 (René Girard, *Mensonge romantique et vérité romanesque* [Paris, 1961], trans. *Desire, and the Novel* [Baltimore, Maryland, 1965]) は、ここに述べたような贈与者と彼による英雄の存在論的支援という観点から再定式化することができる。

(22) 拙著 *Marxism and Form* (Princeton, New Jersey, 1971), esp. pp. 233ff を見よ。

(23) "Zerstörung, Rettung des Mythos durch Licht," *Verfremdungen*, Vol. I (Frankfurt, 1963).

(24) これは本質的につぎの論文におけるレヴィ＝ストロースの批判である——"La Structure et la Forme," *Cahiers de l'Institut de science économique appliquée*, No. 99 (March, 1960).

(25) シクロフスキーにとってそうした認知とは静的なものではなく動的なものであるということはぜひ指摘しておかなければならない——「ある客体を〈芸術的〉事実にするためには、それはまず一連の現実生活の事実から移動されなければならない。そのためには、イワン雷帝が〈閲兵を行なった〉やり方で〈それを動かす〉ことをしなければならない。通常の習慣的連想の隊列からその事物を引きはがさねばならない。暖炉に燃える丸太のように転がさなければならない」(*O teorii Prozy*, p. 79 [*Theorie der Prosa*, p. 75]). しかし抒情詩の静的認知に内在するこの動きこそがまさに、このコンテクストにおいて物語の出来事の動きをそのなかに同化させているものなのである。

(26) Lévi-Strauss, *L'Origine des manières de table* (Paris, 1968), p.105.

(27) Tzvetan Todorov (ed. and trans.), *Théorie de la littérature* (Paris, 1965), p.203.

(28) *O teorii prozy*, p.204 (*Russian Formalist Criticism: Four Essays*, p.57).

(29) Laurence Sterne, *Tristram Shandy* (New York, 1935), p.191.

(30) *Ibid.*, p.67.

(31) 例——「私の父のインド麻のハンカチが上衣の右のポケットにあったのですから、父は絶対にその右手を何かの用にあててはならなかったのです。言いかえれば、父のしたように右手で仮髪をはずすのではなく、その仕事は全部左手にゆだねるべきだったのです。こうすれば、頭の肌をふきたいという、当時父に迫っていた緊急な自然の欲求が、ハンカチを必要としたとき、父は何も七面倒くさいことをせずとも、ただその右手をスルリと上衣の右のポケットにつっこんでハンカチを引っぱり出すというだけでよかったのです——それだけなら何も無理な力を使わずに、全身の筋肉や腱のどの一つにもいささかの見苦しいひねりを加えずに、容易にできたはずなのです。」(朱牟田夏雄訳) (*Ibid.*, p.105.)

(32) *O teorii prozy*, pp.234-235 (*Theorie der Prosa*, p.173).

(33) Richard Sheldon, *Viktor Borisovič Shklovsky: Literary Theory and Practice, 1914-1930* (Ann Arbor, Michigan, 1966), p.50.

(34) *O teorii prozy*, p.13: "Iskusstvo est sposob perezhit delanie veshchi, a sdelannoe v iskusstve ne vazhno."

(35) Wordsworth, *The Prelude*, Book Six, vv. 624-637.

(36) *Sentimental Journey*, p.270; Sheldon, *Viktor Borisovič Shklovsky*, p.51.

(37) *O teorii prozy*, p.192 (あるいは "A Parodying Novel: Sterne's Tristram Shandy," trans. by W.

George Isaac, in *Laurence Sterne: A Collection of Critical Essays*, ed. John Traugott [Englewood Cliffs, N.J., 1968], p. 79).

(38) Dante Alighieri, *La Divina Commedia*, *Paradiso*, IV, vv. 37-39.

(39) *Paradiso*, III, v. 85.

(40) このようなフォルマリズム的分析のパスティーシュとつぎの論文におけるフィリップ・ソレルスの構造主義的解釈とを比較してみることは読者にとって有益であろう——"Dante et la traversée de l'écriture," *Logiques* (Paris, 1968), pp. 44-77.

(41) Yury Tynyanov, *Problema stixotvornogo yazyka* (Leningrad, 1924), p. 10 (*Théorie de la littérature*, ed. Todorov, p. 118).

(42) Paul Garvin, ed., *A Prague School Reader on Esthetics, Literary Structure, and Style* (Washington, D.C., 1955), esp. pp. 21-25 を見よ。

(43) Yury Tynyanov, *Arkhaisty i novatory* (Leningrad, 1929), p. 24 (*Die literarische Kunstmittel und die Evolution in der Literatur*, trans. A. Kaempfe [Frankfurt, 1967], p. 30).

(44) 特にエイヘンバウムのつぎの論文を見よ——"V ozhidanii literatury," in *Literatura* (*Teoria, Kritika, Polemika*), pp. 291-295 ("In Erwartung der Literatur," *Aufsätze zur Theorie und Geschichte der Literatur*, trans. A. Kaempfe [Frankfurt, 1965], pp. 53-70).

(45) *Arkhaisty i novatory*, p. 19 (*Die literarische Kunstmittel*, pp. 23-24).

(46) Boris Eichenbaum, *Lermontov* (Leningrad, 1924), pp. 8-9 (*Aufsätze zur Theorie und Geschichte der Literatur*, pp. 102-103).

III 構造主義の冒険

(1) たとえばモデル概念に対するアルチュセールの攻撃については Louis Althusser, *Lire le Capital*, Vol. I

(Paris, 1968), pp. 148-149 を、アナロジー理念に対するラカンの攻撃については Jacques Lacan, *Ecrits* (Paris, 1966), pp. 889-892 を、記号論的批評とイデオロギー批評とのバルトの区別については Roland Barthes, *Mythologies* (Paris, 1957), p. 245 を見よ。さらに、ある任意の立場に対する可能な哲学的異論を先回りすることは――レヴィ＝ストロースとフーコーはこの点に関して特に巧みである――かならずしもそうした異論に答えることと同じではないことをつけ加えておきたい。

（2） Claude Lévi-Strauss, *La Pensée sauvage* (Paris, 1962), p. 173.

（3） 拙著 *Marxism and Form*, esp. pp. 4-5.

（4） プルードンについてのマルクスのつぎの観察を参照――「この方法の唯一の問題点は、これらの局面の一つにについての分析をはじめるとき、プルードン氏は他のすべての社会的関係、彼がまだ自分の弁証法の動きによって生み出してもいないような関係とつき合わせることなしには、それを説明することができないということである。これから、純粋理性を利用することによって、彼が他の局面の誕生へと議論を進めていくとき、彼はまるでそれらの局面が新しく生まれた子供であるかのように行動する。彼はそれが最初のものと同じ年齢であることを忘れてしまうのだ……。イデオロギーの体系という大建造物を構築するために政治的経済学のカテゴリーを利用すれば、社会的体系の構成員を分離させてしまうことになる。社会のさまざまな異なった部分を、たがいに継起するそれぞれ別々の自己充足的社会へと変えてしまうのである。」（*Misère de la philosophie*, quoted in Althusser, *Lire le Capital*, Vol. I, p. 121.）

（5） 一八八二年一二月八日付マルクス宛て書簡――Lévi-Strauss, *Anthropologie structurale* (Paris, 1958), p. 372 に引用。

（6） 特に Louis Althusser, *Pour Marx* (Paris, 1965), pp. 238-243 を見よ。「人間を形成し、人間を変形し、人間の生存の必要条件に反応することを可能にするためには、いかなる社会においても（集団的表象の体系としての）イデオロギーが不可欠であることは明白である……。無階級社会が世界との関係の妥当化＝非妥当化を生きるのは、イデオロギーにおいてであり、人間がみずからの仕事とその生存の条件を果たすことができるようにするために、無階級社会が人間の〈意識〉を変形させる、つまり人間の姿勢と行動を変形させるのは、イデオロギーにおいて、イデオロギーを通してなのである。」(p. 242)

（7）*Ibid.*, pp. 189-190.

（8）*Ibid.*, p. 64, n. 30.

（9）Umberto Eco, *La Struttura assente* (Milan, 1968), p. 360, n. 192.

（10）*La Pensèe sauvage*, pp. 173-174. カントの批判哲学の目的に対するレヴィ＝ストロースの熱心な支援については *Le Cru et le cuit* (Paris, 1964), pp. 18-20 を見よ。

（11）"L'Imagination du signe," Barthes, *Essais critiques* (Paris, 1964) を見よ。

（12）A. G. Wilden, *The Language of the Self* (Baltimore, Maryland, 1968), p. 239 に引用。

（13）"Eléments de sémiologie," Roland Barthes, *Le degré zéro de l'écriture* (Paris, 1964), p. 81 を見よ。

（14）*Anthropologie structurale*, p. 69.

（15）Roland Barthes, *Système de la mode* (Paris, 1967), p. 9.

（16）レヴィ＝ストロースとロマン・ヤコブソンは自分たちのボードレールの詩の詳細な分析のことを「顕微鏡検査法（microscopies）」と呼んだ。

（17）*Le Cru et le cuit*, p. 91.

（18）"La Structure des mythes," *Anthropologie structurale* 特にその pp. 235-240 において。

（19）*L'Origine des manières de table*, pp. 104-106. さらに本書の七二〜七四ページを見よ。

（20）Lévi-Strauss, *Du miel aux cendres* (Paris, 1966), pp. 406-408.

（21）Wilden, *The Language of the Self*, pp. 30-31 に英訳。

（22）特につぎを見よ——"Two Aspects of Language and Two Types of Aphasic Disturbances," in Roman Jakobson and Morris Halle, *Fundamentals of Language* (The Hague, 1956), pp. 55-82.

(23) *The Language of the Self*, p. 114.
(24) Sir James Frazer, *The Golden Bough* (one-volume abridged edition, New York, 1951), pp. 12-14.
(25) バルトのかなりフロイト流の *Sur Racine* (Paris, 1965) をきっかけに起こったこの論争の主要資料は Raymond Picard, *Nouvelle critique ou nouvelle imposture?* (Paris, 1965) および Roland Barthes, *Critique et vérité* (Paris, 1966) である。
(26) A. J. Greimas, *Sémantique structurale* (Paris, 1966), p. 185.
(27) *Ibid.*, p. 173.
(28) *Ibid.*
(29) たとえば Tzvetan Todorov, *Grammaire du Décaméron* (The Hague, 1969), pp. 46-50 あるいは "Poétique," *Qu'est-ce que le structuralisme?* (Paris, 1968), esp. pp. 132-145 を見よ。
(30) A. J. Greimas, *Du Sens* (Paris, 1970), p. 8.
(31) "La Quête de la peur" と特に "La Structure des actants du récit," in *Du Sens*, pp. 231-270 を見よ。
(32) "Un Échantillon de description," *Sémantique structurale*, pp. 222-256 を見よ。
(33) *Essais critiques*, p. 262.
(34) "Le Séminaire sur 'La Lettre volée,'" *Ecrits*, pp. 11-61 を見よ。
(35) *Anthropologie structurale*, p. 217 傍点引用者。
(36) *Ibid.*, pp. 202-203.
(37) この用語は T. S. Kuhn (*The Structure of Scientific Revolutions* [Chicago, 1962]) のもの。
(38) *Système de la mode*, p. 237.
(39) *Écrits*, pp. 504-505.
(40) *Qu'est-ce que le structuralisme?* pp. 252-253 に引用。

(41) Wilden, *The Language of the Self*, pp. 183-184 を見よ。

(42) Marcelin Pleynet, "La Poésie doit avoir pour but. . .," *Tel Quel: Théorie d'ensemble* (Paris, 1968), p. 106 に引用。

(43) Jean-Louis Baudry, "Ecriture, fiction, idéologie," *Tel Quel: Théorie d'ensemble*, pp. 145-146. ボードリが言及しているのはフロイトの一九一一年の論文「パラノイアのメカニズム論」である。

(44) 「現代においては、そしてニーチェもまた、いまだに遠くから変曲点を画するためにそこにいるのだが、主張されるのは神の不在ないし神の死なのではなく、人間の終焉なのである……。神の死以上に——あるいはむしろ、この死の航跡のなかで、そしてそれとの深い相関性のなかで、ニーチェの思考が宣言するものは、人間の虐殺者の終焉である。人間の顔の笑いの炸裂と仮面の回帰……」(Michel Foucault, *Les Mots et les choses* [Paris, 1966], pp. 396-397.)

(45) 「象徴的秩序」における集団的迷信と卑しい意識との起源と形成についての特に豊かな研究については Georges Auclair, *Le Mana quotidien: structures et fonctions de la chronique des faits divers* (Paris, 1970) 特に p. 239 を見よ。

(46) Lévi-Strauss, *Tristes tropiques* (Paris, 1955), pp. 48-49.

(47) *Anthropologie structurale*, p. 25.

(48) *Tristes tropiques*, p. 49.

(49) *Ibid.*, p. 50.

(50) 拙著 *Marxism and Form*, pp. 222-225 を見よ。

(51) たとえば *Écrits*, pp. 515ff を見よ。

(52) このような批判を早くに表明したのは Lucien Sebag であった (*Marxisme et structuralisme* [Paris, 1964])。

(53) Barthes, *Système de la mode*, p. 236. このイメージはソシュールのもの (*Cours de linguistique*

générale, p. 155.）。
（54）Derrida の "La Différance," *Tel Quel: Theorie d'ensemble*, p. 49 に引用。傍点に引用者。
（55）Roland Barthes, *Michelet par lui-même* (Paris, 1965), pp. 105, 87.
（56）*Ibid.*, pp. 5 and 86.
（57）*Ibid.*, p. 82.
（58）*Le degré zéro de l'écriture*, pp. 14-15.
（59）「ときどきこのような神話研究においてさえ、私はごまかしを犯した。現実なるものの蒸発について絶えず作業することに疲れて、私はそれを極度に濃密なものとし、私が自分でも快く思えるような驚くべき凝縮性をそこに見、かつ、神話的対象についてのいくつかの実体的精神分析を行なったりもしたのである。」(*Mythologies*, p. 267, n. 30).
（60）*Ibid.*, pp. 85-86.
（61）*Ibid.*, p. 228.
（62）*Ibid.*, p. 79.
（63）*Sur Racine*, pp. 91-92. この部分は Picard が *Nouvelle critique ou nouvelle imposture?* で特に取り上げて嘲笑した部分の1つであった。
（64）*Mythologies*, pp. 222-223.
（65）*Le degré zéro de l'écriture*, p. 14.
（66）*Essais critiques*, pp. 106-107.
（67）「倫理的な観点から、神話に関してやっかいなことは、まさにその形式が動機づけられているということである。というのは、もし言語の〈健全さ〉というものがあるとすれば、それは記号の恣意的特性に基づくのである。神話に関して嫌悪感を呼ぶのは、それが偽りの自然を頼みにすること、意味作用の形式という〈贅沢〉をすることであり、たとえばそれは、みずからの有用性を自然的外観によって装飾する対象（事物）などに見られる。

意味作用にありとあらゆる自然の正当性を賦与しようという意志は、それ自体一種の吐き気を催させる。神話はあまりにも豊かで、そしてその余剰なるものこそがまさにその動機づけとなるものである。この嫌悪感は、私がつぎのような芸術をまえにして感じるものと同じである。つまり、〈自然(physis)〉と〈反自然(anti-physis)〉との間にたゆたい、前者を一つの理想、後者を一種の抑制として利用する芸術である。倫理的には、中庸を捨ててあえて両極端に賭けることには、ある種の卑劣さがともなう。」(*Mythologies*, p. 234, n. 7.) わざわざつけ加えるまでもあるまいが、バルトがここで「神話」と呼んでいるもの(彼が神話研究のなかで扱っている現代のイデオロギー対象)は、レヴィ＝ストロースが扱う原始的神話とはなんの関係もないのである。

(68) (語形変化における)零度ないしネガティヴ・エンディングの理念はすでに、いくぶん違った形で、フォルマリストが利用している。本書六四〜六五ページを見よ。

(69) *Anthropologie structurale*, pp. 252-253 を参照。この定式の論証については Elli-Kaija Köngäs と Pierre Maranda の "Structural Models in Folklore" (*Midwest Folklore*, Vol. XII, No. 3, 1962, pp. 133-192) をぜひ参照されたい。さらに Louis Marin, *Sémiotique de la Passion* (Paris: Bibliothèque des Sciences religieuses, 1971), pp. 107-110 および拙論 "Max Weber: A Psychostructural Analysis," *New Writings in Humanist Sociology*, ed. Stanford M. Lyman and Richard H. Brown (Princeton, forthcoming) を見よ。

(70) *Tristes tropiques*, p. 199.

(71) *Ibid.*, p. 203.

(72) "Les Jeux des contraintes sémiotiques" (with François Rastier), *Du Sens*, pp. 135-155, esp. pp. 141-144. (本論文の英訳は *Yale French Studies*, No. 41 [1968], pp. 86-105.) 意味論的四角形についてはつぎの文献をも見よ。Vigo Brøndall, *Essais de linguistique générale* (Copenhagen, 1943), pp. 16-18 and 41-48; *Théorie des prépositions* (Copenhagen, 1950), pp. 38-39; Robert Blanché, *Les Structures intellectuelles* (Paris, 1966).

(73) *Sémantique structurale*, p. 256.
(74) *Anthropologie structurale*, pp. 247-251 を見よ。*Sémiotique de la Passion* における Louis Marin のユダ研究は、このような仲介機構についての、特にこのような交換における中立化および中立者の役割についての、すばらしい分析である。このようにして、受難の物語にはユダ（人間、名前、シニフィアン）の代わりに神（シニフィエ）の置換がかかわってくる——「裏切り者は……シニフィアンの中立化によってこの交換を実行する」(*op. cit.*, p. 140)。
(75) *L'Origine des manières de table*, pp. 400-411 を見よ。
(76) これがハンス坊やの叫び（"Fort! Da!"「いないいない！ ばあ（ほらあった）！」）の模範的な価値なのである。Wilden, *The Language of the Self*, p. 163 and passim を見よ。
(77) 文中の所有格の曖昧さについては、たとえば Lacan, *Écrits*, pp. 814-815 を見よ。
(78) *Ibid.*, pp. 46-53.
(79) "A Note on the 'Mystic Writing-Pad'" (1925), Sigmund Freud, *General Psychological Theory* (New York, 1963), pp. 207-212.
(80) André Gide, *L'Immoraliste* (Paris, 1929), pp. 61-62.
(81) *Ibid.*, p. 171.
(82) "Freud et la scène de l'écriture," Jacques Derrida, *L'Écriture et la différence* (Paris, 1967), pp. 293-340.
(83) Derrida, *L'Écriture et la différence*, p. 338 に引用。
(84) Jean-Joseph Goux, "Numismatiques," 2 Parts (*Tel Quel*, No. 35, Fall, 1968, pp. 64-89, and No. 36, Winter, 1968, pp. 54-74), Part I, p. 65.
(85) "Numismatiques," Part II (*Tel Quel*, No. 36), p. 74.
(86) 拙著 *Marxism and Form*, pp. 375-381.

(87) Jacques Derrida, *De la grammatologie* (Paris, 1967), p. 52 傍点引用者。

(88) Althusser, *Pour Marx*, pp. 203-204.

(89) Marx and Engels, *Basic Writings on Politics and Philosophy*, ed. L. S. Feuer (New York, 1959), p. 43.

(90) *L'Écriture et la différence*, pp. 412-413.

(91) Jacques Derrida, "La Différance," *Tel Quel: Théorie d'ensemble*, p. 50.

(92) *L'Écriture et la différence*, p. 26.

(93) *Lire le Capital*, I, p. 132.

(94) See "Structure et histoire," Greimas, *Du Sens*, pp. 103-115.

(95) *Lire le Capital*, Vol. I, pp. 125-126.

(96) *Ibid.*, p. 129.

(97) 「というのは、新世界の最も遅れた文化に起源を持つ神話が、他の原始的文化ではけっしてそのようなことが起こったことがないにもかかわらず、われわれの文化では、まず第一に哲学に、そしてつぎに科学にまで高められるような人間的意識の決定的レベルにまでただちにわれわれを位置づけるとすれば、われわれがこのような食いちがいから結論しなければならないことは、変形などというものはまったくここでは無関係であること、たがいに網の目状にからみあっている思考のさまざまな状態は自発的に、あるいはなんらかの不可避的な因果率によって、継起するのではないということである。」Claude Lévi-Strauss, *Du miel dans les cendres*, p. 408.

(98) Lévi-Strauss, *Anthropologie structurale*, p. 255.

(99) Michel Foucault, *Les Mots et les choses* (Paris, 1966), pp. 14-15.

(100) *Ibid.*, pp. 64-65.

(101) *Critique et vérité*, esp. p. 56 および "Histoire ou littérature," *Sur Racine* pp. 145-167 を見よ。

(102) *Anthropologie structurale*, p. 239.
(103) *Le Cru et le cuit*, p. 346 傍点引用者。
(104) Todorov, "Les Hommes-récits," *Grammaire du Décaméron*, p. 92.
(105) Todorov, *Poétique de la prose* (Paris, 1971), p. 77.
(106) Todorov, *Littérature et signification* (Paris, 1967), p. 49.
(107) Jacques Ehrmann, "Structures of Exchange in *Cinna*," Michael Lane, ed., *Structuralism: A Reader* (London, 1970), pp. 222-247.
(108) *Grammaire du Décaméron*, pp. 77-82.
(109) *Sémantique structurale*, pp. 207-208.
(110) Jean Laplanche and J.-B. Pontalis, "Fantasme originaire, fantasmes des origines, origine du fantasme," *Temps modernes*, No. 215 (December, 1964), esp. pp. 1,854-1,855 を見よ。
(111) Roman Jakobson, "Closing Statement: Linguistics and Poetics," *Style in Language*, ed. Thomas A. Sebeok (Cambridge, Massachusetts, 1960), p. 353.
(112) *Ibid.*, p. 356.
(113) *Ibid.*, p. 357.
(114) Todorov, *Littérature et signification*, p. 89.
(115) 拙著 *Marxism and Form*, pp. 369-372 を見よ。
(116) James Thurber, *The Thurber Carnival* (New York, 1945), p. 223.
(117) Barthes, *Système de la mode*, p. 293 傍点引用者。
(118) だから "La Différance," *Tel Quel: Théorie d'ensemble* における自分自身の「体系」についてのデリダの唯一の提示が、自分自身についての一種のコメンタリーの形を取るのである。
(119) 特に彼の *Archéologie du savoir* (Paris, 1969) を見よ。

(120) Joseph Stalin, *Marxism and Linguistics* (New York, 1951), pp. 33-34.

(121) 拙著 *Marxism and Form*, pp. 375-384 を見よ。

(122) リクールの言い方にならえば「先験的主観抜きのカント哲学」である (Paul Ricoeur, *Le Conflit des interprétations* [Paris, 1969], p. 55).

(123) Georg Lukács, *Der Junge Hegel* (Berlin, 1954), p. 508.

(124) A. J. Greimas, *Du Sens*, p. 13.

訳注 （本文中に＊を付したもの。以下行頭の数字は本文のページを指す。）

はしがき

x-1　アウエルバッハ　ベルリン生まれのロマンス語言語学者エーリッヒ・〜（一八九二―一九五七）。ナチに追われてイスタンブールに逃れ、亡命先で、古今の世界文学を視野に収めた、文学における現実表象を論じた『ミメーシス』を執筆（一九四六）。

x-2　J＝P・リシャール　文学作品を創造の根源において捉えようとするフランスの現象学的批評家（一九二二―）。『マラルメの想像世界』（一九六一）など。

x-3　グレマス　リトアニア生まれのフランスの言語学者A・J・〜（一九一七―）。『構造意味論』（一九六六）など。

xi　ヴィクトル・エルリッヒ　ロシア生まれのスラヴ文学・語学者（一九一四―）。ポーランドの大学を出たあとアメリカに移住、アメリカで学位を取得、イェール大学などで教えた。

xii-1　ジャン・ピアジェ　スイスの児童心理学者（一八九六―一九八〇）。

xii-2　リュシアン・ゴルドマン　ルーマニア生まれのフランスの社会学者（一九一三―一九七〇）。『人間科学と哲学』（一九五二）、『隠された神』（五六）、『小説の社会学のために』（六五）。

xiii-1　コリングウッド　R・G・〜（一八八九―一九四三）。イギリスの哲学者。『哲学方法論』（一九三三）などによって哲学と史学の接近を計った。

xiii-2　プロップ　ウラジーミル・〜（一八九五―一九七〇）。ソヴィエトの民俗学者。『昔話の形態学』など著書多数。

I　言語モデル

4-1　グリムのの法則　ドイツの民間伝承の研究で有名なグリム兄弟のうちの兄ヤーコブはその著『ドイツ文法』（一八一九―三七）の中でインド・ヨーロッパ系諸語間における音韻推移に関する法則を発表した。

4-2　ボップの……再構成　ドイツの文献学者フランツ・ボップ（一七九一―一八六七）ははじめてサンスクリット、ペルシア、ギリシア、ラテン、ドイツ諸語における文法形式、語形変化の共通起源をたどり、歴史的比較言語学の基礎を開いた。

5　新《ネオ》・文法家《グラマリアン》たち　一八七五年以降のドイツの言語学派。言語における心理的力を強調し、あらゆる音変化は規則（アナロジー）に従って起こり、例外はないとする。ヘルマン・ポール（一八四六―一九二一）はその代表的学者。

9　ピレンヌ　ベルギーの歴史学者アンリ・～（一八六二―一九三五）。第一次大戦におけるベルギーの受動的抵抗運動の指導者で、『ベルギー史』（七巻）や『中世の都市』などの著者。

12-1　ヴィトゲンシュタインの寡黙　オーストリア生まれ、イギリスの哲学者ヴィトゲンシュタインは『論理哲学論考』（一九二二）でヨーロッパの思想界に大きな衝撃を与えたが、本文にも引用されている「語リエヌコトニツイテハ……」という結びの言葉は特に有名である。

12-2　カフカの遺言　カフカは未完の長編小説三編を死後焼却するように遺言したが、友人ブロートはそれを無視して遺稿として発表した。

12-3　ホーフマンスタール　オーストリアの詩人、劇作家（一八七四―一九二九）。『チャンドス卿の手紙』（一九〇二）はこの世界のすべてを包摂する百科全書ふうの書物を書くことを志し、しかし結果的には、言いしれぬ不条理感に襲われ、ついにその書物の執筆を断念する事の次第を綴ったもの。

12-4　アントワーヌ・メイエ　ソシュールの高等研究院時代の弟子（一八六六―一九三六）。

16-1　アシニア紙幣　フランス革命時代に没収した土地の抵当として発行した紙幣。

16-2　木製ニッケル　アメリカで五セント白銅貨相当の木製記念品。

24-1　アドルノ　テオドール・W・～（一九〇三―）。ドイツの哲学者。哲学の著作のほかに音楽や文学、社会批評も多い。

24-2 エンプソン　ウィリアム・〜（一九〇六—八四）。イギリスの詩人、批評家。二〇代なかばで発表した『七つのタイプの曖昧』（一九三〇）はその分析的実践批評によってその後の批評方法に圧倒的な影響を与えた。

26 デュルケーム　エミール・〜（一八五八—一九一七）。フランスの社会学者。社会の集団意識が宗教と道徳の源泉であり、社会の共通する価値観が社会秩序を形成すると考えた。

37 言理学 glossematics の訳語。デンマークの言語学者イェルムスレウ（一八九九—一九六五）の創始したコペンハーゲン学派の言語理論。

II フォルマリズムの冒険

44 ベリンスキー　V・G・〜（一八一一—四八）。ロシアの批評家。社会思想としての文学の効用を強調し、今日のソヴィエト文学批評の基礎ともなった。

45-1 新批評家　いわゆる新批評 New Criticism の実践者。新批評は一九四〇年代以降三〇年ほどアメリカを中心に栄えた実践批評。伝記的・社会的背景を排除し、作品の自律性に基づくテクスト中心の綿密な読みが特徴。

45-2 マヤコフスキー　ソヴィエトの未来派の詩人（一八九三—一九三〇）。

45-3 フレーブニコフ　マヤコフスキーらとともに未来派運動の主要メンバーであった（一八八五—一九二二）。

45-4 アーヴィング・バビット　アメリカの批評家・学者（一八六五—一九三三）。ニュー・ヒューマニズムの指導者としてロマン主義を激しく非難、理性と抑制の価値を強調した。

45-5 シャルル・モーラス　フランスの思想家（一八六八—一九五二）。ギリシア・ローマの古典芸術の復興を説いた。「アクション・フランセーズ」を結成、フランス思想界に君臨した。

50 メルロ＝ポンティ　モーリス・メルロ＝ポンティ（一九〇八—六一）。フランスの代表的哲学者。現象学的方法から出発して実存主義を唱えた。著書に『行動の構造』（四二）、『知覚の現象学』（四五）。

52 『ホルストメール』　トルストイのこの短編小説はシクロフスキーの『散文の理論』で分析されている（邦訳一八—

二二ページ)。

53 『沈黙の声』 アンドレ・マルロー(一九〇一—七六)が政治生活の合間に書いた美術論(一九五一)。

61-1 ファーブラ(fabula) ロシア・フォルマリズムの用語で、語られる情況や出来事が時間的順序に配列された場合を言う。シュジェトと対の用語。ストーリーとも言う。

61-2 シュジェト(sjužet) 語られる情況とか出来事が受け手に提示される順序で配列されている場合を言う。ファーブラと対の用語。ミュトスとかプロットとも言う。

63-1 『びっこの悪魔』 フランスの作家ルサージュ(一六六八—一七四七)の風刺小説(一七〇七)。

63-2 『イワン・イワノヴィチ……』 このゴーゴリの風刺小説(一八三五)は正確には『……のけんかした話』。

64 「もしクロイソスが……滅びるであろう!」 リディア王クロイソスがペルシアへの出兵の可否についてデルポイの神託を仰ぎ、それに対するアポロンの答えがこれ。結果的にはクロイソスはこの出兵に敗れて捕虜となった。アポロンの言う「大帝国」とはじつはクロイソス自身の国であったという故事。

65 アアルネ式モチーフ分類法 フィンランドの民話学者アンティ・アアルネ(一八六七—一九二五)の著わした民話分類法。のちにスティス・トンプソンが改訂(一九二八)して、これが今日の欧米における民話学の基礎となった。

66-1 ババ・ヤガ スラヴ民話の人食い魔女。

66-2 トロール 北欧神話の巨人。

70 エルンスト・ブロッホ 『希望の原理』(一九五九)を代表作とするドイツの多作な哲学者(一八八五—一九七七)。ジェイムソンは『マルクス主義と形式』の第二章で、マルクス主義解釈学の一例としてブロッホを論じている。

75 『創作の哲学』 『詩の原理』(一八四八—四九)と並ぶポー独自の文学理論。

79-1 ローザノフ ロシアの思想家・作家(一八五六—一九一九)。シクロフスキーの『散文の理論』の最終章で扱われている。

79-2 ピランデルロ イタリアの小説家、劇作家(一八六七—一九三六)。『作者を捜す六人の登場人物』(一九二一)などのいわば「手法を剝き出しにする」特異な傑作を書いた。

79-3　フェルナンド・ペソーア　ポルトガルのモダニズム運動の最大の詩人（一八八八—一九三五）。

79-4　『ノーヴォエ・ヴレーミヤ』　ペテルスブルグで発行されていた保守系の日刊の大新聞（一八六八—一九一七）。

79-5　『ルースコエ・スローヴォ』　モスクワで発行されていた自由主義的日刊紙（一八九五—一九一八）。

81　ヴィーコ　歴史的文献学の先駆的労作『新科学』で知られるイタリアの哲学者（一六六八—一七四四）。

88-1　ミルトン　ジョン・〜（一六〇八—七四）。イギリスの詩人。『失楽園』（一六六七）は旧約聖書の『創世記』を題材としたアダムとイヴの物語。このイギリス最高の叙事詩は、ある見方からすれば「崇高で神学的なＳＦ」でもある。

88-2　ウィンダム・ルイス　イギリスの小説家（一八八四—一九五七）。ここで著者がＳＦ的としているのは、ルイス晩年の風刺的幻想小説『人間の時代』四部作のことであろう。

90　カルロ・マルテル　ダンテの盟友（一二七一—九五）。『天国編』第八歌でダンテと語る。以下言及されているのはいずれも『天国編』の挿話。

III　構造主義の冒険

141　バシュラール　ガストン・〜（一八八四—一九六二）。フランスの哲学者。フロイト以降の最大の心理分析学者の一人とされる。夢想や白昼夢を個人的感応ではなく、集団的経験として捉える。『火の精神分析』（一九三八）、『空間の詩学』（一九五八）、『夢想の詩学』（一九六〇）など。

142-1　コアレ　アレクサンドル・〜（一八九二—一九六四）。ロシア生まれの天文学者・哲学者。ソルボンヌで教え、科学史に関する多数の著作を残した。

142-2　Ｔ・Ｓ・クーン　アメリカの科学史家（一九二二—）。

144　ドニ・ロシュ　現代フランスの前衛詩人。出典は *Éros énergumène*（一九六八）である。

154　だまし絵　とりあえず「だまし絵」と訳したが、たとえばグリコのキャラメルの外箱に描かれたランナーがグリコのキャラメルを持っていて、そのキャラメルの中のランナーが……という仕掛けのこと。最近の物語理論でも、あるテクストの中にそのテクストの縮小されたレプリカが埋めこまれているような作品、たとえばジッドの『贋金使い』の仕掛けを〈mise en abyme〉という。チャイニーズ・ボックスの仕掛け（箱の中に箱があり、さらにその中の箱の中に箱があり……）とも言う。

157　シェイエス　フランス革命の理論的指導者シェイエス神父（一七四八—一八三六）。

165　ウーエ・ジョンソン　ドイツの作家（一九三四—八四）。のちにイギリスとアメリカに住んだ。『ヤコブについての憶測』（五九）、『アヒムについての第三書』（六一）、『二つの見解』（六五）など。

166　ジョルジュ・ペレック　フランスの前衛的な作家（一九三六—八二）。『事物』（六五）で成功したあと多数の実験的作品を残した。

203　ポンジュ　フランシス・〜。・フランスの詩人（一八九九—）。植物、貝、小石、石けんなどに対するほとんどフェティシズム物崇拝のため、「事物の詩人」と呼ばれる。

205-1　フレーゲ　ゴットロープ・〜。ドイツの数学者（一八四八—一九二五）。現代の数学的論理学の創始者。言語哲学と論理学にも多大の貢献をした。

205-2　カルナップ　ルドルフ・〜。ドイツ生まれの哲学者（一八九一—一九七〇）。ウィーン学派の指導的地位にあったが、ナチズムを逃れてアメリカに渡り、人工言語の構成にもとづく論理的分析を行なった。

211　マルセル・モース　フランスの社会人類学者（一八七二—一九五〇）。デュルケームの甥で、その仕事を継承、人類学と心理学を早くに結びつけた。社会生活とはつまり物の交換としての恩義関係からなるという相互作用の原理を唱えた。『贈与論』（一八九八）はその主著である。

222　マル論争　ソヴィエトの言語学者・考古学者ニコライ・マル（一八六五—一九三四）は、ソ連科学アカデミー副会長として、世界のあらゆる言語が、マルクス主義の経済的発達段階に対応する四つの要素を持った一つの語幹から発達したという理論を発表し議論を呼んだ。

225　ポール＝ロワイヤル　パリの西にあったシトー修道会の女子修道院。一七世紀なかばに学校を開設し、古典語教育に貢献、ラシーヌもその一つで学んだ。

訳者あとがき

本書は Fredrick Jameson, *The Prison-House of Language: A Critical Account of Structuralism and Russian Formalism* (Princeton University Press, 1972) の全訳である。

＊

『言語の牢獄』というじつに魅力的なタイトルを持つ本書は、副題が端的に示すとおり、構造主義とロシア・フォルマリズムについての批判的解説である。それだけのことならば、いまとなってはこれをわざわざ日本語に訳すまでもないかもしれない。しかしじつは本書は、アメリカを代表するマルクス主義批評家——いわばイギリスの故レイモンド・ウィリアムズ、あるいは当節はやりのテリー・イーグルトンに匹敵するアメリカのとびきり上質のマルクス主義文学批評家——による、アメリカで最初の構造主義の本格的紹介であり、かつその分析的批判なのである。まずソシュールの言語理論が他の人間科学（心理学、人類学、哲学、文学など）に与えた「解放的影響」を検証すること、つまり、構造主義とフォルマリズムという二つの、しかし共通の地盤に根づいた世界認識の方法を、該博な文献渉猟と透徹した読みと分析によって通観すること、このことにジェイムソンの本書での最大のねらいがあるのだが、同時に彼は、この二つの方法に内在する方法論的前提を明確に抉り出すことによって、当時の英米系の学者・批評家の間にようやくその名が知られるようになったばかりの「構造主義」（この「唾棄すべきもの《ベート・ノワール》」！）の方法の限界についても批判的判断を下しているのである。

本書出版の当時、本書に対してなされた好意的書評の中から代表的なものを拾ってみればつぎのようになる。

「本書は素人にとっての入門書であると同時に、専門家にとっても挑発的な難問解明《ミーズ・オ・ポワン》である。非専門家にとってはこれはロシア・フォルマリズムとパリふう構造主義の奥義をきわめるための流麗な導入となるであろうし、専門家なら二つの理由から本書に感謝するだろう。まず第一に、ジェイムソンのラディカルな外科手術は、フォルマリズムと構造主義の基礎構造の欠陥を暴露すると同時に、その基礎構造のうちの価値あるものについてもしかるべく評価する。そして第二に、ジェイムソンの徹底した検証は、構造主義と、構造主義の偉大なイデオロギー上のライバルであるマルクス主義との間の隙間（そして交差）を開示する。」

いまとなってはやや凡庸にさえ思えるこの文章が指摘していることはまったく正しい——ただ残念ながら、この文章からは、本書が与えることになる衝撃ないし衝迫力が伝わってこないことを除けば。

本書にはポスト構造主義という言葉はもちろんまだ出てこない（「ディコンストラクション」は一回だけそっと顔を出している。まさかこの用語がこのあといまのように一人歩きをするとはジェイムソンにも予想できなかったのではないか)。アメリカにおける構造主義からポスト構造主義への「政権交替」はもっとあと、一説によれば、デリダの『グラマトロジーについて』の英訳版が出版され、「記述詩学と文学理論のための研究誌」と銘打った *PTL* が創刊された一九七六年のことだという。なにしろ、構造主義がアメリカの学会で公式に市民権を与えられたのが、本書の出版後しばらくした一九七五年のことであったのだ。そのことを示す象徴的事件というのが、例のジョナサン・カラーの『構造主義的詩学』の学会賞受賞事件であった。アメリカ最大の学会MLA(「近代語協会」)のあの保守的なブルーリボン委員会の推薦によって、一九七五年のジェイムズ・ラッセル・ロウエル賞がカラーのこの本に与えられ、いわば「構造主義」が衛生無害であることのお墨付きが与えられたのである。ところが、そのころすでに情勢はポスト構造主義に傾きつつあったのである。

ジェイムソンははやくも本書で、デリダの中に見られる構造主義の「最終的瞬間、構造主義についての構造主義的批判」に注目している。そしてさらにもう一方では、アルチュセールの中に歴史に対する構造主義的立場の最も完全に構築された所説を発見することによって、構造主義そのものの外側の限界をも指摘しているのである。

マルクス主義が本質的に内蔵する「歴史主義」(いわば「通時的」世界認識)と、フォルマリズムの一形式としての構造主義の基盤である「共時的」解釈法とは、不可避的に対立せざるをえない。この図式は、かつてサルトルとレヴィ＝ストロースとの間に見られたおなじみの古典的対立の図式でもある。しかし本書におけるジェイムソンの功績は、単なる「歴史主義」の観点からの偏狭な構造主義批判に終わることなく、ソシュール言語学の人間科学への解放的影響としての構造主義の可能性に注目していることにある。

彼の描き出す「言語の牢獄」には、どこか外の世界（たとえば「歴史意識」）への道がほの見えている。事実ジェイムソンはいまもなお、「共時態」と「通時態」の和解の道、言語的決定論の還元主義を超えて、「社会意識」と歴史とが救済されるための道を模索しつつある。

＊

のっけから解説が先走りしすぎた。型どおり著者紹介をしておかなければならないのだった。

さて、フレドリック・ジェイムソンは一九三四年（日本式に言えば昭和九年）の生まれ、アメリカのイェール大学、エクス・アン・プロヴァンス大学、ドイツのミュンヘン、ベルリン両大学に学び、アメリカのいくつかの大学（ハーヴァード大学、カルフォルニア大学のサンディエゴ校とサンタ・クルーズ校）で教えたあと、イェール大学に移り、つい先頃までアメリカにおけるディコンストラクションの牙城であったこの大学の仏文科の教授となった。（ついでながら、デリダを盟友とし、「イェール四人組」の名で恐れられたイェール・クリティックスも、ポール・ド・マン──現在若き日のナチ協力の「悪事」を暴露され、欧米の学会に大きな衝撃を与えている──死し、G・ハートマンもJ・ヒリス・ミラーも去り、最もディコンストラクションから遠い教祖ハロルド・ブルームを残して、文字どおり四散してしまった。そしてもちろんジェイムソンは、イデオロギー的にこの陣営から最も遠いところにいる。）

ジェイムソンのこれまでの著作は、学術雑誌などに発表された多数の論文を別にすれば、つぎの五冊である──

Sartre: the Origins of a Style (1961)
Marxism and Form: Twentieth-Century Dialectical Theories of Literature (1971)
The Prison-House of Language: A Critical Account of Structuralism and Russian Formalism (1972)
Fables of Aggression: Wyndham Lewis, the Modernist as Fascist (1979)
The Political Unconscious: Narrative as a Socially Symbolic Act (1981)

まずサルトルを論じた最初の著作は未見なので論じるのをひかえるが、ジェイムソンがまだ二〇代の半ばに発表したもので、おそらく今世紀の思想形成の軌跡をサルトルを通じて跡づけようとしたもので、これがジェイムソンにとって重要な出発点であったろうということは十分に想像される。二作目の『マルクス主義と形式』は『弁証法的批評の冒険』という題ですでに日本訳が出ている（荒川幾男・今村仁司・飯田年穂訳、晶文社、一九八〇）。原著の副題が「二〇世紀の弁証法的文学理論（複数）」であることからわかるように、この本は、アドルノから始まってベンヤミン、マルクーゼ、エルンスト・ブロッホ、ルカーチ、サルトルなどのマルクス主義的解釈学を論じ、弁証法的文学理論の確立を目指すものであった。

じつはこの本の最終章「弁証法的批評にむけて」のもとになった論文は、「メタコメンタリー」という題で、前述の MLA の機関誌である *PMLA* に発表され（一九七一）、この論文はこの年のベスト・エッセイ賞を与えられている。ここでのジェイムソンの主張は、文学テクストを表層的形式として見るのではなく、あらゆる人間活動と同じく「内容」を持った具体的「実践」例として見ることによって、文学作品をもう一度――フォルマリズムを超えて――歴史の中に復権させること、批評家の務めは本質的に形式を与える作業としての文学的営為（テクスト生産）に隠されたものを開示することにあること、そしてその批評行為、解釈行為としてのコメンタリーをさらに分析し、みずからの方法論的手続、判断の基盤を問いつづける文学研究法、これこそがまさに彼の言うメタコメンタリーであるという。

ここまで言えばもう誰でもおわかりのように、ジェイムソンが本書『言語の牢獄』でやって見せた方法がまさに構造主義についてのメタコメンタリーなのである。そしてジェイムソンにとって、このような自意識的なテクスト表層の仮面剝奪の操作によって、つまり「形式」を構成するさまざまな力を暴くことによって、文学と批評のありようが白日のもとにさらされるのである。本書の最後はつぎのような予言的な文で終わっている。

「ここで予測する解釈学は、既存のコードやモデルの存在を明かすことによって、そして分析者自身の位置をもう一度強調することによって、もう一度テクストをも分析プロセスをも、等しく歴史のあらゆる風にさらすであろう。……私の考えでは、このような展開……のうえではじめて、共時的分析と歴史意識、構造と自意識、言語と歴史という、あの二つの、通約不能な要求が和解することができるのである。」

ここに予定された「二つの、通約不能な要求」を「和解」させること、この困難な事業に取組んだのが、ジェイムソンのつぎの大作『政治的無意識――社会的象徴行為としてのナラティヴ』なのである。最近の文学理論の実践例のうちでもずば抜けて野心的なこの著作は、文学を「社会的象徴行為」として見る解釈学の提示から始まって、バルザック、ギッシング、コンラッドなどへのその理論の適用からなるものであるが、これについては現在日本語訳が進行中であると聞く。詳細はそちらに譲ることにして、もう一つだけ、ジェイムソンの一九七九年のウィンダム・ルイス論に触れておくことにする。

『攻撃性の寓話――ウィンダム・ルイス、モダニストにしてファシスト』と題されたこの本は、パウンドやT・S・エリオット、ジョイスやロレンスやイェイツなどの、いわゆるモダニストの世代に属しながら、現在最も読まれることの少ないウィンダム・ルイスに焦点を当て、現在普及しているモダニズム神話（たとえばパウンドの文学運動とかジョイス流の「神話表現《ミソグラフィ》」とか）に異を唱え、ルイスに集約される「政治的無意識」、「モダニストにしてファシスト」たるルイスが体現する新しい形の集団社会形式のあり方を抉り出そうというもので、ある意味でこれは、すぐあとにつづく『政治的無意識』の形成過程における一つの副産物ということになるだろう。

＊

本書は三つの章からなり、そのそれぞれにタイトルがついている。第一章はソシュールの言語モデルを論じたもので、これがいわばこのあとにつづく応用篇への序論である。つづく二章、それぞれ「フォルマリズムの冒険」、「構造主義の冒険」と訳したが、ここで「冒険」と訳した語は Projection であって、その意味はソシュール言語学がフォルマリズムなり構造主義なりに「投影」され、それがいかにそれぞれに「解放的影響」を与えたか、ということである。

本書ではこのように三つの章にタイトルがついているが、それ以外のセクション、サブセクションには何の見出しもない。その意味で本書は見た目にはじつにそっけない。訳者の判断で各セクションに小見出しをつけたほうが親切だったかもしれない。たとえば「アルチュセールのプロブレマティック」とか、「グレマスの行為項モデル」とか、「プロップの民話論」とか、「デリダの現前の神話」とか、「レヴィ＝ストロースの神話分析」とかいうように。しかし実際にはサブセクションのはじまる前に一行あけたり、豊富な引用を本文から切り離して見やすくするという以外に特別な操作はしなかった。そういう操作はしなかったけれども、そのかわりに本書の索引は普通よりやや詳しくなっている。本書の論旨の流れに道を踏み迷ったときは、是非この索引を活用して位置を確認していただきたい。

最後に法政大学出版局の松永辰郎氏、じつに丹念に原稿照合をされた、一度もお目にかかる機会のなかった校正者の方に感謝したい。そして索引作りをしてくれた妻恭子にも。

一九八八年盛夏　　川口喬一

著 者

フレドリック・ジェイムソン
(Fredric Jameson)
1934年生まれ．アメリカのイェール大学のほかにフランスとドイツの大学で学び，イェール大学，カリフォルニア大学（サンタ・バーバラ校）教授などを経て，現在デューク大学ウィリアム・A・レイン Jr 記念講座教授．アメリカを代表するマルクス主義文学批評とポストモダニズム理論の実践家．著書に，『サルトル――回帰する唯物論』，『弁証法的批評の冒険――マルクス主義と形式』，『言語の牢獄――構造主義とロシア・フォルマリズム』（本書），『攻撃性の寓話――ファシストとしてのモダニスト，ウィンダム・ルイス』，『政治的無意識――社会的象徴行為としての物語』，『のちに生まれる者へ――ポストモダニズム批判への途 1971–1986』，『時間の種子――ポストモダンと冷戦以後のユートピア』，『カルチュラル・ターン』，『近代という不思議――現在の存在論についての試論』，編著に『民族主義・植民地主義と文学』など．

訳 者

川口喬一（かわぐち きょういち）
1932年北海道生まれ．筑波大学名誉教授（文学博士）．著書に『ベケット――豊饒なる禁欲』（冬樹社），『イギリス小説の現在』（研究社出版），『小説の解釈戦略――『嵐が丘』を読む』（福武書店），『現在の批評理論』（全3巻）（共編），『イギリス小説入門』，『文学の文化研究』（編著），『『ユリシーズ』演義』，『最新　批評用語辞典』（共編著）（以上，研究社出版），『昭和初年の『ユリシーズ』』，『『嵐が丘』を読む――ポストコロニアル批評から「鬼丸物語」まで』（以上，みすず書房），訳書にベケット『蹴り損の棘もうけ』，『マーフィー』（以上，白水社），ソンタグ『ラディカルな意志のスタイル』（晶文社），ヒース『セクシュアリティ――性のテロリズム』（勁草書房），ハッチオン『ポストモダニズムの政治学』，カンプス編『唯物論シェイクスピア』（以上，法政大学出版局），サザーランド『ヒースクリフは殺人犯か？』，『現代小説38の謎』（以上，みすず書房），イーグルストン『「英文学」とは何か――新しい知の構築のために』（研究社）など．

《叢書・ウニベルシタス　253》
言語の牢獄――構造主義とロシア・フォルマリズム

1988 年 11 月 1 日　　初版第 1 刷発行
2013 年 10 月 21 日　新装版第 1 刷発行

フレドリック・ジェイムソン
川口喬一　訳
発行所　一般財団法人　法政大学出版局
〒102-0071 東京都千代田区富士見 2-17-1
電話03(5214)5540 振替00160-6-95814
製版，印刷：三和印刷　製本：積信堂

Printed in Japan

ISBN978-4-588-09968-7

索　引

ア行

アアルネ（Aarne）式民話分類法　65
アイロニー（イロニー）　ロマン派の教義　81-83
アウエルバッハ　Auerbach, Erich　x
アドルノ　Adorno, T. W.　24
アリストテレス的文学モデル　84-86
アルチュセール　Althusser, Louis　100, 110-113, 114, 145, 151, 218, 220；蓋然的判断（problématique）110-114, 140-142, 224；多元決定の教義　126；つねにすでに与えられたもの（toujours-déjàdonné）192-193；歴史観　197-199
アルトー　Artaud, Antonin　202
イエルムスレウ　Hjelmslev, Louis　166
意味論　記号学に対して　31-32；構造的意味論　x-xi, 150-151
ヴァレリー　Valéry, Paul　12
ヴィーコ　Vico, Giambattista 81
ヴィトゲンシュタイン　Wittgenstein, Ludwig　12, 23, 218
ヴェセロフスキー　Veselovsky, Alexander　44
ヴォルテール　Voltaire, François-Marie Arouet de　58
エイゼンシテイン　Eisenstein, Sergei　47, 62
エイヘンバウム　Eichenbaum, Boris　47, 98；小説のエピローグ　76；文学の内容　86-87；歴史観　100-102
エーコ　Eco, Umberto　112
エリオット　Eliot, T. S.　45
エルリッヒ　Erlich, Victor　xi, 88
エールマン　Ehrmann, Jacques　211
エンゲルス　Engels, Friedrich　107-108, 168, 217
エンプソン　Empson, William　24
オグデン　Ogden, C. K.　3, 17, 22-23, 27, 29, 32, 222
オストラネーニェ（異化作用）　71, 93；シクロフスキーの異化概念　50-54：対象の異化と芸術的技法の異化　77-81；ブレヒトの「異常化の効果」（Verfremdungseffekt）と比較　58-59；歴史的異化と形而上的異化　55-60
オング　Ong, Walter J.　183

カ行

ガダマー　Gadamer, Hans-Georg　228
カフカ　Kafka, Franz　12
カミュ　Camus, Albert『異邦人』　165
カルナップ　Carnap, Rudolf　205
カント　Kant, Immanuel　38, 114, 226
記号　構造主義　109-110, 194-195；恣意性　29-31, 148-149；ソシュールの定義　29-31, 139, 161；表徴（シンボル）と　30-32, 148-149；零度　35, 65, 165, 172, 180
共時態　6-21；文学的「法則」と　74-75
グー　Goux, Jean-Joseph『古銭学』　188-189, 191
クリステヴァ　Kristeva, Julia　190
グリム兄弟　84；グリムの法則　4
クルシェフスキー　Kruszewski, N.　16
グレマス　Greimas, A. J.　x, xiii, 140, 151, 154, 197, 211, 221, 227；「意味化作用の基本構造」　170-175；行為項（アクタン）的モデル　128-130
クローチェ　Croce, Benedetto　11
クーン　Kuhn, T. S.　142
ゲイル　Geyl, Pieter　8-11
言語　エクリチュール　183-187；音韻的

組織化　33-36；記号の理論　29-32, 138-139, 161；共時的体系　6-22, 54, 110-111, 194-195；差異的認知　14-18, 34；指示性　31-32, 92, 109-114, 212-213, 222-226；実体　ix-x, 191-193, 222-223；他者との関係　25-26, 178, 215-216；二項対立　35-36, 117, 119-125, 169-175；非言語的体系と　116-117；方言としての詩的言語　48-49；メタ言語　166-167, 213-214, 218-220；モデルとして　ix-x；物語と文　61-65, 125-133；ヤコブソンの理論　212-213；ラングとパロール　22-28, 105, 142；連辞的組織化　36-39, 117, 125-133
言語学史　4-8, 14-15
構造主義　意味化作用のプロセス　175-195；解釈　204-216；概念史と　140-142, 200-204；カント主義と　113-114；記号　109-110；経験的限界　221-222；結合体(combinatoire)　132；言語の実体　x, 191-193, 222-223；自意識　218-220；シニフィアンの組織化　115-133；主体の価値低下　143-144, 205-206；象徴的秩序　135-140, 142-146；上部構造理論　106-107；ソヴィエト構造主義　xii, 125；反ヒューマニズム　145；フロイト主義と　118-119, 148-149, 204-205；マルクス主義と　106-107, 148, 188-190, 204, 226-227；無意識の教義　142-144, 148-151, 156-157, 177-178
ゴーゴリ　Gogol, Nikolai　63, 86-87, 93, 98
ゴーリキー　Gorky, Maxim　80, 84
コリングウッド　Collingwood, R. G.　xiii, 142
ゴルドマン　Goldmann, Lucien　xii, 133, 224
コアレ　Koyré, Alexandre　142

サ行

サーバー　Thurber, James　216-217
サルトル　Sartre, Jean-Paul　17, 27, 34, 58, 61, 69-71, 132, 140, 163-165, 167, 181, 190
シェイクスピア　Shakespeare, William『ハムレット』　72
シクロフスキー　Shklovsky, Viktor　xiii, 47-48, 95, 99, 105；オポヤーズと　47；手法の剥き出し　61-62, 77-81, 92；オストラネーニェ　50-54, 58-65, 71-77；矛盾　70-76, 92-94
ジッド　Gide, André『背徳者』　185-186
実体論的思考と関係性　viii-ix, 14-16, 44, 108-109
自動指示(文学における)　90-92, 207-216
シムノン　Simenon, Georges　214-215
ジャンル　短編小説の法則　61-65；小説への変形　72-73；小説の終わり　76；神話(レヴィ=ストロース)　117-125, 168, 206-208；民話(プロップ)　65-70；民話(ヤコブソンとボガトゥィリョフ)　28-29
シュピッツァー　Spitzer, Leo　x, 133
シュペングラー　Spengler, Oswald　225
シュールレアリスム　83, 184
シュレーゲル　Schlegel, Friedrich　47, 81
ジョイス　Joyce, James　146；『ユリシーズ』　76, 98
ジョンソン　Johnson, Uwe　165
新批評(ニュー・クリティシズム)　フォルマリストとの比較　45-47, 84
新・文法家(ネオ・グラマリアン)　5, 7, 25
スウィフト　Swift, Jonathan　55-56, 58, 59, 61
スコット　Scott, Sir Walter　99
スターリン　Stalin, Joseph　222
スタンダール　Stendhal (Marie-Henri Beyle)　71
スターン　Sterne, Laurence『トリストラム・シャンディ』　61, 77-79, 85, 93

スピノザ　Spinoza, Baruch　112, 114
スミルニツキー　Smirtnitsky, A, I.　26
精神病（構造主義の見方）　144-146
セヴィニェ　Sévigné, Marie de Rabutin-Chantal, Marquise de　54-55
セルバンテス　Cervantes Saavreda, Miguel『ドン・キホーテ』 72, 93
ソシュール　Saussure, Ferdinand de　3, 4, 85, 100, 106, 116, 155, 183, 211；記号学対意味論　3-4, 31-33；記号とは　29-32, 109-110, 138-139, 161；共時的体系の概念　6-21；シニフィアンの組織化（音韻論）　33-36；チェスゲームのイメージ　21；通時態　18-21, 100；デュルケームとの比較　26-27；反実証主義　11；ラングとパロール　22-29, 105, 142；組織化の二つのレベル（音韻的と連辞的）　36-39, 62-63, 117

タ行

体系の相関性　7-11, 97-100
ダンテ　Dante Alighieri　46；『天国編』 88-91
チェコ・フォルマリスト（プラハ学派）　51, 96
チャップリン　Chaplin, Charles『モダン・タイムス』 71
チョムスキー　Chomsky, Noam　39, 128
通時態　現実の歴史に対して　xiv, 100-102, 134, 197-199；共時態に対して　6-21, 131；共時態内の通時表現　18-21, 53-54, 140-142, 199-204；物語分析における　69-76
ツルゲーネフ　Turgeniev, lvan　76
ディケンズ　Dickens, Charles　138；『つらいご時世』 173-174
テーヌ　Taine, Hippolyte　225
デュルケーム　Durkheim, Émile　26-27
デリダ　Derrida, Jacques　xii　141, 149, 151, 176, 180, 181-195, 196, 200, 220, 228；アレゴリー分析　185-187；現前の神話　180-181；構造主義批判　194-195；痕跡（トラース）　182-183；差延の概念　181-182；　男根的象徴　186-187；『テル・ケル』と　184, 188-191；ディコンストラクション　141；ハイデッガーと　180-182；フロイトと　185；マクルーハン主義と　183；マルクス主義と　185, 189-193
『テル・ケル』　xii, 112, 138, 167, 184, 188-190, 205, 211
トゥイニャーノフ　Tynyanov, Yury　47, 95-100；前景化の概念　95-98, 100
トウェイン　Twain, Mark (Samuel Clemens)　86
統語法の問題　36-39, 62-63, 125-134, 176
トゥルベツコイ　Trubetzkoy, N. S.　35
同一性と差異の弁証法　18, 62, 100, 104, 117, 127, 155, 175-176, 179, 181-182, 197, 203
トドロフ　Todorov, Tzvetan　128, 130, 151, 209-210
トマシェフスキー　Tomashevsky, Boris　47
トリエル　Trier, Jost　19-20
トルストイ　Tolstoy, Leo　50-51, 52, 71, 85, 87
ドゥルーズ　Deleuze, Gilles　222
トロツキー　Trotsky, Leon　43

ナ行

ニーチェ　Nietzsche, Friedrich　181, 189, 202, 222

ハ行

ハイデッガー　Heidegger, Martin　50, 145, 176, 181, 184
パウル　Paul, Hermann　5
バシュラール　Bachelard, Gaston　141, 157-158
バビット　Babbitt, Jrving　45
バルザック　Balzac, Honoré de　153

バルト　Barthes, Roland　114-117, 128, 139, 151-167, 176, 184, 205, 219, 220；エクリチュールの零度　163-165；言語体系と生理学的感覚　153-154, 155-158；コノテーションとデノテーション　165-167；初期の文学記号観　161-166；新造語　159-160；二重構造　152-161；歴史観　134
パウンド　Pound, Ezra　45, 47, 61, 83
ピアジェ　Piaget, Jean xii
ピカール　Picard, Raymond　128
ヒューム　Hume, David　38
ピランデルロ　Pirandello, Luigi　79
ピレンヌ　Pirenne, Henri　9
フーコー　Foucault, Michel　145, 149, 151, 200-203, 221
フォルチュナトフ　Fortunatov, F.　65
フッサール　Husserl, Edmund　11, 17, 85, 92, 110, 146, 183
ブハーリン　Bukharin, Nikolai　43
プーシュキン　Pushkin, Alexander　46, 95
プラトン　Plato　183, 187
プルースト　Proust, Marcel　54-55, 78, 163, 210
ブルトン　Breton André　47
ブルモン　Bremond, Claude　128
フレーゲ　Frege, Gottlob　205
フレイザー　Frazer, Sir James　127
フレーブニコフ　Khlebnikov, Velemir　45
ブレヒト　Brecht, Bertolt　58-59, 93
フロイト　Freud, Sigmund　125-126, 144, 149, 151, 185, 204, 205, 211；構造主義と　106, 148, 185；ラカンによる言語学版フロイト　125-126, 176-179；レヴィ=ストロースと　119-120
フローベル　Flaubert, Gustave　65, 99, 162, 166
プロット分析　グレマスの行為項（アクタン）モデル　129-130；グレマスの意味論的四角形　169-175；シクロフスキーの短編小説論　59-65；小説の「法則」　70-76；統語法と比較　125-128；プロップの民話論　65-70；物語の文法　128-134；レヴィ=ストロースの神話論　116-125, 167-169, 206-208
ブロッホ　Bloch, Ernst　70
プロップ　Propp, Vladimir　xiii, 72, 84, 117；民話分析　65-70
ヘーゲル　Hegel, G. W. F.　182, 196, 199, 204, 222, 227
ペソーア　Pessoa, Fernando　79
ベリンスキー　Belinsky, V. G.　44
ヘルダーリン　Hölderlin, Friedrich　202
ベルグソン　Bergson, Henri　11
ベルナノス　Bernanos, Georges　133, 171
ペレク　Pérec, Georges　166
変異　viii, 19-21, 140-142, 199-204
ホーフマンスタール　Hofmannsthal, Hugo von　12
ボガトゥイリョフ　Bogatyrev, Piotr　27
ポー　Poe, Edgar Allan　『創作の哲学』75;『盗まれた手紙』135
ポーラン　Paulhan, Jean　6
ポチェーブニャ　Potebnya, Alexander　51
ボップ　Bopp, Franz　4
ボドゥアン　Baudoin de Courtenay, Jan　16, 65
ポンジュ　Ponge, Francis　203
ポンタリス　Pontalis, J.-B.　211

マ行

マクルーハン　MacLuhan, Marshall　183
マヤコフスキー　Mayakovsky, Vladimir　45, 47
マラルメ　Mallarmé, Stéphane　25, 30,

48-49, 127, 163, 176
マリノフスキー Malinowski, Bronislaw 213
マルクス Marx, Karl 59, 111, 151, 204, 217；マルクス主義とフォルマリズム 97-100；構造主義と 106-109, 148, 184-185, 189-193, 223-225
マルロー Malraux, André 53
マン Mann, Thomas『魔の山』 76
ミシュレ Michelet, Jules 156-157
ミルトン Milton, John 88
メイエ Meillet, Antoine 12
メタ言語 128, 166-167, 213-214, 218-221
メルロ=ポンティ Merleau-Ponty, Maurice 50, 151, 157
モース Mauss, Marcel 211
モーパッサン Maupassant, Guy de 65
モーラス Maurras, Charles 45
モンテスキュー Montesquieu, Charles Louis de Secondat, baron de 56-57, 58

ヤ行

ヤコブソン Jakobson, Roman 28, 35-36, 43, 53, 144；言語理論 212-214；変異の教義 19-20, 141, 203；メタファーとメトニミー 126-127

ラ行

ライヒ Reich, Wilhelm 180
ラカン Lacan, Jacques xii, 115, 142-143, 149, 151, 176-180, 189, 205, 220；象徴的秩序 134-135, 145-146, 177-178；フロイトの言語学的翻訳 125-128, 176
ラクロ Laclos, Choderlos de『危険な関係』 209-210
ラシーヌ Racine, Jean 166;『ブリタニキュス』 160-161
ラ・ブリュイエール La Bruyère, Jean de 57
ラプランシュ Laplanche, Jean 211
リクール Ricoeur, Paul 228
リシャール Richard, J.-P. x, 133
リチャーズ Richards, I. A. 3, 17, 22-23, 27, 29, 32, 222
ルイス Lewis, Wyndham 88
ルカーチ Lukács, Georg 23, 62, 74, 76, 98, 226
ルサージュ Le Sage, Alain René 63
ルソー Rousseau, Jean-Jacques xiv, 183, 187, 200
歴史 共時モデル 18-21, 54, 140-142, 199-204；通時態と xiii-xiv, 100-102, 133-134, 198-199；文学史のフォルマリスト的モデル 53-54, 59, 95-96, 100-102
レーニン Lenin, V. I. 110
レールモントフ Lermontov, Mikhail 100-101
レヴィ=ストロース Lévi-Strauss, Claude xiii, xiv, 113, 114, 169, 173, 177, 194, 211, 220, 221, 224；還元主義 146-148；原始社会観 124-125, 199-200；シニフィアンの剰余 136-137；親族理論 116；神話と小説 72-74；神話分析 117-125, 167-168, 206-208；フロイトと 118-119；マルクス主義と 106-109
ローザノフ Rozanov, V. V. 79-80, 87
ロシア・フォルマリズム オストラネーニェ 50-63, 70-75；手法の剥き出し 77-81, 92-94；新批評との比較 45-47, 84-85；内容観 84-92, 210-211；文学史の理論 52-54, 95-96, 100-102；文学の社会学 97-100；論争的起源 44-45
ロック Locke, John 23, 38
ロシュ Roche, Denis 144
ロトマン Lotman, Iu. M. xii
ロブ=グリエ Robbe-Grillet, Alain 53, 163
ロレンス Lawrence, D. H. 138

ワ行

ワーズワス『序曲』 82-83

参考文献

（＊印を付したものは邦訳のあるもの）

Althusser, Louis. *Lénine et la philosophie*. Paris: Maspéro, 1969. *

Lire le Capital. 2 vols. Paris: Maspéro, 1968. *

Montesquieu. Paris: Presses universitaires de France, 1959. *

Pour Marx. Paris: Maspéro, 1965. *

Alonso, Amado. "Prólogo a la edición española," in F. de Saussure, *Curso de lingüística general* (Buenos Aires: Editorial Losada, 1945), pp. 7-30.

Alonso, Damaso. *Poesía española: Ensayo de Métodos y Límites Estilísticos*. Madrid: Editorial Gredos, 1962.

Ambrogio, Ignazio. *Formalismo e avanguardia in Russia*. Rome: Editori Reuniti, 1968.

Barthes, Roland. *Critique et vérité*. Paris: Seuil, 1964. *

L'Empire des signes. Geneva: Skira, 1970. *

Essais critiques. Paris: Seuil, 1964. *

Michelet par lui-même. Paris: Seuil, 1965. *

Mythologies. Paris: Seuil, 1957. *

Sade, Fourier, Loyola. Paris: Seuil, 1971. *

Sur Racine. Paris: Seuil, 1963.

Système de la mode. Paris: Seuil, 1967. *

S/Z. Paris: Seuil, 1971. *

Benveniste, Émile. *Problèmes de linguistique générale*. Paris: Gallimard, 1966. *

Blanché, Robert. *Les Structures intellectuelles*. Paris: Vrin, 1966.

Brecht, Bertolt. *Schriften zum Theater*. Frankfurt: Suhrkamp, 1957. *

Bremond, Claude. "La Logique des possibles narratifs." *Communications*, No. 8 (Spring, 1966), pp. 60-76.
"Le Message narratif." *Communications*, No. 4 (Winter, 1964), pp. 4-32.
Brøndall, Vigo. *Essais de linguistique générale*. Copenhagen: Einar Munksgaard, 1943.
Théorie des prépositions. Copenhagen: Einar Munksgaard, 1950.
Bukharin, Nikolai. "O formalnom metode v isskustve." *Krasnaya Nov*, Vol. III (1925), pp. 248-257.
Chomsky, Noam. *Current Issues in Linguistic Theory*. The Hague: Mouton, 1964.
De Mallac, Guy, and Eberbach, Margaret. *Roland Barthes*. Paris: Editions universitaires, 1971.
De Man, Paul. "Rhetorique de la cécité." *Poétique*, No. 4 (Winter, 1970), pp. 455-475.
Derrida, Jacques. *De la grammatologie*. Paris: Editions de minuit, 1967. *
L'Écriture et la différence. Paris: Seuil, 1967. *
"La Pharmacie de Platon." *Tel Quel*, No. 32 (Winter, 1968), pp. 3-48; and No. 33 (Spring, 1968), pp. 18-59.
La Voix et le phénomène. Paris: Presses universitaires de France, 1967. *
Doroszewski, W. "Quelques remarques sur les rapports de la sociologie et de la linguistique: Durkheim et F. de Saussure." *Journal de psychologie normale et pathologique*, Vol. xxx (1933), pp. 82-91.
Dundes, Alan. *The Morphology of North American Indian Folktales*. FF Communications No. 195. Helsinki: Suomalainen Tiedeakatemia, 1964.
Eco, Umberto. *La Struttura assente*. Milan: Bompiani, 1968.
Ehrmann, Jacques, ed. *Structuralism*. Yale French Studies, Nos. 36-37 (October, 1966).

Eichenbaum, Boris. *Aufsätze zur Theorie und Geschichte der Literatur.* Edited and translated by A. Kaempfe. Frankfurt: Suhrkamp, 1965.

Lermontov. Leningrad, 1924.

Literatura (Teoria, Kritika, Polemika). Leningrad, 1927.

O. Henry and the Theory of the Short Story. Translated by I. R. Titunik. Ann Arbor: Michigan Slavic Contributions, 1968.

Eisenstein, Sergei. *Film Form and the Film Sense.* New York: Meridian, 1957. *

Erlich, Victor. *Russian Formalism.* The Hague: Mouton, 1955.

Faye, Jean-Pierre, and Robel, Léon, eds. "Le Cercle de Prague." *Change,* No. 3 (Fall, 1969).

Foucault, Michel. *Archéologie du savoir.* Paris: Gallimard, 1969. *

Histoire de la folie. Paris: Plon, 1961. *

Les Mots et les choses. Paris: Gallimard, 1966. *

Garvin, Paul, ed. and trans. *A Prague School Reader on Esthetics, Literary Structure, and Style.* Washington, D.C.: Washington Linguistics Club, 1955.

Geyl, Pieter. *Debates with Historians.* London: Batsford, 1955.

Godel, Robert. *Les Sources manuscrites du Cours de linguistique générale de F. De Saussure.* Geneva: Droz, 1957.

Greimas, A. J. *Du Sens.* Paris: Seuil, 1970.

Sémantique structurale. Paris: Larousse, 1966. *

Guillén, Claudio. *Literature as System.* Princeton: Princeton University Press, 1971.

Hayes, E. Nelson, and Hayes, Tanya, editors. *Claude Lévi-Strauss: The Anthropologist as Hero.* Cambridge, Massachusetts: MIT Press, 1970.

Hjelmslev, Louis. *Prolegomena to a Theory of Language.* Trans. by F. J. Whitfield. Madison: University of Wisconsin Press, 1963.
Ivić, Milka. *Trends in Linguistics.* The Hague: Mouton, 1965.
Jakobson, Roman. "Closing Statement: Linguistics and Poetics," in *Style in Language*, ed. Thomas A. Sebeok (Cambridge, Mass.: MIT Press, 1960), pp. 350-377.
Essais de linguistique générale. Paris: Editions de minuit, 1963. *
"Principes de phonologie historique," in Troubetskoy, N. S., *Principes de phonologie* (Paris, 1964), pp. 315-336. *
"Une Microscopie du dernier *Spleen* dans les *Fleurs du mal.*" *Tel Quel*, No. 29 (Spring, 1967), pp. 12-24.
"Randbemerkungen zur Prosa des Dichters Pasternak." *Slavische Rundschau*, Vol. VII (1935), pp. 357-374. *
"Two Aspects of Language and Two Types of Aphasic Disturbances." In R. Jakobson and M. Halle, *Fundamentals of Language* (The Hague: Mouton, 1956), pp. 55-82.
(with P. Bogatyrev:) "Die Folklore als eine besondere Form des Schaffens." *Selected Writings*, Vol. IV (The Hague: Mouton, 1966), pp. 1-15. *
(with C. Lévi-Strauss:) "*Les Chats.*" *L'Homme*, Vol. II, No. 1 (January-April, 1962), pp. 5-21. *
Köngäs, Elli-Kaija, and Miranda, Pierre. "Structural Models in Folklore." *Midwest Folklore*, Vol. XII, No. 3 (Fall, 1962), pp. 133-192.
Kristeva, Julia. *Semeiōtikē: Recherches pour une sémanalyse.* Paris: Seuil, 1969. *
Kuhn, T. S. *The Structure of Scientific Revolutions.* Chicago: University of Chicago Press, 1962. *

Lacan, Jacques. *Écrits*. Paris: Seuil, 1966. *

Lane, Michael, ed. *Structuralism: a Reader*. London: Jonathan Cape, 1970.

Lemon, Lee T. and Reis, Marian J., eds. and trans. *Russian Formalist Criticism: Four Essays*. Lincoln: University of Nebraska Press, 1965.

Leroy, Maurice. *Les Grands courants de la linguistique moderne*. Brussels: Presses universitaires de Bruxelles, 1966.

Lévi-Strauss, Claude. *Anthropologie structurale*. Paris: Plon, 1958. *

Le Cru et le cuit. Paris: Plon, 1964.

Du miel aux cendres. Paris: Plon, 1966.

"La Geste d'Asdiwal." *Temps modernes*, No. 179 (March, 1961), pp. 1,080-1,123. *

L'Origine des manières de table. Paris: Plon, 1968.

La Pensée sauvage. Paris: Plon, 1962. *

The Scope of Anthropology. London: Jonathan Cape, 1967.

"La Structure et la Forme." *Cahiers de l'institut de science économique appliquée*, No. 99 (March, 1960), pp. 3-36.

Les Structures élémentaires de la parenté. Paris: Presses universitaires de France, 1949. *

Le Totémisme aujourd'hui. Paris: Presses universitaires de France, 1962. *

Tristes tropiques. Paris: Plon, 1955. *

Lotman, Iurii M. *Lektsii po Struktural'noi Poetike*. Providence, R.I.: Brown University Press, 1968. *

Struktura khudozhestvennogo teksta. Providence, R.I.: Brown University Press, 1971. *

Marin, Louis. *Sémiotique de la Passion*. Paris: Bibiliothèque de Sciences Religieuses, 1971.

Matejka, Ladislav, and Pomorska, Krystyna, editors. *Readings in Russian Poetics: Formalist and Structuralist Views.* Cambridge, Massachusetts: M.I.T. Press, 1971.

Merleau-Ponty, Maurice. *Signes.* Paris: Gallimard, 1960. *

Ogden, C. K., and Richards, I. A. *The Meaning of Meaning.* London: Routledge and Kegan Paul, 1960. *

Ong, Walter J. *The Presence of the Word.* New Haven: Yale University Press, 1967.

Oulanoff, Hongor. *The Serapion Brothers.* The Hague: Mouton, 1966.

Pomorska, Krystyna. *Russian Formalist Theory and its Poetic Ambiance.* The Hague: Mouton, 1968.

Problèmes du structuralisme. Les Temps modernes, No. 246 (November, 1966).

Propp, Vladimir. *The Morphology of the Folk Tale.* Trans. by Lawrence Scott. Austin: University of Texas Press, 1968. *

Qu'est-ce que le structuralisme? Paris: Seuil, 1968.

Ricoeur, Paul. *Le Conflit des interprétations.* Paris: Seuil, 1969.

Rifflet-Lemaire, Anika. *Jacques Lacan.* Brussels: Charles Dessart, 1970.

Saussure, Ferdinand de. *Cours de linguistique générale.* Paris: Presses universitaires de France, 1965. *

Edition critique du Cours. Edited by Rudolf Engler. 3 vols. Wiesbaden: Harrassowitz, 1967.

Scholes, Robert. *Structuralism in Literature.* New Haven: Yale University Press, 1974.

Sebag, Lucien, *Marxisme et structuralisme.* Paris: Payot, 1964.

Sheldon, Richard. *Viktor Borisovič Shklovsky: Literary Theory and Practice 1914-1930.* Ann Arbor: University Microfilms, 1966.

Shklovsky, Viktor. *Erinnerungen an Majakovskij.* Trans. by R. Reimar. Frankfurt: Insel, 1966.

O teorii prozy. Moscow, 1929. *

Schriften zum Film. Trans. by A. Kaempfe. Frankfurt: Suhrkamp, 1966.

A Sentimental Journey. Trans. by Richard Sheldon. Ithaca: Cornell University Press, 1970.

Theorie der Prosa. Trans. by Gisela Drohla. Frankfurt: Fischer, 1966.

Sollers, Philippe. *Logiques*, Paris: Seuil, 1968.

Stalin, Joseph. *Marxism and Linguistics.* New York: International, 1951.

Tel Quel: Théorie d'ensemble. Paris: Seuil, 1968.

Todorov, Tzvetan. *Grammaire du Décaméron.* The Hague: Mouton, 1969.

Introduction à la littérature fantastique. Paris: Seuil, 1969.

Littérature et signification. Paris: Larousse, 1967. *

Poétique de la prose. Paris: Seuil, 1971.

(editor and translator:) *Théorie de la littérature.* Paris; Seuil, 1965.

Tomashevsky, Boris. "La Nouvelle école d'histoire littéraire en Russie." *Revue des études slaves*, Vol. VIII (1928), pp. 226-240.

Trier, Jost. *Der deutsche Wortschatz im Sinnbezirk des Verstandes.* Heidelberg: Winter, 1931.

Trotsky, Leon. *Literature and Revolution.* New York: Russell and Russell, 1957. *

Troubetskoy, N. S. *Principes de phonologie.* Paris: Klincksieck, 1964. *

Tynyanov, Yury. *Arkhaisty i novatory.* Leningrad, 1929.

Die literarischen Kunstmittel und die Evolution in der Literatur. Ed. and trans. by A. Kaempfe. Frankfurt: Suhrkamp, 1967.

Problema stikhvortnogo yazyka. Leningrad, 1924. *

Uitti, Karl D. *Linguistics and Literary Theory*. Englewood Cliffs, N.J.: Prentice-Hall, 1969.
Wilden, A. G. *The Language of the Self*. Baltimore: Johns Hopkins Press, 1968.

邦訳文献

L. アルチュセール

『レーニンと哲学』 西川長夫訳　人文書院　1970年.

『資本論を読む』 権寧・神戸仁彦訳　合同出版　1974年.

『政治と哲学——モンテスキュー，ルソー，ヘーゲルとマルクス』 西川長夫・阪上孝訳　紀伊國屋書店　1974年.

『甦るマルクス』 河野健二・田村淑訳　人文書院　1968年.

ロラン・バルト

「批評と真実」 岩崎力訳　『海』1980年6月号.

『表徴の帝国』 宗左近訳　新潮社　1974年.

『エッセ・クリティック』 篠田浩一郎訳　晶文社　1972年.

『ミシュレ』 藤本治訳　みすず書房　1974年.

『神話作用』 篠沢秀夫訳　現代思潮社　1967年.

『サド，フーリエ，ロヨラ』 篠田浩一郎訳　みすず書房　1975年.

『モードの体系』 佐藤信夫訳　みすず書房　1972年.

『S/Z』 沢崎浩平訳　みすず書房　1973年.

E. バンヴェニスト

『一般言語学の諸問題』 岸本通夫監訳　みすず書房　1983年.

B. ブレヒト

『ベルトルト・ブレヒト演劇論集』（全2巻） 千田是也訳　河出書房新社　1972～73年.

J. デリダ

『根源の彼方に——グラマトロジーについて』（全2巻） 足立和浩訳　現代思潮社　1977年.

『声と現象——フッサール現象学における記号の問題への序論』高橋允昭訳　理想社　1970年.

『エクリチュールと差異』（全2巻） 若桑毅ほか訳　法政大学出版局　1977～83年.

S. エイゼンシテイン

『エイゼンシュテイン全集』（全10巻） エイゼンシュテイン全集刊行委員会　キネマ旬報社　1975～　.

M. フーコー
『知の考古学』(改訳新版) 中村雄二郎訳 河出書房新社 1981年.
『狂気の歴史』 田村俶訳 新潮社 1975年.
『言葉と物』 渡辺一民・佐々木明訳 新潮社 1974年.
A. J. グレマス
『構造意味論』 田島宏・鳥居正文訳 紀伊國屋書店 1988年.
R. ヤコブソン
『一般言語学』 川本茂雄監訳 みすず書房 1977年.
『史的音韻論の諸原則』 長嶋善郎訳 (ロマーン・ヤーコブソン選集 1 大修館書店 1986年所収)
「詩人 Pasternak の散文に関する覚え書き」 山本富啓訳 (ロマーン・ヤーコブソン選集 3 大修館書店 1985年所収)
「創造の特殊の形態としてのフォークロア」 山本富啓訳 (ロマーン・ヤーコブソン選集 3 所収)
「Charles Baudelairs の『猫たち』」 川口さち子訳 (同選集 3 所収)
J. クリステヴァ
『記号の解体学――セメイオチケ 1』 原田邦夫訳 せりか書房 1984年.
『記号の生成論――セメイオチケ 2』 原田邦夫他訳 せりか書房 1984年.
T. S. クーン
『科学革命の構造』 中山茂訳 みすず書房 1971年.
J. ラカン
『エクリ』(全3巻) 佐々木孝次他訳 弘文堂 1972～81年.
C. レヴィ=ストロース
『構造人類学』 荒川幾男他訳 みすず書房 1973年
『アスディワル武勲詩』 西沢文昭・内堀基光訳 青土社 1974年.
『野生の思考』 大橋保夫訳 みすず書房 1976年.
『親族の基本構造』(全2巻) 馬淵東一・田島節夫監訳 番町書房 1977～78年.
『今日のトーテミズム』 仲沢紀雄訳 みすず書房 1970年.
『悲しき熱帯』(全2巻) 川田順造訳 中央公論社 1977年.『悲しき南回帰線』(全2巻) 室淳介訳 講談社学術文庫 1985年.
J. M. ロトマン
『文学理論と構造主義――テキストへの記号論的アプローチ』(『構造詩学講義』の第一章と『芸術テクストの構造』の合冊翻訳)

M. メルロ=ポンティ
『シーニュ』(全2巻) 竹内芳郎監訳 みすず書房 1969〜70年.
C. K. オグデン/I. A. リチャーズ
『意味の意味』 石橋幸太郎訳 新泉社 1977年.
V. プロップ
『昔話の形態学』 北岡誠司・福田美智代訳 書肆風の薔薇 1987年.
F. ド・ソシュール
『一般言語学講義』 小林英夫訳 岩波書店 1972年.
V. シクロフスキー
『散文の理論』 水野忠夫訳 せりか書房 1971年.
T. トドロフ
『小説の記号学——文学と意味作用』 菅野昭正訳 大修館書店 1974年.
L. トロツキー
『文学と革命』(全2巻) 内村剛介訳 現代思潮社 1964〜65年
N. S. トゥルベツコイ
『音韻論の原理』 長嶋善郎訳 岩波書店 1980年.
Y. トゥイニャーノフ
『詩的言語とはなにか』水野忠夫他訳 せりか書房 1985年.